蛇　嬰　石

孫武宏　著

推薦語

翻開書，彷彿自己也跟著劇情一起冒險，很過癮！

——圖文創作者　鬼門圖文

推薦序

幕後黑手

我對原住民文化的啟蒙及興趣，可說就從這部作品開始，雖沒料到會是這樣故事緣由，甚至給書中驚懼橋段嚇得半夜不敢起來上廁所，幾許年月過去，至今仍深深喜愛著，一本小說好不好看，前事便足以說明。

這部《蛇嬰石》於我而言不但有首度給網路小說震撼到的力量，還有累積多年的情感，另，更有一段網路情誼。

武宏大哥當年在「六藝藏經閣」貼出這部小說，立刻捲起一陣旋風，我本來只是好奇看一下、漸漸變成定期收看、然後轉為看不到就敲碗的標準粉絲；更因這部作品，我和武宏大哥結為兄弟，《蛇嬰石》的故事也許驚悚深刻，故事外的情誼卻溫暖得很。

這位從網路認識來的大哥，一直令我感到驕傲，大哥的諸多作品當中，《蛇嬰石》始終盤旋在我腦海。我總覺得，這麼精采的作品如果沒給更多人看到，不只可惜、更教遺憾，這些年我沒忘記給這部作品接觸出版機會，終於在今年接觸「秀威資訊科技股份有限公司」以後，露出一線曙光。

而今，曙光凝成光束，即將於冬夜裡掀開連綿不絕的悚然史詩。

傳說之所以是傳說，除了埋沒在洪流裡的真相，還有許多穿鑿附會，《蛇嬰石》有這般傳說性質，卻以旅遊文學的筆觸描寫山川溪壑、用偵探小說的思維推敲因由、拿論說文筆的理性分析線索，更別說，最後用抒情文體的溫柔串接起整個故事。

也許，你我怕的並不是神出鬼沒的番影，而是無法究裡的人心及過去。

對多數人來說，這是一部玄妙特殊的新故事；對少數人而言，這是一部甚有份量的塵封回憶；而親手拿起這本《蛇嬰石》的人，則是收藏經典的一刻。很開心有機會讓我跟大家在閱讀之前先聊聊這部作品，即便只是輕淺拂過，你知道我多怕不小心爆雷、就表示這本書有多麼精采刺激。

我認為台灣原住民的歷史文化與傳說典故有很深的魅力，甚至覺得，《蛇嬰石》不僅止小說、改編成影劇作品都綽綽有餘，文字就能渲染的想像若能訴諸視覺效果，那會是多大的震撼？

結束你的想像吧，先看完這本書，鬼番奔馳的山林就在眼前。

2015.10

於龍潭烏居

自序

老實說，蛇嬰石這部作品已是十幾年前的舊作，那是我在很熱衷於寫作的時期所寫下為數頗豐的作品之一。即便認真回想，我也不太確定當初逐漸淡出寫作的原因了？只依稀記得，當初對寫作十分熱情的年輕小伙子，每天每晚幾乎都在爬格子，甚至還成立了一個公共文學網供寫作同好發表文章與交流，那時網友慣稱我這站長為「老爺」，而且我有一個筆名叫「蔡元鴻」。我每天沉浸在網路的文海與平面的書海中，然後寫下一則又一則屬於我的文章。那時候，我們真的以為自己會一直寫作一直寫作，寫到老死的，你看這是多生澀偉大的熱情啊！

這十幾年來，除了寫些零星的詩作與心情記事外，我將時間幾乎都耗在音樂上了。大量的樂器練習、演奏與教學，這也許是我放下筆桿的主因！不過又何妨呢？不管是寫作或是音樂，唯一不變的，還是我的熱情與投入。

其實我也不太記得這部作品的詳細內容了，不過我知道當初是很用心寫著這部作品的。它花費我很多時間與心力，這其中包括大量的台灣原住民人文、地理、歷史等資料的收集與閱讀和消化，再加上故事的構思與撰寫，它可是紮紮實實花費了我一年多時間才完稿的作品。

我不想謙遜地說著這是年輕時的舊作，很多地方多有不足之類的話，因為當我近幾日回顧一些舊作後，實在有一股說不上來的幸福感來襲，那些好似陌生又好似熟悉的文字，對我而言，它們的存在竟是出奇的美，我壓根沒把握現在的我能寫得比當時更好呢。（果然青春無敵！）

最後，我想謝謝我的乾弟弟幕後黑手，在我寫作那個時期認識的年輕作家之一，感謝他不辭辛勞地幫我投稿並接洽出版社，不然以我這種被動而懶散的個性，這部作品可能還會繼續塵封在我的檔案夾裡不見天日。同時也感謝秀威資訊科技有限公司的厚愛與不嫌棄，將拙作在睽違十幾年後重新打印付梓發行！對於這一切，我只有滿懷的感恩與謙卑。

前事

西元一九九九年十二月三十日
下午四點三十分

「教授，天都快暗了，我看我們往回走吧！」沿著一條隱密的山徑走了個把鐘頭後，昇耀再按捺不住地開口說道。

教授抬頭望了望天色，又舉目順著山徑看了看。

「應該快到了，再撐一下吧！」

「你確定這路對嗎？」

「這地圖我研究好幾年，也到此地勘查好幾次了，應該沒錯！」

「但我們都走這麼久了。」

「再忍忍。」

兩人又繼續沿著山徑走下去。這山徑顯然已荒廢許久，路徑兩邊的樹枝橫披其中，腳下雜草叢生，舉步艱難。昇耀走在前頭，兩手忙著撥動樹枝，荒涼的山林與不時傳來的鳥聲蟲鳴，為這不見人煙的山頭平添了一份詭譎的寧靜。

「前面那是什麼？」繼續走了些許路程後，昇耀突然開口問道。

「哪裡？」

「好像是座吊橋。」

「真的嗎？在哪？」

「在靠右手邊方向，應該是座吊橋沒錯吧！」

教授沿著昇耀所指的方向探頭，觀望一會兒後，一陣興奮之情湧上心頭。

「快來……」

四點五十分

「終於還是讓我找到了。昇耀，就是這吊橋，你別小看這吊橋，這吊橋可有七〇年歷史，在日據時代就建了。你看它多美，這木頭是紅檜木做的，到現在一點腐敗的跡象都沒有，只是落了漆而鋼索生鏽而已。不過這是歲月給它的刻痕，它就像這兒的原住民老者臉上滿布的皺紋，充滿著濃厚民族色彩與藝術氣息。」教授一臉興奮的說道。

昇耀望了一下吊橋，吊橋這端直豎著兩根粗大水泥柱，粗厚的鋼索直接鑲在水泥柱內一直延伸至對面山頭，而泥柱另一面拉拔下來平衡拉力的鋼索則緊緊地灌入地面。整座吊橋上著一層濃厚紅漆，橋上的板塊與交錯的鋼索漆色多半剝落，那頹敗的橋身與斑剝的色漆，視覺上給人予一種荒塚般的詭異色調。橋墩旁雜草叢中擱置著一道警示牌，牌上用紅漆寫著幾個潦草日本字「危險！勿近！」。昇耀看著警示牌，有點摸不著頭緒，疑惑地問道：「但我們要找的不是一顆紅色寶石嗎？怎會是這吊橋？」
「是蛇嬰石。這吊橋是必經之路。」教授說著往前走幾步在吊橋前蹲了下來，檢視橋身，並用手摸著橋板與鋼索。
「蛇嬰石在對面的山頭？」
「沒錯！」教授頭也不回地答道，兩眼仍專注研究著吊橋。他起身，走上吊橋，用腳蹬了幾下，橋身隨著他的動作，開始晃動，並發出一陣依呀聲響。
「那……，你打算走這吊橋過去？」
「當然！」
「這吊橋有七十年了，而且還在這深山裡，一定沒整修過，這太危險了，我不走，你聽那橋搖晃的聲音多嚇人，好像人一站上去就要垮掉似的。」昇耀搖著頭，他可不想莫名其妙死在這山谷裡。
「想想那顆蛇嬰石吧！我們只要走過這吊橋，到對面山頭去，就一定能找到它。」
昇耀默不作聲地走到吊橋，也用腳在那橋板上踩了幾下，手握著鋼索用力扯動一會兒。吊橋左右搖晃的甚為劇烈，那依呀聲響刺神般地一再鼓譟。
「我不知道？看起來好像很危險！再說你怎麼能那麼確定那石頭一定在對面山頭呢？」
「因為它就被含在一具屍體口中，我們只要找到那具屍體就行了。」教授說著開始慢慢地往橋中移動。
「屍體？」昇耀一臉迷惑！
「沒錯！這就是我找你一起來的原因，我需要一個有膽量、喜好冒險又不怕屍體的年輕人同行，我一把年紀了背不動這許多登山裝備。」教授又往前更進了幾步。

「那倒好，原來我是來當挑夫的。」昇耀說著也試探性地踏出腳步。

「不，你是我的合夥人。那蛇嬰石是一顆大寶石，保證會讓你大開眼界的。」

「多大？」昇耀加大步伐趕上教授，心下想著，看樣子這橋似乎還很堅固。

「布農族的文獻記載中，提到它有一顆雞蛋那麼大，只是它是扁平的。」

「一顆雞蛋？這太誇張了吧！」

「找到就知道了。」教授加快腳程，若有所思繼續說道：「這橋好像還很牢固，瞧你之前怕的。」

「不，不，等一下，你在騙我吧！」昇耀的疑問越滾越大，不及理會教授的調侃就急急問道：「就我所知，早期的布農族是沒有文字的，他們就像山頂洞人一樣，只會畫畫圖，或畫些符號記錄罷了！你說的文獻是打哪來的？再說你又怎能確定我不怕屍體？」

「你一個醫生怕什麼屍體，醫院看的還不夠多？那文獻就是一張圖沒錯！圖上畫著一個獵人從一隻母蛇腹中取出一顆寶石。別浪費時間了，這傳說要講的話，說來話長，回去有機會再告訴你。現在，我們得趕快，要不天暗，就不好走了。」

五點四十分

「呵呵，這下好了，這也是必經之路嗎？」昇耀調侃說道。

「沒錯！」教授給了他一個毫不遲疑的回答。

兩人望著眼前的景象半晌，昇耀再也按捺不住，「教授，等等，我陪你來是因為你說這蛇什麼石的是個古物，它會是考古學上一大發現，我才捨命陪君子的。但你不會真得要我賠上一條老命吧？你看這斷崖這麼陡峭，邊上只有一條鑿刻的小徑，那小徑小的只能容身，這叫人怎麼過啊？那你再看看底下，看得到底嗎？你忘了我們現在是在海拔兩千多公尺的高山上？」

「我們現在是在整個山脈之中，就算是峽谷底，也有海拔二千多公尺高，你別講得那麼誇張好不好。峭壁上釘有一列石釘，而且纏繞著一條粗大繩索，雖然危險，但我們小心握著繩索走，應該還是可以過才是，再說，這斷崖不長，大概只有一百公尺長而已。」教授輕描淡寫地說著。

「又是文獻記載的？」

「呵，你又猜對了。」眼看著目標逐漸接近，教授整個心情愈加地快活。

「難道沒有別的路走了嗎？」

「有，不過你不會想要走的。」教授又開始先行動作了。他拉扯著繩索，檢視著這趟攀崖的危險性。

「說說看。」凜冽的山風徐徐吹著，吸著這高山上特有的稀薄空氣，已讓人覺得有些心寒，這下又要攀越這斷崖，昇耀心裡頭是十萬個不願意。

「翻過這座山頭，而且是沒有路徑可依循的，山頭的海拔高度大約在三千公尺。」教授還在檢查繩索。

「那你還等什麼？快點走吧！天都黑了，冬季晝短啊！現在才五點多就這麼暗了。」昇耀無可奈何地發著牢騷。

五點五十五分

「昇耀，快看。」教授興奮地叫著。

「看什麼？」剛攀越完斷崖，昇耀仍是心有餘悸，他早不想要再有任何驚奇，一個新的驚奇，或許只會再度帶來另一趟死亡冒險！再說這天色越來越暗，也讓人的心越來越沉，對於教授的叫喊，他無精打采地回道。

「那棟房子。」教授說著快步往前跑了過去。

昏暗的山林中，藉著已落入山頭的夕陽餘光，昇耀的眼光依循著教授奔跑的方向望去，大約在近百公尺處，出現了一棟模樣十分奇特的房屋。他呆望著那怪異的屋子一會兒，禁不住油然而生的好奇心，也跟著舉步跟上去。

「這房子很特別，你看它四周圍的外牆，那是以頁岩石板堆砌起來的，而屋頂則是用矩形石板舖蓋的；這跟一般連牆也都用石板堆砌的屋舍又有差別，像這種房屋即使在現在的原住民部落裡也已不多見了。這可算是古蹟哩，你看它像不像一件完美的藝術品。」教授又開始自顧自地解說起來。他邊說邊打量著眼前房舍，那神情彷彿就像在欣賞一件藝術精品般專注，看了一會兒，他接著開口說道：「你有沒有看到那門邊上吊著幾束打結的茅草？」

「有啊，這有什麼特別的涵意嗎？」昇耀不解地問道。

「這表示這家人還在服喪。」

「服喪？」昇耀一臉錯愕！「等等，這不是間空屋嗎？」

「是空屋沒錯！只不過這茅草也吊在門邊幾十年了。打了結的茅草是用來牽引亡魂出家門的，然而這家屋主不能接受兒子的死亡，所以她就把死者的亡魂留在家裡。」教授頓了一下，繼續說道：「一般服喪期是五日，但這家卻是無盡期的。」

「那你的意思是這屋裡有鬼魂？」

「嗯！而且還是很凶惡的鬼魂，它曾殺了一大堆日本鬼子。」教授神情頗為凝重。

「我們可以不可以不要進去了，老實說，我有點害怕，這裡的氣氛很怪異，你不覺得嗎？陰風慘慘的，而且又陰暗，我們不能白天再進去嗎？」教授的話讓昇耀緊張，他不明白為何教授仍能這麼鎮定？既是這屋內有凶惡的鬼魂，那他又怎能這麼膽大地跑來招惹？

「好不容易找到這屋子，你還想再耽擱？動作快一些，辦完事，我們可以儘早離開此地。」

昇耀一語不發的站在原地不動。

「不用擔心，那鬼魂在七十年前就被一位道士用符咒鎮住了，傷不了人的。別猶豫，快來……」教授說著又率先往那屋子走去，整趟神祕之旅似乎都不給昇耀任何一個選擇的機會。

昇耀心想，這下是誤上賊山，一點選擇機會也沒有了，看來也只有捨命陪君子一途可行。教授的身影已沒入屋內，眼下就算自己待在外面，那恐懼也揮之不去，甚至更讓人不安，昇耀沒敢多做耽擱，快步尾隨教授進入屋內。

入屋後，一股潮溼發霉的氣味撲鼻，昇耀緊緊靠在教授身後，教授拿著手電筒四處照著，隨著那放射狀光線，他們大致了解了屋內的陳設。靠門兩端各有一張木板床，床頭前的石板上都有著一座火爐，靠屋內的右側牆下也置放著一張床，緊臨著床緣直接延伸到左側牆壁的，是一座體積不小的三層式棚架，棚架第一、二層擺放著各式的陶罐及食器，上層則是一堆零亂的枯米粒；棚架旁的牆上掛著一把長約一尺的山刀，與一把刻畫著無數刻痕的弓和為數數十來枝的弓箭。整個棚架、整棟屋舍內布滿了蜘蛛網，看樣子，這屋子顯然已荒廢很久了。

「這棚架是做什麼用的？」昇耀放低音量在教授耳旁輕聲問道。

「這棚架是他們的穀倉，上層一般是放著小米，棚架緊臨著火爐，方便他們取食烹煮。」教授將光線移至石板上的爐灶上。「至於這爐灶，為什麼一個屋內要有兩座爐灶？這也有點學問，兩個爐灶有不同的作用，左邊的這個灶，是炊煮日常食物用的；右邊的灶則是祭儀時才使用的。」

接著昇耀便看到教授蹲下身子，伏臥在石板上，用手電筒照著床底，樣子似乎在搜索東西。屋內的黑暗與那怪異的氣味挾帶著一種恐怖氣氛侵擾著昇耀的心神，他下意識從背包上拿出另一支手電筒照著教授身子，頭不時左右掃視四周動靜，深怕有什麼怪東西突然出現。

「來幫我把這床板移開。」教授在觀察了一陣子靠門端右側的那張床底後，突然出聲。

「做什麼？」昇耀不解的問道。

「找屍體。」

「找……找什麼？」

「屍體。別杵在那兒了，快點來幫忙。」教授催促著。

昇耀不情願地走至床緣幫教授抬起那木製床板然後擱在地板上。他望了一下床底，臉上露著困惑表情，「床底下根本就沒東西嘛！」

「誰說沒有了，這兒有個石板棺。」教授手摸著地板。

順著教授的手，昇耀果然看到了地板上一道明顯的裂縫，那縫隙呈現著一個四方的形狀。教授起身走至他背後，在背包上取下一些工具，然後手握著一根鑿子，再度蹲下身用鑿子扳動著地上的石板，石板一經扳動，竟真的動了。

「快來幫忙，一人抓一端，將這棺木蓋移開。」教授嚷著。

石板厚實沉重，兩人費了好些氣力才將它移開。移開石板後，昇耀心裡明白，這趟神祕之旅的謎底也將揭曉，他一方面恐懼著，另一方面卻又充滿好奇的期待著。

石蓋下的墓穴黑壓壓一片，教授手執手電筒照了下去，一個醒目的人形突然出現眼簾，那人形一動也不動地坐在約四尺深的墓穴中，仔細一看，那人形臉上掛著一張道士常用的黃色長條符咒，符咒上紅色字跡畫著奇怪圖樣，那符咒許是潮溼緣故，緊黏在那人臉上。除臉之外那人全身上下纏滿了白而泛黃的布條，詭怪的模樣，看在昇耀眼裡，不禁就讓他想到埃及的木乃伊。

教授透著微弱光線前後上下打量著那具坐屍，觀察一陣後，又自顧自地說道：「原住民處理屍體的埋葬方式就是你眼前所看到的，這叫坐葬。一般來說，死者家屬在死者死後，會將死者移到地上扶成坐姿，並將他的股肱曲於前胸處，再用藤條或布帶將屍體捆綁起來。但這具坐屍顯然與其他不同，他的四肢與身體上纏繞的布條是分開的。」

教授頓了一會兒又繼續說道：「你看這具坐屍，他的耳飾上縛著紅布，這表示他未婚，頭上包著白布表示這是一具男屍；女屍的話，頭上包的會是花布或紅布。」

「看他的臉也知道是男的，什麼白布、紅布的……」為了消除一些緊張氣氛，昇耀玩笑般說著，但話說到一半他突然想起什麼似地噤了口，然後口吃問道：「這屍體……幾年了？」

「嗯！你想到啦。是不是很不可思議，你說從日據時代的霧社事件到現在有幾年了？」教授的神情似乎越來越是凝重。

「這太荒謬了，民國十九年（西元一九三〇年）的霧社事件，到現在有七十年了。你看這墓穴這麼潮溼，處於這樣的環境，別說七十年，我說不用半年它就會爛透了；但你看這傢伙的臉，一點腐敗的跡象也沒有，身上的白布條未見鬆弛散落，還緊緊地裹著身，怎麼看都像是一具昨日才剛下葬的屍體。」看著眼前這具坐屍，昇耀越看越驚心，越想越覺得此事非比尋常。

「或許下次可以帶人來把這屍體運回去解剖研究。」教授若有所思喃喃自語著。

「研究？別鬧了，教授，依我看，我們該就此打住，別去招惹這怪玩意了。你看這東西長得多像木乃伊，別說我科幻小說看太多，好幻想，那些進入金字塔或中國皇陵古墓的盜墓者，多半沒有好下場的，不是橫死就是猝死，我還年輕，我可不想這麼莫名其妙被殺。」昇耀對鬼怪之事，一直是抱著寧可信其有不可信其無的態度，看著目下怪異現象，著實讓他不寒而慄，現在，他只想趕快遠離這恐怖的屋子。「為了一顆寶石，犧牲生命？這太不值得了。」他輕聲對著教授吼著。

「沒人勉強你做任何事，你如果害怕，可以先自行回去。」教授舉著手電筒照在那屍體的臉上，專注研究著，頭也不回地說著。

「怎麼不說話了？」教授用手輕按著屍體的臉，那肌膚隨著教授拇指的施壓，陷了下去，待教授收回手，那肌膚也隨著恢復。

「你明知我不可能放下你一個人不管的。」昇耀無可奈何地答道，眼睛則死盯著教授的動作，那死屍極富彈性的肌膚著實讓人咋舌。

「那就別抱怨，好好地幫著我。」教授突然站起了身子，左右比畫著手，然後問道：「你說這方向是朝東還是朝西？」

昇耀看著背對著屋門的教授，思忖了一會兒回答：「這方向應該是東方吧！我記得剛剛太陽是從門前的方向落下的。這有什麼關係嗎？」

「看樣子這一段日本人刻意掩滅的史料是真的。」教授頓了一會兒又接著說道：「真不知該高興還是該心寒。這一段不為人知的歷史若是真的，那就表示傳說中的蛇嬰石真的存在，而且就在我們眼前的這具坐屍口中，我們可能有機會拿到這顆世所罕見的紅寶石……」

見教授支吾著，昇耀接口問道：「你說有機會是什麼意思？若真在他的口中，」他用手指了腳下那具坐屍，「那就趕快從他口中取出那顆紅寶石就是了，你還在等什麼？取到手，我們就趕快離開這個鬼地方。說實在話，我真的很不喜歡這兒陰森的感覺，再加上眼前這一具屍體，你知道的，它讓人看了毛骨悚然，我們趕快辦完事，趕快走吧！」

「我也想辦完事趕快走，但事情沒那麼簡單。」教授說著，又在那坐屍前蹲了下來，「你知道這具屍體面向東方意味著什麼？」

「意味著什麼？」昇耀也在教授身旁蹲了下來，舉著手電筒照著那死屍的臉，禁不住好奇心作祟，他也伸手往那死屍臉上壓過去，只見那肌膚如先前般地陷下去，難掩自己調皮性格，他大膽的用食指與拇指捏了那死屍的臉一把，看著那變形臉頰，他突然輕笑一聲說道：「好像還蠻好玩的。」

「你輕一點，我可不覺得好玩，不小心把那張符咒給扯下來，你我都別想活著離開這兒了。」

昇耀聞言，趕緊縮了手，心臟頓時劇烈地撞擊著，「怎麼，這會兒換你在嚇我了。」

「我沒嚇你，你要知道這傢伙的來龍去脈，別說是你現在敢在這兒捏他的臉，就是要你再看他一眼，你都會嚇得屁滾尿流。」教授繼續說著：「一般的坐屍是面朝西方安葬的，也就是面向日落的方向，這是一種安息的象徵，亡魂隨著日落結束這一世的生命；然而你看這具坐屍，他面向東方安葬，再加上他身上白布條四肢與身體分開纏縛的方式，都在在地顯示，安葬此屍的人別有居心，他不願此屍安息，甚至還想讓他再繼續存活於世。其實門口邊打了結的茅草就已經清楚地表明這人的意圖了。」
「是誰埋葬這具死屍的？」
「死者的母親。」教授邊說著，邊用手輕輕地撩撥著那張符咒，那張符咒長時間的處於潮溼中，此時正緊密地黏在那死屍的口鼻上。
昇耀望著教授的舉動，也跟著緊張起來。
「都黏住了，很難掀開。」教授皺眉說道。
「對了，教授。」昇耀用食指輕點著教授肩膀，「如果那符咒掉了或是破了，會怎麼樣？」
「你說呢？」教授仍小心翼翼地撥動著那張符咒。
「不會吧！你是說他會像僵屍一樣，跳起來殺人？」
「不，他比僵屍厲害多了，一般盛傳的湘西趕屍，那些屍是不帶魂魄的；然而這屍不同，他之所以不死，是因為有人在他身上施了毒咒，將他充滿仇恨的魂魄禁錮在一顆紅寶石上，然後再將那顆紅寶石放入這屍的口中，這樣的行為等於為這死屍再度賦予了靈魂。」教授頓了一會兒又說：「唉！這事說來話長，真要說，那又得要牽扯到台灣最早的原住民——矮黑族的巫術傳說，這一時之間是說不完的。總之，在矮黑族的古老巫術中，有一種十分邪惡歹毒的復仇咒語，這種咒能喚醒並招引被殺的亡魂回家，而要聚集亡魂本身的魂魄歷久不散的方法，就是藉由咒語將它禁錮在一個強固的能量場中，然後再將這股能量送入某人口中，如此一來這人的魂魄便會藉由那能量場佔據這人的軀體成為新的寄主，並展現一股異於常人的非凡力量，對敵人施以慘烈的報復手段。」
「蛇嬰石？」昇耀頓悟似地唸著。

「沒錯！蛇嬰石。蛇嬰石是顆紅寶石，紅寶石本身具有一股神祕能量，用在這咒語上是再適合不過了。」

「這麼說，蛇嬰石上現在正囚錮著一道冤魂了？而這死屍之所以不腐朽，就是寶石內的冤魂在作祟！」昇耀難以置信地問道。

「目前也只能這樣解釋了。」教授不置可否地答道。符咒已漸漸被他掀開一些，他的目標是將黏在死屍嘴上的符咒掀開。

「但又有誰會想要做這樣一件可怕的事呢？」

「想想看。」這符咒太難撥開了，教授心想著，一個不小心，後果將難以想像。

「又是他母親？」

「很聰明。」教授換了手式，從另一邊動手。

「這太荒謬，怎麼會有這樣的母親？」

「因為只有這樣的方式，才能讓她的兒子復活。」

正當兩人在談話之際，突然間一聲巨響「碰」的一聲，將兩人嚇得跳了起來，差點飛走魂魄。幾乎在第一時間兩人同時往那聲源處望去，原本半掩的門扉突然撞擊在壁邊上，一陣強勁的野風吹入屋內，驚得兩人直打哆嗦。

「放手！你捏痛我了。」教授嚷著。

昇耀聽著教授的說話，才發現自己兩手正緊握著教授的右臂不放，他不好意思地鬆開了雙手。

教授起身往那門口走去，昇耀連忙緊隨在後，兩人走至門口處，又一陣冷風拂來，木門再次撞擊了牆壁一次。屋外，黑夜壓著整片林木，此時已不存一絲落日餘光，模糊的一列樹影在這無光的夜裡更顯陰森恐怖，晚風帶著一股蕭瑟悲涼的氣息在這詭譎的夜裡呼嘯，除了風聲與兩人急促的呼吸聲外，此時此地竟不存一絲其他聲響，即便先前那一陣陣一再鼓譟的蟲鳴聲，不知何時，也已沒了蹤影，好像再聞不到任何生的氣息，那死寂的氣味讓人澈底寒心。昇耀望著屋外荒涼夜影，心裡更是忐忑不安，晚風仍在肆虐，那門被吹得依呀依呀響著，除了風聲、門聲，他彷彿還可以聽到自己心臟一再「噗通、噗通」的響聲。

「是風。」教授說道。

「嗯！」

「去把門關上吧。」

「那多恐怖！關著門跟一具屍體共處一室。」想到這事，昇耀心裡就發毛。

「隨你！要不就讓門繼續撞。只是讓那風吹落了符咒，事情就……」教授話沒說完就回身又往屋內走了進去。

教授的話起了很大的警醒作用，昇耀急急忙忙關住門。一股更強烈的恐懼感再度強襲著他，原本僻遠山林的夜就已夠怕人了，如今還伴著一具死屍，而且還是一具受了詛咒的活死屍，昇耀不禁開始後悔自己這一趟不智的探險之旅。

他靜靜地回身走回教授身邊。此時教授正歃著手，面有難色的望著那具屍體，然後突然開口說道：「昇耀，你聽我說，我想……」教授頓了一下，下定決心似地說道：「我想，或許你該先行離去。」

「為什麼？很危險是不是？是不是符咒掀不開？」昇耀一連串的問題問著。

「符咒很難掀開是個問題，因為它黏得實在太緊，不過我想我還是能將他嘴巴前的符咒掀開才是，只是需要一點冒險與一點好運道；但現在的難處不只符咒而已，我剛剛有試著去扳動這死屍的嘴，它似乎咬闔的很緊，我還得用鑿子將它扳開才行，這樣想來，要突破這些障礙，可能還得費些時間，除了時間之外，我最擔心的還是那張符咒……」

「符咒怎了？」

「經過了這麼多年，它太脆弱了，我怕一個不小心用破了這符咒，要是這傢伙再次甦醒過來，你我就將死無葬生之地了。」教授憂心忡忡地說著。

「既然那麼危險，那我們別蹚它了，一起走吧！」昇耀拉了拉教授的手臂，恐懼早已淹沒了他先前的好奇心，對他來講，能儘快離開此地是再好不過的事。

「那可不行，我既然來了，就不可能半途而廢，我這條老命值不了幾個錢，算一算六十幾個年頭，這把歲數也算是活夠本了，是死是活也沒什大不了的，倒是你，你還年輕，人生還有很長一段路得走，沒道理陪我在這犯險的。你先走一步，若沒有意外，東西到手，我會馬上到吊橋處與你會合。」教授語重心長地說著。

昇耀暗忖了一會兒，說道：「算了，我還是留下來陪你吧！老實說，叫我獨自一個人摸黑走那山路，我實在沒那個膽，再說還有那個斷崖，天那麼黑怎麼走？你若執意要拿到那顆蛇嬰石，那我等你就是了，等你順利取到手了，我們再一塊兒走。」

「唉！算我失算，我真的沒想到這墓穴會受潮得這麼嚴重，要早先就知道這符咒不好掀動，我就不找你來了，搞得你現在留也不是，走也不是。」教授感慨地說道。

「既然那麼為難，那不如一起走吧！算我求你了。」

「你以為我不想走？我現在是騎虎難下，走不得了。」

「為什麼？」

「這墓穴嚴重的淫氣早晚會毀了這張符咒，符咒一毀，這魔頭將會再度甦醒，一但它甦醒，到時候就不知道又要死多少人了？」

「那也不干你的事呀！它要甦醒，這也不是我們所能阻止的事。要怪，就得怪這淫氣。」

「不！我們當然有辦法阻止，靜下心來好好仔細回想我剛剛跟你提到有關咒語的事。」沉默了片刻，教授繼續說道：「好在我們碰巧在這時發現它，趁著這符咒未毀之前，至少我們還有一次機會阻止它甦醒。」

昇耀思索著教授的話，不久他便想通了教授的心思，「我想，你的意思是要趁著這符咒未毀之前，將那顆蛇嬰石自這怪物口中取下，沒了這軀殼讓它寄住，那麼它便不能再作怪了。」

「就是這個意思。」教授滿意地點了點頭。「只是我們動作得快，我看這符咒經我們剛剛這樣子撥動，隨時都有可能斷裂，現在起，我們的每個動作都得十分小心謹慎而且還不能太慢才行。」說著他將手中的手電筒擱在一旁照著兩人，並要昇耀拿著另一支手電筒幫自己照著那死屍的臉。

教授的手又開始在那符咒上游移，那符咒上的圖樣因長期受潮早已在紙上微略暈開，昇耀膽戰心驚地看著教授的動作，心下想著，教授所言不差，這圖跟紙早晚要在這潮淫的威脅下失去它的效力。受潮的符紙輕薄而不堪受力，教授為了止住不聽使喚而一再顫抖的雙手，早已將整個手掌貼靠在那死屍臉頰上。慢慢地，那符紙被教授一點一滴掀起，眼看著只剩黏著上唇那個點未解了，教授橫著心，一手輕捏符紙，另一手拇指在那死屍的上唇上稍一加壓，符紙離開上唇，兩人不約而同地輕呼了一口氣。

「呼！好驚險，真刺激啊。」為緩和兩人緊繃的神經，教授輕笑著說道。

「是啊，不過這一點也不好玩。一邊低頭看著你拔符紙，一邊又感覺好像有人在背後看著我們。」昇耀發現自己的牙齒正在打顫。

「你別自己嚇自己了。」

教授回頭望了一下昇耀，藉著燈光，昇耀發現教授額上滿布汗水。他順勢望了一下手錶，時針指在八的位置上，兩人入屋已有兩個鐘頭。突然間，一滴水珠落入他的眼睛，他下意識舉起手迅速地揉了一下眼睛，然後又往額上抹去，這時，他才發現原來自己也已是滿身汗水了。

「拿鑿子來。」教授的聲音突然從黑暗中傳來。

「挪……」昇耀遞了一把鑿子到教授手中。

墓穴低於地面，再加上有限的空間，教授的雙手倍受牽制，他放棄了原本低頭伸探的跪姿，索性整個人伏臥在石板上。他左手輕撩著符紙，右手握著鑿子，往那死屍的兩片嘴唇中間插進，然後左右晃動，慢慢地那鑿子逐漸探入了那死屍口中。

「小心點。」昇耀幫教授舉著燈光也壓低身子曲跪在一旁，緊憋著氣不敢喘息，直見那鑿子插入死屍嘴中，他才輕聲地在教授耳旁叮嚀一聲。

「嗯。」教授輕應著，繼續手上動作，只見他上下扳動鑿子，死屍的嘴耐不住鑿子扳動，逐漸張了開來。最後，教授將在死屍口內的鑿子尖端抵著死屍上頷，手握的一端往下加壓，死屍下頷立即落下，兩唇間露出一個頗大開口，那張臉成了一個張大著嘴的屍首，模樣頗為滑稽。

「可以了。」教授輕聲說道，然後他將鑿子自死屍口裡抽出，擱在地板上。那死屍的嘴一經扳動，張開口後已然定型。緊接著教授緩緩將右手手指探入死屍嘴中，而左手則是仍舊輕捏舉著符紙。

手指進入死屍嘴中後，教授開始在那嘴裡摸索，他輕輕地往舌頭處摸去，然而死屍的舌頭上似乎還有個東西，那東西觸感堅硬光滑，微溫透指，教授心下一喜，手指慢慢往那東西邊緣滑去，然後他試著略微彎曲食指勾動，那東西隨著晃了一下，感覺上似乎是黏在舌頭上的，於是他試著用手指去頂著那東西與舌頭的黏合面，試了幾下後，他發現兩者間的黏合面是可以頂開的。

正當教授專注用手指在死屍的嘴中作業時，突然間，一滴微溫水滴滴在他的右手中指上，突來的水滴讓教授驚嚇一跳，反射性地縮回了手。

教授突然而來的怪異舉動，也連帶嚇了昇耀一跳，整個人差點往後翻過去。正了身子後，他慌張問道：「到底怎麼了？」

「沒事！有個東西滴在我手上，手電筒往我右手指照一下，我看看。」

昇耀依言拿著手電筒往教授的手指照了過去。

「好像是血。」昇耀首先開口。教授的右手中指上濺著一滴紅色液體。

「嗯！應該是吧。沒想到這屍體還有血液，可能是剛剛扳開他的嘴時，鑿子傷了他的上頷。」教授推論著，然後隨手在衣服上抹去那滴血，說道：「我們繼續吧！」

昇耀舉著手電筒又往那墓穴照了下去，教授伸著右手臂抹了一下額頭上的汗水，死屍突來的一滴血嚇得他一身冷汗。

「教授……」

「什麼事？」

「我有沒有看錯！」昇耀臉色整個泛青。

「看錯什麼？」教授望著昇耀不解問道。

「你……左手上的符紙是斷裂的吧！」昇耀用手指著教授的左手方向。

教授慌忙回頭往左手看去，這一看卻把教授給驚嚇呆了，原本左手上輕捏著的符紙一端顯然已與符紙分了家。「一定是剛剛縮手時，不小心連帶扯下的，我們得加快動作，要不然……」

教授話還沒說完，便見昇耀瞪大雙眼，一付驚恐的模樣整個人往後跌翻了過去，那驚駭的眼神彷彿像是看到什麼恐怖景象似的。

教授順著他的眼神回首往那墓穴探去，一對黑白分明的眼珠子正朝上死盯著他看，教授驚得窒息，心臟差點沒止住跳動，他就這麼與那一對懾人的眼珠子對望著，身子僵固地一動也不能動。

他望著那死屍的臉，除頭上的白布，與那一對嚇人的眼珠子，再來就是那被他費勁扳開的嘴巴了。嘴巴！教授突然間靈光一閃，毫不遲疑以飛快地速度伸出右手往那開著的大口探去，手指又再度觸摸到那堅硬光滑面，他微曲著手指勾著那東西的邊緣，打算一把用力將它扯出口，就在那電光火急中，他的手掌傳來一陣劇痛，緊接著他聽到骨碎的聲音，哇！他痛得大叫一聲。

「怎麼了？」昇耀聽到教授的慘叫聲，整個人回過了神，直往教授的身旁奔去，然後他看到那死屍正一把口死咬著教授的手掌。

「快點走！別理我。」教授對他大吼著。

「不！」昇耀猛烈地搖著頭，眼角掛著兩行熱淚，不知所措！

「快走！再不走就來不及了。你聽到沒有？」突然間，墓穴中伸出了一隻手反扣著教授後腦杓。

昇耀在內心反覆掙扎中慢慢退至門口，他望著那隻綁滿布帶的手正在拉扯著教授的頭心裡就害怕。

「還不走！我叫你快走聽到沒？」教授用眼角餘光望著昇耀再次大聲嘶吼。

昇耀滿臉淚痕，心一橫，打開了木門，臨走前他又側頭看了教授一眼，只見教授整個人倒著身子往那墓穴壓去。

離開了屋子，屋外仍是陰暗慘澹，昇耀顧不得眼前的黑暗，沒命地往前奔逃，穿過一片樹林後，他又來到那危險的斷崖邊，不及思考的，馬上緊握崖邊繩索急急沿著繩索攀越那近百公尺斷崖。此時山風肆虐，強風襲得他身形一再隨著繩索晃盪，他咬著牙，在擺盪中，仍舊踏出一而再的步伐。好不容易終於讓他通過斷崖，深呼吸一口氣後，再度開始奔跑。

他沿著先前來的小徑跑去，沒多久，他便聽到一聲尖銳的哀號聲劃過整座山林，那哀號聲淒厲異常，匪夷所思，割裂著人的心神，讓聞者寒心顫慄。他想著教授在那屋內不知發生了什麼事，就難過。而那一聲淒厲的哀號聲，到底是那怪物的嘶吼還是教授的慘叫聲，他早已無能分辨。眼前的他除了奔跑外，還能做什麼呢？

「跑吧！能跑多遠就跑多遠。」昇耀揮灑著淚水，在心裡這樣地告訴自己。

前言

我喜歡登山，一直以來，台灣山岳就常是我旅遊駐足之地。多數時候，在不需登山證的山區，我習慣性選擇獨行，背負著頗有分量的登山裝備，形單隻影出沒在非假日、少人蹤的層層峰巒中，對我而言，自有一份自以為的寫意，而我，則愛極了這種仿若行腳僧雲遊山林的瀟灑與自在。

三月一日，我一路開著車從台中出發，途經霧峰、草屯、國姓直達埔里鎮，在埔里稍事休息後，再度上路沿著十四號省道開始深入中央山脈。其實這路前前後後我已走過好幾回，台灣百岳居中部者，諸如畢祿山、合歡山、奇萊山、能高山等海拔高度均在三千公尺以上的高山，於西部入口處都得由這路進入。

總的來說，若將台灣的平地與山地劃分為人間與仙境之別的話，那麼離開埔里進入南投縣仁愛鄉山區起，也就可算是正式進入蓬萊島的仙境了。

一直以來仁愛鄉就是我極喜愛的地方，它的景美是無可比擬的，而人，則是熱情的。仁愛鄉位居埔里盆地東北邊緣，沿著埔里板岩山地舊武界越山與雪山山脈白狗支脈南稜的關刀山所夾峙的眉溪河谷進入，即是昔日原住民上山出入的埔霧古道，也就是我們現在所走的十四號省道。

走著古道進入南豐村境地，東拐北進，穿過東眼溪匯入眉溪處的土岡社與四袍社山村遺址後，兩側峭壁懸峙形勢險要嚇人的就是聞名的「人止關」。通過驚險的人止關後，正式進入霧社（即仁愛），也就是我這次行程的第一目的地。

我在霧社與一位朋友會合，他是我大學同學，名叫高一明，是個台灣原住民，在聞名的高山九族中屬於泰雅族血統。高一明其實是他的漢名，原名叫巴吉毆．高沙，所以從大學時代起，我便習慣性地叫他「高沙」，偶爾也叫他「巴吉毆」。

一般說來，傳統九族群中的原住民身高都不高，平均高度大約在一六〇公分，其中以泰雅與布農兩族的人民最為強悍。就我所知，「泰雅」兩字即是勇敢的人之意。許是天生的民族性格，他們那種不畏強權奴役爭取傳統尊嚴的精神再再地鼓動著他們群起抵抗外侮。觀諸歷來的發展史實，不管是清朝或日據時代，那些不惜犧牲生命抵抗外族統治的原住民族群裡總可以很輕易地發現泰雅族人身影。

近代原住民的身高已不似以往，走在路上常常可以看到身長體健的原住民，像高沙即是一例。高沙的身高有一七六公分，身材壯碩，肌肉結實，再加上原住民五官突出的特徵，他的長相樣貌實在俊帥。

其實，這次的登山行程是高沙起意的。他知道我還未登過能高山，所以禁不住他一再熱烈邀約，才臨時決定前往。能高山可算是高沙的地盤了，因為他所居住的部落就位於能高主山與廨平萊山（馬海僕富士山）之間的某一平台山裡，其所居部落是隸屬於仁愛鄉親愛村，海拔高度大約在二千五百公尺高。這部落深居山林，人數據高沙所說，不過才一百來人，是個小型部落，其住宅建築都還保留著傳統部落風貌，甚為質樸脫俗，而這也是這趟行程之所以吸引我的另外一個主因了。

霧社會合後，高沙便引領我直走能高越嶺道。其實，這條路線過廬山後我就未曾走過，對它的了解也不似合歡越嶺道（即十四號省道，也就是我們通稱的中橫公路）熟悉，只知道它便是通往名聞遐邇的廬山溫泉的主要山道。

一路上，因為閒來無事，而高沙又知道我對古道有著濃厚的研究興趣，便約略為我介紹了能高越嶺道的由來。原來，這條古道是昔日泰雅族人在一次狩獵活動中，偶然發現東面山區有一片曠野可供耕獵棲息，於是便吸引了一部分族人東進而開展出來的。此路西起霧社，沿著塔灣溪上行，經盧山、屯原、尾上、天池保線所，越過能高鞍部，東下木瓜溪，經東能高（檜林）、奇萊、磐石、水濂、銅門諸保線所，以抵花蓮。在諸多日據時期開播的警備道中，以此路最寬，達一點八公尺，走起來最為平穩安全。

然而，能高越嶺道雖長、沿路風景又美，但卻不是我們這次行程的主要目的。我與高沙在車行至盧山後，便將車停置在盧山溫泉的某一招待所處。而後，高沙便引領我徒步走上一條約莫一公尺寬的山徑，這山徑沿著一條溪流直上，頗為崎嶇、陡斜難行，沿路兩旁針葉松林林立，除了林中不時傳來叫聲奇特異的鳥鳴聲與蟲鳴聲外，再有的就是一種深山中貫有的寧靜氣氛了。高沙說那條山溪即為馬海僕溪，他說的這溪名我並不熟悉，事實上，我是連聽都沒聽過。那溪流急而清澈，由上鳥瞰溪谷，不時可以看到片片溪流衝擊石塊所揚起的白色水花，其景緻甚為壯麗。

沿路山徑歧路多而複雜，轉得我頭昏眼花，完全搞不清楚方位。我想，像這樣的深山小道，除了深居此處的鄉民外，外人一進入這山區，恐怕定要迷路了。我與高沙徒步走了兩個多鐘頭才到達他所居住的部落，到達時已是午後三點多了。部落位居一大片叢林中的山麓平台，平台周圍盡是筆直、高聳入雲的檜木林，整個部落住宅排列零星，然而雜亂中卻又有著一種巧奪天成的和諧感，彷彿這屋不這樣擱置就會失去了它的美感似的。

這兒的建築風格清一色盡是傳統半豎穴式木屋。而所謂半豎穴木屋，其建造的方式，就是將屋基四周立數十枝由檜木或松木圍成樑柱間，內外列柱間堆上木片構造牆壁，以木板或竹片作成內壁，屋頂則覆蓋茅草或檜木皮，前後壁留置小窗二、三處，以藤套在邊柱上為樞紐而成的。整個屋舍外貌給人的感覺是一種古樸而原始且又神祕的靜謐感，這種建築物給人的視覺感受就跟我們在電視上國家地理頻道中所介紹的非洲原始部落建築風味予人的感覺是一樣的。

高沙所居的部落風貌真的給了我很大的震撼與感動，彷彿歷經一遭時光隧道，在短時間內，由現代文明飛入了遠古質樸的山地部落中，那種感覺很怪異，或者應該說是特殊較為恰當，總之，就是一種遭文明遺棄的感覺。在這兒，幾乎看不到什麼文明的產物，感覺上似乎眼前所看到的一切都是由手工堆砌而成的。

看到這樣特殊的景象，所給予我的另一個怪異感覺就是，我發現自己非但不鄙視這兒的落後，反而還莫名地在一瞬間便為它的風貌所吸引，那是一種雀躍的心情，難掩心中的興奮，我的喜悅全如實地洋溢在臉上，到現在我還懷疑當時的我，臉是不是笑僵了，反正，就是那種心情振奮到快飛上天的感覺。

高沙一面帶著我往他家住處走去，一面與我簡介著他們族人們慣用的一些竹藤器具並一面與沿路遇到的族人打招呼。高沙說，現在部落中的族人以老弱婦孺居多，多數的年輕人都往低處山區或平地發展，只在假日或節慶時回來，因此整個部落的感覺比往昔來的蕭條落寞許多。就連自己，在求學階段也是長期居住在平地，直到退伍後才又回到鄉裡，言談中神色帶著些許無奈。

高沙退伍後運用了一些人脈關係，受了些警訓，然後就正式成了仁愛鄉的駐地警員。其實像這種偏遠山區多數警員都不願意被分發到此，也因此尋求當地年輕有為的青年受些警訓成為正式的員警就成了權宜之計。而高沙就是在這種情況下成為員警的。

走了沒多久，我們就到了高沙的住處，屋內高沙的母親早已備妥了茶點迎接我們到來。高沙的母親個兒並不高，年紀看來約在五十上下，身上穿得並不是我想像中的傳統婦女衣飾，很顯然地在這原始風貌的部落中，也早已滲入了文明之流。更令我覺得不可思議的是，在這偏遠高山中，竟然還有電，那燈管的模樣跟我們平地的日光燈一個樣，擺在這原始住宅的橫樑上真有一種突兀的感覺。不過，我得承認，我很慶幸這邊有電，因為我早已過慣了有電的生活，沒電的生活，我還真不知該怎麼過呢。

高沙見我望著電燈一臉若有所思的模樣就知道了我心裡頭在想些什麼，他笑著對我說，你一定很迷惑這兒為什麼會有電？對吧！其實，這也沒什麼，原先我們行經的能高越嶺道，昔日為我們泰雅族人行旅的交通路線，但現在同時也是台灣電力公司東西向高壓輸電線了，因此，我們這兒有電，那是很正常的事。聽著他的話，我不置可否地輕笑了一下。

置妥行李後，我與高沙閒坐聊天並喝了點茶點，然後，他就拿了一張地圖與我約略研究了我們這次縱走能高山群的登山路線。他說，這次我們要走的路線將不同於一般旅人登山客所走的山徑，這山徑名不見經傳，是他們族人打獵時開荒出來的小徑，一路上我們還可以打打獵，過些部落原始的打獵生活，如此也可少帶些食糧，減輕些裝備的重量。

正當我們還在討論時，門口傳來了一陣急促敲門聲，高沙起身應門。來者是個個兒不高、身材瘦小的小孩，他一臉神色驚駭，喘噓噓地跟高沙講了一連串的話。而後，高沙便回頭對我說，村裡頭死了人，他得馬上出門，問我要不要同行，我毫不考慮地答應了。

離開高沙家後，他加快步伐走著，神情頗為凝重，我心忖這事可能不簡單。我們穿過部落，又往山徑高處走了約莫五百公尺，便隱約聽到一陣吵雜人聲，不久便見著了一堆圍觀的族人。那些人見高沙來到，便自動理出一個開口讓高沙與我通行。人群中央，地上躺著一個人，旁邊則有個老婦曲跪著悲淒哀嚎，嘴裡哭訴一連串我連一句也聽不懂的山地話。高沙走到那老婦身旁蹲了下去，雙臂抱著那老婦安慰，那老婦見著高沙，整個人更是激動，哭得更是大聲，心神彷彿在一剎那間崩潰了。

我站在高沙身後約一公尺處，望著眼前一幕，心下感受著一股痛失親人的哀傷與悲愁。我知道躺在地上的人一定已經死去，至於他是怎麼死的？我不知道。是不小心跌倒撞擊石頭而死？還是心臟病突發而暴斃？還是遭了野獸攻擊？我一點頭緒也沒有，也不想多做猜測。

高沙輕柔地將那老婦扶起交予旁人攙扶，然後便又再度蹲下身觀察著那具屍體。禁不住好奇心，我往前走了幾步在高沙身旁蹲下，心想幫他一起觀察，看能否找出個蛛絲馬跡。晃過了高沙的身影，這時，我清楚看清了這屍首的全貌。可這一看，卻把我驚呆了，那屍體全身上下完整無恙，看不出任何遭受外力侵襲的痕跡，唯獨……，頭！這屍體竟沒有頭！

我發現我的心跳正在狂亂加速著，眼前這一幕實在太駭人了。我用手緊摀著嘴，久久不能言語，我的胃正在急速翻絞，一股胃酸湧上喉管，又被我硬生生吞了下去，然而那一陣酸味卻充斥我的整個腦神經，讓我感覺益發難受。

我強忍內心的驚駭，隨著高沙往前移動幾步，專注觀察那脖子的切口，越看越是感到驚心，那脖子切合面竟那般平整，彷彿就像是在一瞬間被一把急速而下的利刃削過似的，手法乾淨俐落，匪夷所思，切口整齊的讓人寒心。

脖子前流著一大灘血跡，看著那切口，我的腦海裡竟不時浮現出往昔所吃的炭烤雞脖子，那切口跟雞脖子幾乎一個樣，頸椎、骨頭、喉管、支氣管、血管一樣也沒少，歷歷呈現在我的眼前，就好像一個橫切面的人體標本，各器官、經脈一覽無遺，只是眼前的景象更是真實，更是血淋淋。雞脖子的影像仍是不停侵襲著我腦海，我甚至還可以看到我那一副正在啃食雞脖子的油嘴，不行了，我得先去吐一下。

那具無頭屍頭，看得我渾身發麻，沒多久，我便起身走出圍觀的人群，在一棵檜木根處坐下，等待高沙。我實在想不透，像這樣一個質樸的部落裡，到了現今這個年代了怎麼還會有這樣的情形發生。我知道在早期的原住民部落裡，有一種活動習俗叫做「出草」，出草獵首是往昔原住民男子爭取榮譽的主要手段；此外，為了禳祓不祥、洗清冤屈、復仇洩恨以及爭取配偶，也都有可能結隊出草。出草最主要的目的，就是突襲或攻擊敵人以獵得敵人的首級，然後置於敵首袋中，負之而歸。只是，這種習俗雖是部族進化中的宗教性神聖行為，有其獨特的祭祖價值，但畢竟嚴重妨礙到他族的生存權利並且過於殘暴，早在民國初年就已遭政府明文禁絕了，怎麼到現在還會有這種看似遭出草獵首殺害的屍首出現？

回到高沙家中後，他一語不發靜思著，我知道他心裡一定跟我一樣充滿迷惑，而這迷惑來自於這具屍首的死法，這屍首的死法太過於詭異，其一是，處於這個年代，即使是原住民也不應有人敢再出草殺人，更何況取人首級；其二是，那屍體脖子的切合面太過公整，要削出如此俐落的切口，光有一把利刃是不夠的，它還得加上極快的揮刀速度，並且還得擁有強大的力量，才能如此不拖泥帶水地在瞬間取人首級。中國歷代的劊子手可能有這樣的本領，他們身強體健，力大無窮，揮刀神速、準確，知道如何在項上頸骨三寸凹陷處下刀，被斬殺者最沒有痛苦，並能在剎那間讓屍、首分家；只是，這個年代不該有這樣的劊子手存在，難道說，現在還會有人去研究並實驗如何取人項上人頭最讓死者沒有痛苦為樂？這太荒謬了。

這晚我跟高沙都未進食，光想到那具無頭屍體就倒胃，一點食慾都沒有了。躺在床上，高沙客氣地跟我道歉，說是他沒想到會突然發生這種事，我們的登山計畫可能得延後幾天進行。

隔日一早，我便隨同高沙下山，他必須回到盧山警局裡報備此事，並且還得通知上級派遣一名法醫前來驗屍。最後上級長官決定此事由高沙陪同他的另一名同事一起偵辦。這名同事叫盧勝吉，平地人，是高沙的學長，中等身材，稍瘦，鼻樑上壓著一副銀框眼鏡，言談舉止頗為自負，對高沙總不經意地擺出學長姿態，老實說，我實在不怎麼喜歡他。

報備完此一兇殺案後，高沙又試著連絡死者家屬。死者本名馬亞．瓦爾斯，六十二歲，除了老伴隨居外，膝下還有二子四女，皆婚嫁在外。高沙撥了幾通電話，最後終於連絡上馬亞的二兒子，他透過電話筒約略告知了馬亞的死訊，然後才掛斷電話。

回程路上，除了我與高沙外，又多了一個盧勝吉。沿路我默不作聲地走著，聽著林中鳥語，心神也逐漸平復。我壓抑著自己的思緒，勉勵自己不去回顧昨天傍晚發生的影像，我想著，就算這趟登山計畫會因而泡湯，我也要把握身處山林，擁抱大自然的時刻。

回到部落後的兩天，高沙與盧勝吉一直在研究案情，並訪查了幾戶人家。我閒來無事，便在部落中閒晃，有時也幫著高沙的母親編竹籐，再不就是看著我這次隨身帶上山的書。

事情一直僵持著沒有進展，高沙與盧勝吉曾三番兩次到案發現場勘查，想找出任何一點蛛絲馬跡，然而現場卻連一點搏鬥的跡象都沒有，彷彿馬亞是死於天外憑空飛來一刀似的；至於可能遺留在現場的兇嫌足印也早已掩沒在那一大群圍觀的族人足印之中。接連兩天高沙與盧勝吉似乎仍是沒有追查出任何有效線索，而法醫則是第二天午後四點多才到達這村落。

正當高沙與盧勝吉焦頭爛額為著這件幾近成謎的殺人案件傷腦筋時，事情到了第三日，終於爆出了新的發展。一名中年男族人，入深山採集野果時，在近部落約一公里的叢林處，發現了另一具無頭屍體。

1

我叫孫毅，三十歲，是個作家。三月一日，我應一位大學同窗高沙之邀，到達他所居住位於南投仁愛鄉親愛村的部落，準備隔天一早攻頂能高山。只不過這計畫在我到達部落的第一天午後就產生變卦。村落外圍山徑突然出現的一具無頭死屍報銷了我的登山行程，這起兇殺案震懾全村，高沙為了此事疲於奔命，然而案情延宕兩日卻仍呈膠著狀態，到了第三日，竟又驚爆出第二起兇殺事件，據說，發現的也是具無頭死屍，我與高沙一行人接獲消息後，一刻也不停留地趕往現場。

「保持現場！全部的人都不準給我超過這條線，聽到沒有？」高沙大聲對著一些因好奇尾隨而來的族人大聲吼著。

聽著高沙大聲的嘶吼，再看著那一張張好奇面孔，男的、女的、老的、少的，連小孩也跑來了，我突然間有點恍惚於自己的存在，我跟著跑到這兒幹嘛？因為好奇嗎？那我跟這些跑來圍觀的人有什麼差別？然而我並不是一個會為了滿足自己的好奇心而跟著一大堆人湊熱鬧的人呀！為了辦案嗎？這更可笑，我拿什麼資格來跟人家辦案，又有什麼能力辦案？只因為自己看了幾本推理小說，就自以為有能力破案？我原本來這山區是為了什麼？是登山，不是嗎？我搖了搖頭，打算離開此處。

「老孫，你可以跟著來。」高沙在我的肩上輕拍一下說著。我聞言愣了一下，考慮著到底該去該留？然而，腳卻自動地迎上高沙的步伐。

這條山路一路由部落延伸出來，約有一公尺寬，兩旁林木以台灣著名冷杉為主，木下雜草並不多，沙土清晰可見。先前發現屍體的那個中年族人走在前頭帶領我們，我與高沙和盧勝吉及法醫隨後跟著，走不到二十公尺，那中年族人就止住腳步，手掩著鼻回頭望我們，眼斜睨左方示意，並舉起手用食指指著。

突然間一陣惡臭撲鼻，我也禁不住地舉手摀住口鼻，那臭味臭得實在不像話，我可以感受得到那是一股濃郁的屍臭味，它比我們早期那種挖坑積糞的廁所臭味還要臭上百倍。

我們四個人不約而同往他所指的方向望去。山徑旁盡是高大喬木，順著眼光的搜尋，我在往內數去第七棵喬木下發現了一雙腳。

「在那裡！」盧勝吉發聲喊道，率先往杉林走去。

我也跟著高沙尾隨其後。隨著屍體的迫近，那刺神的臭味也就更加濃烈，我強禁著氣不願呼吸，但沒多久那股屍臭味又隨著下一口氣侵襲我的肺、我的腦神經。我開始有點後悔自己為何沒事要來這兒活受罪！

屍體隱在松木後，我們一行人繞過了松木到達曝屍現場。在第一時間內，我看到了一個紅黑相間的大登山背包壓著一具伏臥屍骸，那背包看起來頗沉，彷彿那屍體就是被那背包的重量壓死似的。我們四個人保持著與死屍約二公尺的距離，沿著死者的腳邊以弧形方式移動，仔細觀察著屍體。那背包帶正縛在死者手臂上，看樣子死者死亡之前是背著背包行走的。我們逐漸往死者頭部移去，那股屍臭味仍如影隨形地侵襲著我的嗅覺，我發現，原來光是臭味就可以讓人難以抑制的想吐。沒了背包對視線造成的阻擋，我清楚看到死者頸項，死者的頸項上……，沒有頭！

又是一具無頭死屍！

正當我還驚愕於眼前的一幕時，突然間，盧勝吉倏忽從我身後竄去，緊接著我便聽到一連串嘔吐聲。我的胃又開始翻絞了，我可以感覺得到，胃裡濃稠的胃酸正蓄勢待發著，隨時有可能奪口而出。盧勝吉的嘔吐聲無疑是一道催化劑，我想到平日搭船時，看到身旁的人一個接著一個因暈船而嘔吐的情形，那一陣陣的嘔吐聲與那腥臭的嘔吐物都在在地讓人難以忍受，處於當下，想不跟著吐，都很困難！更何況，現在還有這臭得讓人就快昏厥的屍臭味，另外還有……還有那屍體領口與袖口處爬著一堆小蟲，我的老天爺！那是蛆，是一堆蛆，那蛆在死者的領口處一隻疊著一隻，一隻爬過一隻的鑽動著，身上佈滿了屍水。我想著那些蛆從有到無一點一滴的腐蝕著這具屍體，那景象將是多麼地令人作嘔呀！光想到這，我的頭皮就發麻！

我別過頭去，不忍再看這死者的慘象，我覺得我需要一口乾淨清新的空氣，讓我好好地大吸它一口氣，不然我將會窒息。

林外，族人們引著頸好奇的眼光仍不時地投往這裡，我輕聲咒罵著人類的無知，因著好奇心而看到這慘絕人寰的一幕有什麼好處？我真希望自己沒看到這一切。這是個夢魘，一個連睡覺都會讓人大叫著驚醒的夢魘，這一幕殘留在我腦海中的影像將會持續多久，一天？二天？還是一個月？這三天來，我的肚子根本就從未被我餵飽過，看來，今晚我又得讓它失望了。

高沙開始小心翼翼地在屍體四周圍遊走，並用相機攝取案發現場的各個角度。我想經過第一具無頭屍的經驗，他這次學聰明了，懂得管制現場，保持現場原貌，幸運的話，或許可以由現場找出一點破案的線索。我在想，即便是警察，也不是人人都有機會遇到兇殺案件吧！那麼，對高沙而言，遇到這等棘手的兇殺案件，到底是幸或不幸呢？

高沙攝影完之後，法醫開始移步靠近死者，看著他那凝重的神色，我不禁為他的職業感到悲哀。他得用手去清除那一堆蛆嗎？他能忍受那零距離的屍臭味嗎？光想到要去碰觸那一具死屍、那一堆蛆，我的胃又開始痛起來了。

其實這個法醫並不如我想像中的老，在我刻板的印象中，法醫似乎都得有一定的年紀與經驗才能勝任。可是眼前的這位法醫，看他的模樣，頂多也在四十歲上下而已吧！聽說他姓鍾，至於他的學經歷，就不得而知了。對了，他結婚了嗎？他老婆怎樣看待他的職業？她願意讓他那接觸過上百具屍體的雙手撫摸她的肌膚嗎？他跟他老婆做愛的時候會想到日間解剖時的屍體嗎？我到底在幹嘛？在這樣的時刻，我竟還有心思去關心別人的婚姻生活？想著這些不著邊際的事？

高沙正在專注地觀察現場四周，盧勝吉嘔吐過後又恢復了那一副倨傲神色，彷若啥事也沒發生地跟著勘查現場，那專注的神情就好像他是一位專門處理這種兇殺案件的專家似的。

鍾醫師還在忙著他手邊的工作。我環顧了一下四周，放眼望去，盡是一片林海，許多喬木枝幹爬滿青籐，長滿青苔，耳邊仍不時傳來一些不知名的鳥鳴聲，這兒除了森林原本就有的靜謐感外顯然還多了一份死寂的氣氛。

不行，我真的得離開現場一下。那股屍臭味實在不是常人所能夠忍受的，它已經開始讓我感到頭暈，我想這一定是我一直抑制自己呼吸的關係，我真得需要一口新鮮的空氣。

我獨自一人往林外走去，山徑上原本圍觀的人群已然散去。踏上山徑後我急急地猛吸一口氣，一口新鮮的空氣，沒錯！這才是我最需要的。我從口袋中取出香菸，叼了一根在嘴上，然後點上火。經過這一番折騰，我的全身肌肉到現在還是緊繃著，我需要一根菸來放鬆一下自己。

「那具屍體也沒有頭嗎？」一句莫名的問話突然從我身後傳出，我本能性地在第一時間回首。

「大家都走了，你怎麼還在這兒？」我故意皺著眉頭面露嚴色地反問著。那是那日來敲高沙家門的小伙子，他的模樣甚是可愛，一雙精靈大眼，輕薄的嘴唇，加上面中挺拔的鼻樑，這小子儼然就是一個名副其實的小帥哥。

他瞪大眼睛望著我，一句話也說不出口，一副好像很怕我會把他趕走似的。不過他長得實在太可愛，我根本就無法對他生氣。我輕揮了一下手，示意他可以跟著我來，他整個臉馬上露出一張興奮的笑容。

我打算沿著這個山徑再往上走一些，有幾個疑點正困惑著我，我必須有些行動才行。死者為什麼死於林內而不是死於山徑上？他是因為被追殺而選擇逃竄入林？還是他只是入林小解，卻就莫名的被砍殺了？死者面朝地伏臥，是否意味著兇嫌是由死者背後攻擊？那麼死者死前知道兇嫌的存在嗎？又，死者死前是準備上山還是正要下山？這些疑點滲著我腦神經，逼得我不得不做思考。而解開疑點的方法，除了思考之外，就是行動了。

沿路我邊抽著菸邊專注的觀察山徑，我並不能確定自己在找尋什麼？或許是一個足印，或許是一件死者沿途不小心掉落的東西，或是，兇嫌遺落的線索！誰知道呢？

「你叫什麼名字？」閒來無事，我開口問著身旁的小伙子。

「魯凱。」

「幾歲呢？」

「十二歲。」他天真地答道。

「那你知不知道這條山路通往哪裡？」

他聳了聳肩。我沒再多問，心下盤算著，再走個五分鐘，若還是沒發現什麼，那麼我們就往回走。

「你是在找尋線索嗎？」我們又走了一會兒，魯凱突然開口問道。

「嗯。」我輕應著。這小鬼頭人小鬼大，還這麼小，他也懂得什麼叫線索？我真的覺得有點哭笑不得。

「我告訴你，我看過賈德納的推理小說喔！」

我愣了一下，轉頭瞥了他一眼，我真的很想哭！

「那你是看哪一系列的呢？是梅森探案嗎？」我到底在幹什麼？竟然還搭他的腔。

「嗯。原來你也看過啊！是不是很好看？我覺得……」

「等一下！」我打斷了魯凱的說話，在路旁蹲下來。

「怎麼了？是不是發現了什麼？」魯凱一臉好奇地湊了上來。

路旁的雜草叢中正靜默地躺著一支藍色手柄手電筒，那手電筒壓著幾根雜草，手柄處沾了些許泥濘。我並沒有伸手去動它，我打算保持現場，讓那些專業人員來處理。魯凱正在好奇地打量著那支手電筒，看著他那專注模樣，我就覺得有些好笑，不過，這笑不全是因為他，某一部分，其實我是笑話著自己的。我心下明白，此時的我也正興著一份探案的刺激感，而那心態，或許跟眼前這小孩是一樣的。

手電筒的燈罩邊緣很明顯地有著一道摩擦過的泥土擦痕，照這痕跡看來，應該是在掉落地面時造成的，只是，在這沙土路上要摩出一道清晰的擦痕，那非得有一定的衝擊力才成。也就是說這手電筒一定是被「拋」向地面後，然後再滾落入草叢中的，那麼……；我迅速起身，又往山徑去路走了幾步，果不其然！我在距那手電筒約略四公尺處，發現了另一樣東西。

路旁一枝掉落地面的粗大樹枝折痕上正掛著一小塊棕色布，而那顏色，那布的質料，看來都像極了是那死者身上所穿的褲子遺留下來的。我想，我幾乎可以肯定死者生前是被追殺的了。

「我們回去吧！」我對魯凱輕聲喊道。

「怎麼？你是不是發現什麼線索了！」魯凱顯然對這案件十分有興趣。

我輕笑著搖著頭，真不知該怎麼回答這鬼靈精怪的小子。這一趟路總算有些斬獲；只是，對於兇嫌，我仍是一無所知。我曾經看過原住民出草獵首的歷史照片，那一顆顆懾人的骷髏頭就一列整齊地排列在酋長住處屋外的橫架上，而這兇嫌顯然很有意思重演這幾乎已被人們遺忘的出草歷史。想到這，我內心興起了一股恐懼，我有預感這件事情並不單純！我思索著一個人如何在這山林裡殺人於無形，而不留下任何一點痕跡，一點足印？下一個被害者會不會是自己？我該趕快離開這個是非之地嗎？

當我與魯凱回到案發現場後，高沙他們的檢查工作也差不多已經完成，我將我的發現告訴高沙，他與盧勝吉二話不說地便在魯凱的帶引下趕往第二現場，而我則留下來陪伴鍾醫師。

驗屍的工作比較棘手，現場驗屍礙於設備材料的不足，可得到的可靠資料並不多，除了法醫本身經驗與所攜帶的化驗儀器所能檢驗出的一些判斷外，有些東西還是得送回局裡化驗。

不過，很幸運的是，經過鍾醫師的初部判斷，我們得知此屍至少已死亡達三個月之久，也就是說，這第二具屍體是死於第一具屍體之前；由頸骨的切面判斷，傷口應該是由某一類刀具所造成，這部分跟第一具屍體是一樣的；另外，我們也由死者身上隨身攜帶的證件，得知了死者的身分。知道死者的身分對案情就有著很大的幫助了，我們或許可以從其家屬口中查出死者生前事跡，他是從事什麼工作，他的交友情況，他為什麼大老遠的跑到這山上來？他與第一個發現的死者之間有什麼關連？還有他可能被殺的原因？

回程路上，高沙給我看了死者的身分證。證件上的照片有著一張陽光健康的面孔，看起來還蠻年輕的。我將視線移到死者名字上，張昇耀，民國五十八年九月八日生。我又翻看了一下背面，出生地：台灣省桃園縣。父：張明嚴，母：胡秀娟，配偶欄上是空白的，另外，就是死者的住遷地址了。看完內容，我將它交還給高沙。心裡頭充斥著一種怪異的感覺，真的很難把眼前這張有著陽光燦爛笑容的臉孔與那具腐臭的屍體聯想在一起，一種很不真實的感覺，不真實的就像假的一樣。

高沙的家很自然地成了我們辦案的總部，我們在這兒討論案情，分析情勢，收集資料。多數時候，我只讓自己成為一位旁聽者，礙於自己的身分，我實不想介入太多，再說，也不宜介入太多。

接下來的兩天，高沙都很忙碌，我想，他幾乎已忘了我之所以會在這兒出現的原因了。他忙著山上山下兩地跑，他得去洗出照片，整理手邊所獲得的線索資料，然後歸檔，同時也必須回局裡回報最新案情，還有，他也得儘快連絡死者家屬，請他們前來認屍；至於，鍾醫師，他也下山了，他運送了兩具屍體回去化驗，最快也得在後天才能回來。

連日來陸續出現的兩具無頭死屍，正無聲息地侵襲著這小部落原本質樸太平的生活，整個村落現在瀰漫著一股極低迷的氣壓，原本一張張洋溢著笑容的面孔，不知何時已換上了一張張驚恐神色。我有點厭惡於這種情緒的陷落，也開始想念起我那間在平地都市中的公寓，尤其是那張彈簧床，這是我第一次身處山林而興起平地比山地好的念頭！

夕陽正緩緩沒入遠山山頭，在那綿延不斷的層層峰巒上空，此刻正彩墨著一大片紅霞。那是雲嗎？整道橘紅的色影，就似染了顏色的薄紗，一片一片的黏貼在那藍底的天空上。美！真的很美，美得讓人覺得不可思議！我想這是老天爺為了補償我泡湯的登山計畫所送的一份見禮吧！

那烈柔和的火輪還未完全隱沒時，高沙與盧勝吉就回來了。我結束這場觀賞夕陽的閒情，與他們一同回到高沙住處。

「幹！真是有夠衰，遇到這種兇殺案，還得住在這狗不拉屎，鳥不生蛋的地方。」入屋後盧勝吉馬上開口發著牢騷，我望了一下高沙，只見他聳著肩，不置一語。

「就不要被我逮到，要不我看是我的槍快，還是他的刀快。」盧勝吉仍在洩憤。高沙沒理會他，獨自拉了張椅子在桌旁坐下，從資料袋裡拿出一些照片，專注地看著。高沙的母親正在屋內火爐邊上煮晚餐，至於他的父親，則去鄰居家還沒有回來。在這兒住了幾日了，我當然也見過高沙的父親，高沙的父親已經六十歲了，不過身子看起來還很硬朗，我本來在來這兒之前，還渴望著能見著那種想像中的原住民老者臉上慣有的皺紋刻痕，但是這些在高沙的父母親身上根本就找不到，或許，他們還不夠老！

「這個張昇耀，為什麼要跑到這深山裡來？」高沙突然發聲，眼睛仍是望著照片。我不知道他這話到底是對著誰問的，盧勝吉？我？還是他自己？我悶不作聲。

「看他的裝備也知道是來登山。不過又是一個不知死活、自以為是的登山客，放著好好的假日不過，跑到這高山上想證明自己很行罷了！這下可真行了，死了連自己的頭都搞丟了。」盧勝吉不屑地答道。

「重點是，他是自己一個人上山的嗎？還是結伴同行？若是結伴同行，那其他人呢？」

「我想應該是他自己一個人吧！要不然其他人跑哪去了？」

「那背包裡的兩個鋼杯做何解釋？一個人為什麼需要帶上兩個鋼杯呢？」

「一個人帶兩個鋼杯也沒什麼！一個鋼杯煮食，一個鋼杯燒開水，或許他就是不喜歡開水裡頭殘留油脂呀！等等……」盧勝吉似乎頓悟了什麼，緊接著說道：「也許你猜得沒錯！是還有另外一個人。只是你想想看，這屍體死了三個月了，若還有另一人同行，那為什麼這麼久了都沒有人來報案？我想，原因只有兩個。一個就是，另外一個人也死了，或許他現在正曝屍在這山區的某一處；另一個就是……」他故作神祕地頓了一下，「他正是殺人兇手！」
很富邏輯的推理，也很有想像力，我不禁想為他鼓掌。
「嗯，很有道理。只是他為什麼要連馬亞也殺了？而且是在三個月之後。」高沙提出了疑問。
盧勝吉聞言為之語塞。
「總之，我們明天先……」
「馬亞是目擊者。」盧勝吉急促打斷高沙的話。
高沙愣了一下，然後繼續問道：「那他為什麼不報案？」
「因為……兇手恐嚇他……後來又覺得不妥，所以就在三個月後折回來殺了他。」盧勝吉支吾說著。我想連他自己都覺得自己的推理有點牽強了吧！
「好了，先不管這些。學長，我想，我們明天先搜山，看能不能發現另一具屍體再說。」
「嗯。」
「對了，老孫。」高沙突然叫著我。「那支手電筒和那塊小布確定是死者遺物沒錯！」
「哦。」我輕笑了一下。
「你對這件事有什麼看法？」
這是案發以來，高沙第一次主動詢問我的意見。本意上，我當然是不想介入討論，我知道自己的個性，一但事情起了始，我可能就會一頭栽入；然而我並不打算在這兒久待，事實上，我已經決定要按照原計畫，在這兒待滿一週後即刻下山。

只是，我知道高沙之所以會問我，是因為他信任我。早在大學時代，我跟他就是很要好的朋友了，每次遇到困擾的事，他總習慣性地會來徵詢我的意見，就像現在一樣，他又來問我了。很熟悉的感覺，好像時光又倒流到大學時代。

「事實上，我跟你們一樣，在這有限的線索中，我實在也理不出什麼頭緒。」我聽到了自己的講話聲。

「沒關係！高沙只是隨便問問，我們也不指望你能對案情有什麼幫助，你還是好好渡你的假吧！」盧勝吉拍著我的肩膀安慰我。

「不過……」我繼續講道：「根據這些線索，有三件事情我倒可以肯定。」

「哪三件？」高沙急急地追問著，一副大學時代的笑容。

「第一就是，兇手不是擁有一股異於常人的強大力量，就是擁有一台殺人機器。」

「怎麼說？」盧勝吉似乎有點不屑於我的發言。

「因為二具屍體的頭顱顯然都是不落地的。」

「不落地？」

「沒錯！兩個死亡現場除了噴瀉於頸項周圍的血跡外，並沒有發現任何其他較大的血跡。然而，一顆活生生的頭顱掉落地面是不可能不留下一灘血的。除非那灘血正巧與屍體旁的血跡和在一起。」高沙意會地自語著。

「所以說……」我望著高沙。

「所以說，兇手不是身手極快，能在頭顱掉地前便把它接住；就是死者被殺後，頭顱還留在脖子上。也就是說，兇手必須以極快的速度切過死者脖子，才能達到這種效果。」

「我們要對付的兇手是個厲害的角色！」我神色凝重地望著兩人。

沉默片刻後，高沙又追問道：「那第二件事情呢？」

「第二件事情……」我頓了一下，「就是……張昇耀死前應該是被追殺的。」

「追殺？」盧勝吉還是一副專家口吻似地質疑著我的話。

「你的意思是，他是為了要躲避兇手才逃竄入林的？」高沙接口問道。

「沒錯！」

「但是你怎麼能夠那麼肯定呢？鍾醫師斷定死者是遭人從後攻擊的，也就是說除了被人追殺外，他也有可能是遭人突襲，甚至於他連自己被誰殺的都不知道也是有可能的事。畢竟，現場並沒有任何打鬥痕跡，一個年輕力壯的青年遇到外力攻擊不可能都不反擊的。」高沙提出了他的疑問。

「手電筒上的擦痕，還有那塊布。」我說著。

「擦痕？」

「沒錯！為什麼會有擦痕？因為手電筒掉入草叢中以前，它一定撞擊過地面，所以留下了那一道擦痕；布掛在枯枝上，意味著什麼？你可以想像到那個畫面嗎？」

高沙低頭沉思了一會兒，說道：「他碰到樹枝後跌倒，然後手中的手電筒掉落地面滾入草叢！」

「至於他的手上為什麼拿著手電筒……」

「因為當時是晚上。」高沙接口。

「所以他當時就是被追殺的？真是夠了。因為他跌倒了，手電筒掉了，所以就可以斷定他是被追殺的，這怎麼也說不過去。」盧勝吉不以為然地反駁。

「光這樣自然不能斷定。但你有沒有想過，手電筒掉了他為什麼不將它撿起來？」

「……」

「原因似乎只有一個，」高沙愉快說著。「他急於逃離現場。」

「誰說的，或許那手電筒沒電了。一支沒電的手電筒，撿它做什麼？」盧勝吉辯解著。

「就算手電筒沒電好了，但照常理判斷，一般人也不會因它沒電了就不撿它呀！你會嗎？」頓了一下，我繼續說道：「再說，那手電筒不太可能沒電的。」

「你又知道了？」

「高沙，」我轉過頭對著高沙喊道：「死者背包裡的東西，除了衣物，炊煮用具與食物之外，我記得，好像還有……」

「電池，四顆電池。」

「那鍾醫師應該有跟你提到那四顆電池有沒有電吧！」

「沒錯！那四顆電池是全新的。」

「那麼，夜行中手電筒掉了，卻不去撿它？而後還曝屍林中？現在，可能的原因就只有一個了。」

「他是被追殺的。」高沙與盧勝吉異口同聲說道。

釐清了他是被追殺一事，其實對案情並沒有多大幫助，我們還是無法得知，死者生前是不是認識兇手。死者曝屍現場與發現手電筒的位置足足有兩百公尺之遙，兇手到底與死者有多大的深仇血恨？讓他不管跑多遠也非得置死者於死地不可？還有，張昇耀與馬亞的死之間有任何關連嗎？如若沒有，那麼這個兇手無疑就是個嗜殺的大魔頭了，一個精神異常的死變態！

「對了，那麼第三件事情呢？」高沙打斷了我的思緒。

「喔！第三件事情，就是……」我刻意地轉過頭對著盧勝吉笑了笑，「張昇耀的同伴不會是殺人兇手！」

盧勝吉的一張臉倏忽僵住，就好像一張面具掛在他的頭上似的，動也不動。我想以他的聰明才智應該知道我正在諷刺他吧！

我起身準備結束這場談話，這屋內的氣氛太悶，我想在晚餐之前再到屋外走走，那麼，如果我能讓自己不想到那一堆蛆的話，或許晚上我就可以勉強自己吃下一點東西。

我打開木門，高沙在我身後喊道：「等等，我陪你一起走走。」

走出屋門後，高沙搭上我的肩，輕笑著說道：「真不好意思，這兩天丟你自己一個人在這兒。」

我聳了聳肩，「我無所謂，反正這兒的風景挺美的。」

「對了，你剛剛有沒有看到我學長那一張臉……嘿嘿，」高沙一副奸笑的模樣，「真有你的。」

「沒那麼好笑吧！」我轉頭望了一下高沙，「高沙，我覺得這件事情並不單純。兇嫌殺人的動機，殺人的手法都讓人百思不解！你有沒有想過，今天就算讓你手上有一把刀，現在要叫你去砍掉一個人的頭顱，你砍得下去嗎？不會遲疑嗎？能砍得那麼乾淨俐落嗎？這兇手似乎一點人性也沒有！」

「……」

「我的直覺告訴我……」

「恐怕還會有下一具屍體出現。」

夕陽已西下，山的那頭還殘留著一些晚霞餘暈，幾個小孩在前頭空地追逐、嬉戲，我想這是事件發生後，村裡僅有的笑聲了。我與高沙在外面待了一會兒後，就回到屋裡。高媽媽的菜已熱騰騰地擺在桌上，那些色美菜餚，似乎引起了我一點點食慾，我希望今晚我可以多吃一點。

我知道明天將是個忙碌的一天，因為我打算陪著高沙一起搜山，看能不能發現張昇耀的同伴屍骸。另外，整個案情還有很多疑點有待釐清，鍾醫師的驗屍報還沒出來，這份報告或許能讓我們獲得多一點線索；死者的家屬也將前來認屍，從他們口中能獲得哪些有效資料？能否知道死者生前與誰同行？為什麼到這深山裡？只是純粹來登山嗎？死者曝屍這麼久才腐爛是因為地理關係嗎？還有，為什麼深居在這偏遠山區、與世無爭的馬亞也會慘遭滅頂？這原本寧靜的山區為什麼會突然出現這一號殺人狂徒？這狂徒的殺人動機何在？

線索！我需要更多的線索。

該做的事都做了，該調查的也都查了，眼下除了等待之外，也只有等待了。等待明天的搜山結果，等待鍾醫師的歸來，等待張昇耀的家屬前來認屍，等待……

兇嫌的下一步行動？

2

隔日一早我就被屋外一陣吵雜的人聲吵醒，我用手揉著雙眼，有點氣惱這人聲擾亂了我連日來難得的好睡興。我起身，盥洗完畢後，推開屋門，高沙與一群族人，約十餘人，有人手拿木棍，有人手拿山刀，已在準備著今天的搜山行動。

這是我來這兒的第五日，原計劃是待一個禮拜，也就是說，連同今天我還有三天的時間來協同破案。我知道像這樣的兇殺案件，時效性很重要，很多時候時間一拉長，線索也就模糊了，待有幸釐清時，兇手也許已在天高皇帝遠的地方了。在台灣，像這樣的無頭公案太多，死者死因離奇，兇嫌逍遙法外。在這樣的一個生活環境中，或許你的鄰居就是個殺人兇手，誰能料想得到呢？

我們必須加快腳步，趕在兇手遁逃前，將他逮捕歸案。他還在這深山裡嗎？我的心裡出現這樣的疑惑。不行，我不能再想了，越想疑點只會像個雪球一樣越滾越大。

今天是星期日，回到村落的年輕人多，正好可以幫忙此次的搜山行動。在這一群人之中，比較引起我注意的是馬亞的二兒子，他也回來了，而且自願參與這次行動。經由高沙的介紹，我得知他的名字，利歐．馬亞。利歐長相並不起眼，模樣大約在三十五歲上下，除了原住民慣有的大眼特徵與黝黑膚色外，看不出來有什麼特別之處，不過他的身材跟他父親倒是很相像，都是瘦小形的。除此之外，再有的就是他那一雙充滿愁、恨的眼神了。他的整個心思似乎都在兇嫌身上，高沙對我的介紹他彷若未聞，其實，我也樂得離他遠些，要不，我真怕他眼中放出的熾火會將我灼傷！我想，他內心的傷痛是非當事人所能夠感受的吧。

出發前，高沙約略說明了這次搜山的重點，然後我們一行人就依序尋著山路往上走。在離開部落前，一隻小手搭上我的手臂，我轉頭看了一下，是魯凱，他那雙靈活的大眼正往上盯著我，我想那是一種徵求同意的眼神，我笑了笑，反手握住他的手，牽著他走。這小子似乎想當個小柯南？

在台灣，一般而言，當我們攀登高山，從峰頂環視群巒，會發現許多高大挺直的林木生長於山坡凹槽地或支稜稜脊，形成綠色鋸齒狀的綿延林帶，這條綿延於高海拔山區林木生長上限的林帶簡稱林木界限，而此林木則稱臺灣冷杉。高沙他們部落所處的外圍林木，便是由這種臺灣冷杉構成。就我所知，臺灣冷杉林可能是目前本省現存最完整的純林林帶，而它之所以未遭人類破壞，最主要的原因，是因為此種林木本身的材質並不具經濟效益，所以台灣至今才得以保有冷杉林最原始的風貌。提到這兒，我突然想起老莊，這片林木的存在無疑就是老莊思想的最佳註解。因其「無用」所以得保其身？這之間或許得以窺見一絲真理的存在吧！無奈我太過駑鈍，顯然還未能悟透這一點「玄」機！

沿著山徑直上約五百公尺後，我們一夥人便二人一組散開，深入林內，做著地毯式搜索。如果沒有意外的話，我想，我們應該可以順利搜得另一具屍體才是。

「這次我們要找的是什麼？」魯凱在我身旁輕聲問著，那模樣就好像怕別人聽到我們的談話內容似地。我小心翼翼望了一下四周，然後低下頭在他耳邊輕聲說道：「線索。」

「線索？什麼線索？」

「根據一則可靠的消息來源指出……」我故做神祕地頓了一下，「這山裡頭應該還有另一具屍體！」

「真的？」

「真的。」我點著頭。

「那我們走快一點！我們要第一個發現屍體。」

我楞了一下，隨後跟上他的腳步。現在到底是我帶他，還是他帶我，我已經有點搞不清楚了。我思索著，這是因為無知所引發的勇敢嗎？然而，就算是回歸到我小時候，也就是在魯凱這樣的年紀時，我想，我大概會選擇躲在家裡而不敢出門吧！

搜山的行動極其乏味，除了需要多一點的專注力外，行腳方式跟一般登山是沒有兩樣的。這次搜索一直持續到中午都沒有結果，預期中的屍體並沒出現。我們在一處山溪旁用午餐，這條山溪約有三公尺寬，流緩而清澈，溪水冰涼透骨，溪底景象清晰可見，沿溪兩旁大小石塊遍布，據高沙所說，這是馬海濮溪上源的一脈支流。

一直以來，山泉對我就有著一股難以抗拒的吸引力，位居高山的泉水，就好像一處未遭俗世滲透的處女地，這樣的泉水，質地甘美，清淨冰涼，就像觀世音菩薩手中的那葉枝柳沾著玉瓶中的露水而灑落似的，在陽光的照射下，尋著粼粼波光，熠熠生輝。我憶起了上一回登北大武山的情形，在那兒也有一條像眼前這樣的溪流，那時我因抑制不住興奮的心緒，二話不說就脫了鞋襪，赤著腳直接探入溪水，我一心想著那冰涼的溪水將透著我的腳神經直接傳達到我的五臟六腑、身體百穴，為我除去這一夏的酷暑；可沒想到，我才將腳放入不到五秒鐘，就因耐不住那溪水的冷溫而抽起了腳，那溪水的「冰」真是嚇人，感覺就好像你赤腳站在冰塊上一樣，冷的讓人直打哆嗦。

這條山溪的溫度也很低，用完餐後，我掬了幾把清水潑在臉頰上，一陣冰涼透膚，頓時讓我的腦子清醒不少。正當我們休憩完畢，打算再開始下一波搜山行動時，我的耳邊傳來了一位族人的牢騷聲。

「臭死了！」一位剛小完便歸隊的族人在鼻前揮著手往這兒走來。

「什麼東西臭死了？」高沙率先開口對著他問道。我想經過了這兩宗命案，大家對臭味都格外地敏感。

「不知道！好像是雞腸子還是什麼的……」那年輕人撇著嘴聳了聳肩。

不待他說完，我便看到利歐朝他說的方向奔了過去。我與高沙也舉步往那兒移動。

河岸邊的石頭中有一群蒼蠅正在飛舞著，蒼蠅下是一堆半腐爛看似腸子的東西，而那臭味顯然是由那一堆噁心的腸子傳出來的。

「是腸子嗎？」利歐問道。這是我第一次聽到利歐的聲音，那聲音低沉渾厚，感覺有些老邁。

「我也不知道，也許真是雞腸子……」高沙搖著頭。

利歐沒再說話就靜靜地走開了。在高沙也準備離去時，我的腦子靈光一閃，突然想起什麼，我開口喚住他。

「帶回去吧！或許鍾醫師可以明確的告訴我們這一堆東西是什麼。」

「有必要嗎？」

「有吧……」我點了點頭。

「告訴我你在想什麼？」高沙對我笑著。

「不知道。」我聳肩繼續說道：「也許那是馬亞身上的東西。」

高沙聽了我的話，楞了一下，「你的意思是……」

他的眼睛緊盯著我，我望著他點著頭。

「好吧！」

說完後，他在那堆腸子旁蹲下身，用手揮趕蒼蠅，然後將那堆發臭的東西裝入布袋裡。

處理完那一堆玩意後，高沙領著族人，又開始展開搜山行動。

高山氣溫早晚溫差極大，白晝時，豔陽高照，直曝山嶺，走在其中總讓人汗水淋漓，那種熱會讓人不自覺質疑，是因為身處於高處較近太陽的緣故嗎？至於晚間，則是一個很大的反差，通常夕陽西下後，山上的氣溫會陡降，直到近午夜時，整個溫度會近於攝氏零度。如若是紮營夜宿，那一件睡袋保證無法為你帶來一夜好眠。稀薄冰冷的冷空氣，夜間霧氣瀰漫所帶來的露水，還有竄自地面的地氣，冷！真的冷，冷得讓人輾轉反側，久久不能成眠！

搜山的行動持續到午後三點，因林裡太過悶熱而提前告終。高沙集合所有參與這次行動的隊員，然後整隊打道回府。這次的搜山行動，除了帶回那一堆半腐臭看似雞腸子的穢物外，餘下一無所獲！辛苦了大半天，所得的結果，讓人失望，回程的路上，大夥顯得意興闌珊，鬱鬱寡歡。只是就算真讓我們找著了另一具屍體，我們就會高興些嗎？值得高興嗎？這真是一次矛盾心緒的行動，不是嗎？

回到部落已是下午四點多的事了。盧勝吉今早下山去會見死者家屬並做了些問訊筆錄，此時已回到部落。我很好奇張昇耀上山的動機，也急欲知道他到底與何人同行？盧勝吉的筆錄或許可以給我一些答案。

在高沙的住處前，高沙解散了搜山隊員。盧勝吉的身後站著一位年輕人，長相極其斯文，帶著一副圓形無框眼鏡，身高約在一七五公分上下。我沒見過這人，看他的長相與穿著，可以肯定他應該是個平地人。

「結果怎麼樣？」盧勝吉開口問道。

高沙輕搖著頭，代替回答。

盧勝吉停頓一下，然後好像突然憶起什麼似地說道：「喔！對了，這是張昇耀的弟弟。」他反身指著背後那人。

「你好，我叫張昇諺。」他微恭著身子，伸出右手。

高沙與他握了手，面露困惑地望著盧勝吉。

「學長，我不明白你帶他上來做什麼？筆錄還沒作完嗎？那你可以等到作完再上來的。」

「我沒辨法！是他執意要跟上來的。」盧勝吉不耐煩地答道。

「他跟上來幹嘛呢？」高沙似乎有些氣惱。

「我想參與這一次的查案。」昇諺語氣平穩地開口說道。

「什麼？」高沙一副難以置信的神情望著他，然後接著說道：「張先生，對於你哥哥的死，我真的很遺憾。不過，辦案是我們警察的責任，相信我，我們會盡全力偵辦此案，你只需要待在家裡等待消息就好了，行嗎？」

「不行，死的是我哥哥，我有權利知道是誰殺了他。」

「你是有權利沒錯！等我們查出兇嫌是誰，我們一定會第一個通知你，這樣可以嗎？」

他搖著頭，「我怎麼能確定你們可以查得出兇嫌呢？」

「你……」高沙似乎氣的結舌，他低轉了頭，然後深呼吸一口氣，換上一副笑容，繼續說道：「那麼你可以嗎？」

「可以。」昇諺的目光緊抓著高沙，毫不遲疑地答道，神情間充滿了自信。

「你聽著，我不管你多行，我要你搞清楚，如果每個被害者家屬都像你一樣要來干預辦案的話，那整個警局豈不雞犬不寧了。台灣每天有多少案件待查，一個被害者有多少家屬，如果全部擠來警局的話，那我們警察光招待你們這些家屬的時間就不夠了，還查什麼案？」高沙揮了揮手，轉身往家裡走去。

「我不管你答不答應，反正，我已經決定留下來了。」昇諺在高沙身後喊著。

高沙沒有給他任何回應，頭也不回地走進家門。盧勝吉尾隨其後，我望著眼前這個陌生人，心下覺得有些好笑，也有些無奈。我想到了馬亞的二兒子利毆，這兩個人的心態應該是一樣的吧！至於這兩個人面對此事的態度意味著什麼？台灣警察的辦案能力普遍受到質疑？還是說現代人過於自負，只對自己的辦事能力有信心？嗯，事情似乎越來越複雜了。

我給了他一個微笑以示禮貌，然後也跟著走進高沙家。高沙正在與盧勝吉討論這次的筆錄，我默默走到床緣邊坐下，聽著他們的討論。我想，如果說利毆與昇諺都沒有資格參與這次辦案的話，那麼，我就更沒有資格了！兩天，再待兩天，後天一到，我就走人，我心下盤算著。

「不知道，他的家人也不知道他跑到這兒做什麼，只知道他在去年十二月底的時候，有提到要跟一位教授去登山。」盧勝吉說著。

「教授？什麼教授？」

「聽說好像是他上醫學院時的任職教授。」

「他是醫生？」

「嗯。」勝吉點著頭。

「他失蹤了三個多月，他的家人難道都沒報警嗎？」高沙不解地問道。

「有，當然有。今年年初時他們就報警了，只是一直找不到他的下落就是了。」

「難怪外面那小子那麼不信任我們警察。」高沙苦笑著。

高沙話才剛講完，屋門就被推開了，是張昇諺，他靜立在門口，望著屋內的我們。

「進來吧！我正巧也有事要問你。」高沙對著他輕笑著。

昇諺隔著桌子在高沙對面的椅子上坐下，專注地望著高沙。

「你哥是幾月幾號離開家裡的。你知道嗎？」高沙開口問道。

「去年十二月二十九日星期二，一大清早。」

「嗯！你記得很清楚。」

「因為前一天正好是我的生日，他是在參加完生日聚會後，隔日一早出發的。」

「聽說，他是跟一位教授同行，這位教授你認識嗎？」

「不認識，不過有聽他提起過。我只知道那位教授姓洪，是他在醫學院讀書時的一位教授，不過後來退休了。」

「那你其他的家人認識那位教授嗎？」

昇諺搖著頭。

「那……那個教授現在人呢？我是說，你哥失蹤後，你們有沒有去找過他？」

「找了。我去我哥以前的那所學校查出教授的電話號碼，但打了好幾通，電話都沒人接。後來，我乾脆直接跑到他家去，不過，他好像一直不在家。我想，他大概也失蹤了吧！」

「那教授叫什麼名字？」

「洪清棠。」昇諺頓了一下，繼續說道：「那時全校的教授剛好就只有一位姓洪，我想我應該沒有找錯！」

「嗯。」高沙沉默地想了一下，然後說：「你不覺得你應該回去幫忙辦你哥的喪事嗎？」

「我爸媽會處理的，出殯當天我會回去，然後再回到這兒。總之……」昇諺毅然說道：「我一定要找回我哥的頭顱。」

屋內陡然變得沉默。我輕緩地起身往外屋走去，沒錯！我又想出去散步了。我覺得自己像個鬼，總是不著聲地一再出沒在這屋裡屋外，我受不了高沙家的氣氛，那裡頭談論的話題總是關於屍體、要不就是頭顱什麼的。我真的想要回家，遠離這個是非之地。我也受不了我現在臉頰上的淚水，「我一定要找回我哥的頭顱。」昇諺的一句話就讓我的鼻頭全酸了，我能不趕緊走出這屋外嗎？從來，遇到像現在這樣的情況，我的眼淚都是不受控制的。就像看電影一樣，常常，劇情中的某個片斷或是人物不經意的一個小舉動，都會讓我感動莫名，眼淚直流，我真是個大白痴！我很懷疑我上輩子是不是個女的，要不怎麼這麼容易受感動？

完蛋了！才出來不到一分鐘，我想我又得回到那屋內了。鍾醫師正在朝這兒走來，看來他的驗屍報告已經出爐。望著他的身影，我彷彿又聞到那股屍臭味，我曾經處理過那種擱置已久的食物，食物腐壞後，生著一種黏稠汁液，裡頭也是長著一堆蛆，那味道真的很臭，只要手一沾上，你會發現不管你洗了幾遍手，那股臭味還是存在。更何況這人還長期與屍體為伍，他是怎麼去除他手上的臭味的？真是一樣米養百樣人，我聽說還有人從事的職業是幫死屍洗身化妝。我無意貶低這行業，甚至於我敬佩他們，能為人所不能為，只是對於這種工作，我敬而遠之，要我做，我真的做不來。

「呼！好累。你們這山路真不是人走的。」鍾醫師入屋後隨即在椅子上坐了下來，一副喘噓噓的模樣。

望著他的模樣，再看看他那挺立在椅上的大肚皮，那肚皮正劇烈起伏，我覺得他的模樣有點滑稽。我不知道像這樣一個低著頭可能還找不著自己小鳥的人，他的話是否值得人信任？那肚皮是怎麼來的？喝酒？暴飲暴食？天生的胖子？不行，我似乎太以貌取人了。

休息一會兒後，他從黑色公事包中，取出一包黃色資料袋，丟在桌上。高沙接過手，從資料袋裡取出了一疊資料，我下意識地湊上前去。

兩份驗屍報告，一份是關於馬亞的，一份是張昇耀的。我快速瀏覽了一下驗屍報告，兩份報告中各有一張標明死亡原因。

姓　名：馬亞．瓦爾斯
年　齡：六十二歲。民國二十七年（西元一九三八年）十月十三日生
血　型：O型
發現地點：仁愛鄉親愛村仰景社東南方五百公尺山徑旁
死亡日期：民國八十九年（西元二〇〇〇年）三月一日
死亡原因：暴斃。頸項以上遭切除。
致死部位：心臟。頸部。由左側切下。
兇　器：初部判斷為原住民番刀（山刀）或此類刀具

姓　名：張昇耀

年　　齡：三十二歲。民國五十八年（西元一九六九年）九月八日生
血　　型：B型
發現地點：仁愛鄉親愛村仰景社南方一公里林木處
死亡日期：民國八十八年（西元一九九九年）十二月底
死亡原因：頸項以上遭切除
致死部位：頸部。由後切下。
兇　　器：初部判斷為原住民番刀（山刀）或此類刀具

看完這兩份報告，我心裡頭出現了一些疑問。比如說馬亞的死亡原因，張昇耀的死亡日期？原住民番刀？

我等待著高沙提出質疑，然而幾分鐘過了，仍未見高沙表態，為了解開心中的疑問，我想，我該開口說話了。

「鍾醫師，可不可以請教你幾個問題？」

高沙等四個人的眼光不約而同往我這兒望來。

「可以。」鍾醫師點著頭。

「關於馬亞的死亡原因，暴斃？這是什麼意思？」

「喔！心臟病發。」他喝了口茶，繼續說道：「解剖結果中發現，死者在遭受頸部創傷前就已經死亡了。死者生前就有心臟病的症狀，這是一種高血壓引發的心臟病。一般人常講血壓，但卻都不知道甚麼是血

壓，血壓其實指的就是血液流動時對動脈壁所造成的壓力。當心臟收縮時，血液對血管壁造成的壓力較大，稱為收縮壓；當心臟舒張時，血管壁所受的壓力較細，稱為舒張壓。」他又喝了一口茶，「一般來講，正常的血壓收縮壓應該在一百三十以下，而舒張壓則在八十五以下。根據研究顯示，如果收縮壓超過一百六十或舒張壓超過九十，心臟病的發病率會比血壓正常的人高出五倍。當高血壓的病人血壓長期升高的時候，便會令左心室的負荷加重，導致左心室肥厚擴大，最後引致左心室衰竭，情況持續惡化時甚至會導致全心衰竭。馬亞的心臟本身其實已呈現衰竭現象，因此，血壓的陡然升高對他來講是很危險的。」

「那什麼樣的情況有可能導致血壓突升而暴斃？」聽完鍾醫師對血壓的說明後，高沙接口提出疑問。

「很多囉，比如說過度興奮，你知道的，就是那些死在床上的……呵呵！」鍾醫師邊說邊笑著，「另外還有，過度緊張，或突然遭受驚嚇都有可能。」

驚嚇？這麼說，馬亞有可能是被嚇死的？難道說他死前曾看到兇嫌？然而他到底看到什麼，是什麼人那麼厲害，能活活將一個人嚇死？還是說，他只看到一個人拿把刀就嚇死了？但這未免也太誇張了。

思忖片刻後，我想起了第二個疑問。

「對了，鍾醫師，就我所知，一般屍體不用一個禮拜就會開始腐爛發臭，但是你說第二具屍體已死亡有三個月之久，這讓我覺得很納悶？為什麼這具屍體這麼久了還沒完全腐爛？你確定這具屍體已死亡那麼久了嗎？」我刻意避開張昇耀三個字不講，然而我發現當我提到第二具屍體時，張昇諺的臉色還是在瞬間一片慘白。

「經過檢驗，死亡時間確定已有三個月之久，這點是無庸置疑的。然而，張昇耀的遺體為什麼那麼久才腐爛，這一點真的就比較難解釋了。」鍾醫師停了一會兒繼續說道：「你們聽過蔭屍嗎？」

「蔭屍？」盧勝吉一臉困惑地複誦著。

「沒錯！蔭屍。你們等等，我再喝口茶。」

鍾醫師喝完茶後，神色轉為凝重。

「這個蔭屍嘛……，說起來其實是有點詭異的……」

我不知道他是不是故意要製造緊張氣氛，總之，他現在又在停頓中了。

「所謂蔭屍，指的就是那些經過一段時間仍不腐壞的屍體。」他用手袖擦了一下額上汗水。

「一般來講，會造成人死後屍體不易腐爛，常見的情形約略可分為三種。第一種就是，久病纏身，長期服用藥物或施打注射液、化學治療等，這種人死後最不易腐化。」

「第二種呢，就是棺木材質用得太好，棺木本身氣的密度過高，而排水孔未打通或是塞住了，造成棺木內部接近真空狀態，導致屍體無法腐化。這種蔭屍呢，味道最重，那臭味沒聞過的人，保證會當場吐出來！」

「至於第三種，這種蔭屍比較奇特，死者生前可能沒有什麼慢性病，也甚少服用藥物，然而挖開墳墓時，棺木可能已腐朽，但是屍體卻完好如初。像這樣的蔭屍原因，到最後通常也只能淪為用地理關係來作含糊的解釋了。」

「那麼，第二具屍體的情況是屬於第三種？」我問道。

「沒錯！其實……」他繼續說道：「就我所知，當年霧社事件的原住民抗日領袖，莫那・魯道，他的屍體也沒有完全腐化，有一半是變成木乃伊，一直到了民國二十三年（西元一九三四年）才在山上一座洞穴中被尋獲，之後被送到台北帝大當作人類學標本，後來才又被送回霧社安葬。」

鍾醫師的話頭一結束，屋內又陷入一片沉默。很諷刺地，他講的這些我以前連聽都沒聽說過，一直以來，我就覺得一位好的作家該要勤於閱讀而博學的，可是經過這一次，我發現就好像井蛙觀天，別說這蔭屍我不了解，就連常說的血壓，其實我也是一知半解。該學的東西還很多，未涉獵的知識領域也很多，我想，今後我得更加把勁研究學問了。而這看似不起眼的胖子法醫，圓圓的模樣，現在看來，其實也蠻可愛的；再說，在他的學術領域裡，我可以明顯感受到一份屬於他該有的專業。

「對了，那麼所謂的番刀是指？」我突然想到這問題。

「這我可以解釋。」高沙接口，「所謂的番刀所指的就是我們原住民常用的山刀，它通常用於砍伐枝葉，或屠殺獵物，是我們早期原住民打獵時常攜帶的武器。今早搜山時，你看到有些族人手上拿的山刀其實就是了。」

鍾鍾醫師含笑點頭。

高沙解答我的疑問後，便起身走出去，沒多久他手上拿了一包布袋回來。我一看到那布袋，便知道他想幹嘛了，我趕緊開口喊道。

「等等，在外面看就好了，好不好？」我真的不能再聞到一絲臭味了。這幾天所聞的臭味可能已超過我半輩子來所聞的，我連晚上睡覺作夢，都可以聞得到那味道，這太恐怖了，再這樣下去，我想我真的會休克。

我獨自一人坐在屋裡，等待鍾醫師看完後的結果。沒多久，他們回到屋內。高沙一進門就開口對我說道：

「你猜測的沒錯！那是腦漿。看來應該是馬亞的。」

我望著高沙，不知該再說些什麼。雖然我的臆測成真，但卻一點成就感都沒有。原來，現實中的推理過程並不如小說中所看的那般有趣，多發現一樣真相，或許只會招來多一份的失落感。張昇諺也還在屋內，看到了那一堆腦漿，他做何感想？他是不是也聯想到了他哥哥的下場？看著他，突然間，我發現到我又有了一股想哭的衝動，他一定很不能接受呈現在他眼前的殘酷事實吧！

「我想出去走走，」我起身說著，「昇諺，你有沒有興趣一起來。」我真的想跟他交個朋友。

他面露疑惑地望著我。我走到他身旁，輕拍一下他的手臂，給了他一個悲悼中的微笑。

「走吧！我帶你隨處看看，或許心情會好些。」

今天有什麼收穫嗎？走在路上，我問著自己。除了確定與張昇耀同行者是一位教授外，再來就是……，那一堆腦漿了！

為什麼會出現腦漿，想到這問題就讓人心寒。早期的原住民出草獵首成功後都是怎麼處理屍首的？下溪畔，除去腦漿、舌頭，割取顱髮，放一部分於燧器袋中帶回。在接近部落時，鳴槍歡呼，告知社眾凱旋歸來，取出首級在額上割二裂口，再以葛藤串之。

我擔心的事終於發生了。有人正在以出草方式收集骷髏頭？這太可怕了！這殺人兇手在草菅人命，而且手段殘忍冷酷，殘暴至極！或許他殺人是不需要理由的，或許他是個變態殺人魔，就好像很多好萊塢電影裡頭的殺人兇手一樣，這種人多半精神異常，不是有著狂暴的躁鬱症就是有著嚴重的精神分裂症！他們嗜殺成性，殺人沒有動機，隨便一個出現在他們眼前的人都可能有生命危險！

跟這種人交手，我們有幾成勝算，會不會在事情未果前，自己就先犧牲了性命？馬亞與張昇耀的死兩者間若真無關連的話，那麼事情將會變得很棘手！假若兇手還會殺人，那麼下一個會是誰？我們根本就無從推論！還有，張昇耀與教授為何會跑到這兒來，只是單純來登山？途經部落時，有人曾經看過他們嗎？或許明天該請高沙招集村人調查此事！另外，這兇嫌顯然是由去年十二月底開始行兇的，也就是在張昇耀他們登山後才出現，那麼，這到底意味著什麼？

時隔三個多月了，兇手還逍遙法外，或許他還待在這山區裡，這樣想來，不是很恐怖嗎？

我覺得心煩意亂，同時也開始感到恐懼！

因為從現在起……

我得擔心會不會有人突然出其不意地在我背後捅我一刀了！

3

我得承認，我喜歡手邊的事物都在掌握之中，因為我不喜歡徬徨無助的感覺。然而，人生之中總是會有很多事情是你無法一手掌握的，比如說，天災、人禍、疾病、未來？而這些非我們所能掌握甚至想都沒想過的事，我們通常慣稱它為「意外」。沒錯！就是意外，意想之外。馬亞的死對他家人而言是個意外，張昇耀的死也是個人生意外，山區裡突然出現一個殺人兇手也是個意外；然而，事情不僅於此，最讓我懊惱的是，現在連我的推理竟也整個陷入意外之中了。

就在今天早上，我與高沙去參加部落的播種祭，這是原住民在耕作播種前的一種祭典。這祭典由祭司主持，清早族人們就備妥糕點祭酒以及靈粟並結藤在刀刃上，持著火炬，不分男女老少，一行人浩浩蕩蕩前往山田。到達田地後，我看到祭司在山田豎了一根細竹，然後在竹枝旁放置白石、松香樹皮各一，再把靈粟撒種於周圍，用小鍬鋤土覆蓋，最後再以祭酒糕點祀拜天神祖靈，祝禱祈求播種發芽長滿山田。

這樣的祭典前後不到半個鐘頭就結束了，然後一行人回到部落共進朝餐。整個祭典幾乎是在沉默中進行，沉默中結束，這跟我想像中的原住民祭典簡直就是天壤之別！當然，我知道像這樣的小祭典跟原住民著名的豐年祭根本不能相比，但這未免也差太多了，它只在一開始激發我的一點好奇心，然後……總之，我一點興奮的感覺都沒有。高沙似乎瞧出了我的感受，他跟我解釋說，播種祭原本應該還會擺設社宴，並飲酒作樂、歌唱起舞的，只是近幾十年來因為族人們的信仰多已西化，很多祭典其實早已廢除要不就是象徵性舉辦一下罷了！而現在山裡又發生命案，祭典不用說也就更為簡陋。然後他又跟我提到，意外死亡對他們原住民來講，其實是很不吉利的象徵，即便是豐年祭也會因為族裡有人意外身亡而告延期或取消。

其實，看不到祭典的盛況對我而言也沒什麼差別了，反正，我這趟旅行，早已沒什麼樂趣可言，首先是我的登山行程莫名其妙泡湯，然後是接連發現的兩樁命案，再來就是現在我還得提心吊膽擔心不知何時會被人砍掉頭顱！再說，就算真要唱歌跳舞，現在這種情況，也沒人樂得起來吧！

不過，這個祭典總算還有一點好處，它至少讓我們不用費心再去招集族人，就可以借機查出是否有人在三個月前看過兩名登山客上山。

詢問結果，很幸運的，還真有一位中年族人在三個月前曾看過一老一少同行的兩名登山客。他說他那時正在家門口抽菸，遠遠地看到村落旁山徑上有兩名登山客正與另一名族人講話，樣子看起來應該是在問路。而當高沙進一步詢問他可知被問路的族人是誰時，他的答案卻讓我當場軟腿差點沒跌了下來。那被問路的人，竟然正好就是馬亞！

亂了，這下全亂了，我的腦子頓時陷入一片空白。就在昨天，我才幾乎認定，兇手是個嗜殺的精神變態者，他殺人不問緣由，高興殺誰就殺誰，馬亞跟張昇耀之間應該沒有任何關係才是；可現在整個案情急轉直下，馬亞跟張昇耀是曾經接觸過的，那是否就表示，兇手殺人是有原因的，有預謀的！殺人是為了滅口，既是滅口，那當然也就意味著兇手想要掩藏某事，而那到底是什麼天大的事，需要不惜一切殺害兩條生命，不，或許是三條。但，就算是滅口吧！有哪個兇手會殺人滅口而不想辦法掩藏屍體？難道他不知道留條尾巴是會惹來追蹤的？還有，為什麼要取人頭顱，並除去腦漿？這兇手的行事作風，實在讓人百思不解，這整件事情根本就只有「詭異」兩個字可以形容。

結束祭典的朝餐之後，在回高沙住處途中，我發現張昇諺背對著我們獨自一人坐在一粒大石頭上眺望遠方天空。我請高沙先回去，然後走到他身旁坐下。

「沒參加祭典？」我開口問道。眼睛也隨著他的目光望著對面山頭，此時天空一片靛藍，峰巒上空正飄著幾絲白雲。

「沒有。」

我轉頭望著他的側臉，他的眼神迷濛而憂鬱，尖挺的鼻下一對輕薄的唇瓣緊閉著。我想找些什麼話來安慰他，卻又覺得此時言語直是多餘，因此，我選擇沉默，只是靜靜地陪他觀看這眼前的山景。

「他是個好哥哥。」沉默一會兒後，他突然開口說道。

「我相信他是的。」

「他也是個好兒子。」他低頭望著自己的腳說著，語調平緩冷靜。「大家都喜歡他。他很開朗，常帶給周遭的人歡樂。小時候我愛黏著他，但他從來沒有一次嫌我煩，他總是將我帶在身邊，到哪兒都一樣。每當我心情不好時，他就會逗我笑，要不就是帶我去些好玩的地方玩。」

昇諺苦笑一聲，繼續說道：「他知道我喜歡打電動玩具，有時候他會背著父母親偷偷帶我到附近一家遊樂場玩，因為他很清楚，我只要到了那邊，什麼不愉快的事也就會忘了。」

「他功課很好，老是拿第一名，害我在他後面追得很辛苦。從小，我就希望自己能跟他一樣優秀，我總覺得，像他這樣優秀的人，應該也要有個優秀的弟弟，這樣事情才顯得完美。」他頓了一下，轉頭望著我，「我崇拜他，真的崇拜他。」

我發現我的鼻頭又開始發酸了。

「長大後，他當了醫師，我則是一位律師。這樣很好，真的很好，一切都在他的期望中發展。他小時候就說長大後要當醫師了，當醫師可以幫助很多人，他是這麼跟我說的，你看他這人心地多好。」他再度苦笑。

「我說，那我長大也要當醫生，他說，不好，我應該去當個律師，伸張正義。一個醫生、一個律師，很完美的組合呀！我聽了他的話，我喜歡照著他的意思做，他的一句玩笑話，我都可以把它信以為真。我想這是他萬萬也沒想到的事吧！」

「美好的事物似乎總是不長久，有時候事情變化得很急促！就像電光火石，啪！一下，它就發生了，然後，什麼事情都變了。我們再也找不回以往的生活。」

「在他失蹤的那三個月裡，整個家愁雲慘霧的，父母親憂心如焚，尤其是我媽，她整日以淚洗面，飯也吃不下，睡也睡不著，才短短三個月，她整個人就好像老了幾十歲。」兩行熱淚悄悄地自昇諺臉旁滑落，他舉起手輕抹兩下臉頰，又輕笑一聲，「很慘！真的很慘，是不是？」

「其實……」他哽咽了一下，繼續說道：「在他失蹤的那三個月裡，雖然情況很糟！我們一直沒有得到他的下落，但至少……至少我們心裡還是懷抱著一絲希望的。」

「那天我們接到警方的電話通知，事實上，那是一通我們一直在等待的電話，可是……電話那頭傳來的消息竟是……要我們去認屍！」

「認屍……是認屍。我媽當場就暈厥過去了，她現在還躺在醫院裡呢。你可知道，我哥的死對我們全家人造成了多大的身心折磨？那就好像，整個世界就要滅絕了，生命的一切都不再有意義了！」

「怎麼可以這樣？牠怎麼可以把他帶走？他是那麼樣善良的一個人，他不應該遭受這種際遇的！好人至少應該得到一個善終的，不是嗎？這世界實在太不公平了……」在一陣喃喃自語後，他終於抑制不住地嚎哭起來。

我靜默地起身，將他擁在懷裡。我不知道他為什麼要跟我講這些話，他為什麼肯在一個初識的人面前曝露自己的情感。我知道有些人有著一種獨特特質，這種人本身的存在就可以很自然解除一個人的心防，讓人不自禁地就在他面前解甲，崩潰！然而，我有這樣的特質嗎？還是說，我正好有他的緣，而這種緣就是那種對方一見到你就有著莫名好感的那種緣。我覺得很乏力，也覺得自己很無能，面對這樣的情況我竟是一句話也說不出口。我抱著他，緊緊地抱著他，除此之外，我不知道我還能為他做什麼？

「我們一定要逮到這個殺人兇手，一定要將他繩之以法。」他在我懷裡毅然說著。

天空的顏色是一片的藍，今天顯然是個好天氣，眼前的一切，看起來似乎都很美好，怎奈在這藍天下，卻存在著一顆破碎的心！我想起《道德經》裡頭的一句話：「天地不仁，以萬物為芻狗。」，世事就是這樣在發展的，不是嗎？當一人悲痛欲絕之時，這世界還是繼續無情地運轉，絲毫無視於這人的存在。唉！這眼淚真是不爭氣……

正當昇諺還深陷哀愁中而不能自我時，部落裡傳來一陣騷動，緊接著我看到高沙去而復返，盧勝吉與鍾醫師尾隨其後，往我這兒奔來，身前身後各有三四個族人。

「快來！」經過我身邊時，高沙朝我揮了一下手，腳一刻也不停地往部落外那條山徑方向奔去。

「到底發生了什麼事？」我對著殿後的鍾醫師吼道。

「又發現屍體了！」他氣喘喘地邊跑邊說著。

我拍了一下昇諺的臂膀，隨即舉步跟上去。

汗水自額上悄悄滑落，我不知道這汗水是來自激烈的跑步運動，還是來自這懸疑氣氛所引發出的恐懼。森林裡仍是那份慣有的靜謐氣息，掠過臉頰上的和風吹送著一股濃郁古樹味，高沙他們在離開部落後約略三百公尺處緩下了腳步。

「在哪兒？」高沙喊道。

「在那樹林裡。」一名年輕族人應和著。

「你們在這兒等著。學長，鍾醫師、老孫我們走吧！」

我輕推一下昇諺的腰際示意他一起走，高沙望了我一眼，不置可否地往林內走去。

我們深入林內大約百來公尺，這一路上，最讓我驚訝的是，林內竟留著無數血跡，它像一種引導人的記號，指引著我們一路前進，直到我們發現一具伏臥於地的屍體。

到達命案陳屍現場後，高沙與鍾醫師表情嚴肅地死盯著屍體，幾分鐘過了仍是不置一語。同樣的困惑在我心裡產生，我也被眼前的一幕震懾得久久不能言語。

「怎麼會這樣？」鍾醫師望著屍體打破沉默喃喃自語著。

昇諺用手緊摀口鼻，一副難以置信的表情。我想，這一次的視覺衝擊比我第一次見到馬亞屍體時還更讓人感到震撼！整個命案現場滿目瘡痍，到處都是斑斑血跡，地上、石上、樹幹上無有一處不掛紅！整個空氣中瀰漫著一股淡淡血腥味，和著眼前駭人景象，聞在鼻裡讓人越發感到難受。以往所看的恐怖片畫面又開始襲擊我的腦神經了，眼前這一幕實在太可怕！怎真會有人這麼殘忍，用這種手段殺人？

高沙拿著相機在屍體四周拍完照後，轉身面向醫師說道：

「鍾醫師，麻煩你了。」

「嗯。」

趁著鍾醫師在驗屍時，高沙與盧勝吉開始在案發附近採樣。我閒來無事便走到鍾醫師身旁蹲下。這麼近距離看一具屍體，真的讓人有一種無以名狀的恐懼感，我試著撫平自己心緒，說服自己，都看過兩具屍體了，應該要適應這一切才是。

「是同一個兇手幹的嗎？」我好奇問道。

「嗯！應該是吧！切割脖子的手法是一樣的，乾淨俐落，絲毫不拖泥帶水。」

「但為什麼這具屍體跟前兩具不同？這屍體的死狀太可怕了。」

「不知道。」他搖搖頭，「或許兇手厭倦一刀斃命的殺人手法，他想要追求更多刺激，享受更大的殺人樂趣！」

「殺人樂趣？」我望了一下鍾醫師，「什麼時候殺人也可以成為有樂趣的事了？」我發現自己的心裡頭有一股火氣正在逐漸上升。

「你打獵過嗎？」鍾醫師戴著手套撥弄死者的手臂檢查傷口頭也不抬地問著我。

「我？沒有。」

「你知道打獵最大的樂趣是什麼？」

「追逐獵物。」昇諺突然也在我身旁蹲下身插口說道。

鍾醫師轉頭望了一下昇諺，說道：「沒錯！就是追逐獵物。」

「我想這情況跟釣魚有異曲同工之妙，釣魚最大的樂趣並不在於釣得多少魚，而是在於魚上勾時，釣者借由釣竿與魚所做的搏鬥，魚越難馴服，刺激感也就越大，當魚被釣上岸後，釣者的成就感雖被滿足了，但整個釣魚過程，會讓釣者回味無窮的卻是那與獵物搏鬥時的快感。」昇諺進一步做著解釋，眼神一掃之前的陰霾又恢復昨日我與他初相見時的自信。

「說得好。」鍾醫師頻頻點頭。「不過，一個人會想要去殺人，這又比打獵複雜許多，這其中牽扯到的東西，還有更多是兇手的心理層面，與他的精神狀態……」

一股異樣的感覺在我心頭盪漾，鍾醫師的話仍在延續，但我的腦子卻陷入一片渾沌，對他的話彷若未聞。而那一股說不出的感覺就好像是一滴墨汁滴上胸口，逐漸滲入我的心臟，那墨汁彷若無止盡似地，一再延展在我軀體裡，越滲越多，越暈越開，直到那感覺幻成一波又一波的恐懼蝕腐著我的身心仍不得終止。

兇手殺人的手法越來越兇殘、越來越詭異，還有，他似乎越來越肆無忌憚了。我有一種感覺，這兇手似乎不怕被追蹤，他就像那種智商很高的殺人犯，正在精心佈置一樁又一樁的命案，用以考驗警察的辦案能力，進而取笑警察的無能！又或，他根本無視於警察的存在，只是盡興地玩著自己的殺人遊戲？

以人做獵物？

這太可怕了！我想起小時候解剖青蛙的情形，我與其他小朋友將青蛙倒置在桌面，拉開它的四肢，並用四根小鐵釘將它牢牢釘在桌面，然後用一把美工刀從它頸部長長地沿著肚皮劃下，緊接著我們研究它的內臟，並用刀挑出它體內器官，直到看著它一動也不動地死去，而後我們再將它的四肢肢解，甚而將它的頭也切除！

小時候的我也是不具人性的嗎？要不我怎能這樣對待一隻青蛙？然而這事不只我在做呀！這可是小學上自然課時課本教的，我們幾乎是人手一隻青蛙做著解剖！為什麼我現在會覺得很殘忍呢？這之間的差異到底在哪裡？如果說殺青蛙可以無關於人性，那麼這兇手或許也是具有人性的不是嗎？而我們之間的不同，或許只是……他可以很自然地將人當成他手中的青蛙、手中的寵物、獵物？如此說來，怎麼樣殺死一個人甚至凌虐一個人至死，又怎會讓他產生任何自覺殘忍的念頭呢？

「老孫……」

我聽見高沙叫我，於是抬頭往他望去，看見他正跟我招手示意我到他那兒。

「你看這個足印！」他望著地面。

在距屍體上方約三公尺處很明顯地有一個紅色赤腳足印。「不會吧！這兇手是不留足印的。」我疑惑地說著。

「但就是留下了。」高沙也是一臉迷惑！「而且不只如此，你看那邊還有一個。」

我朝著高沙所指的方向走去，果然又發現另一足印。我轉頭反覆看著兩個足印，然後思緒開始陷入迷宮。

「你再來看看這個。」盧勝吉站在一棵樹旁說著。

我依言走了過去。

我真的不知該說些什麼，那樹幹上竟也橫印著一個沙、血混合的足印，高度至少在一公尺以上。

「這個就厲害了吧！這兇手是個輕功高手。」盧勝吉嘲諷似地說著。「你看，那第一個足印是右腳，二公尺後第二個足印是左腳，再來二公尺後的樹幹上又是右腳，然後……不見了，憑空消失，就好像他能融入空氣中似的。」勝吉一臉詭異笑容，似哭非笑。

「足印長十四點五公分，寬九點二公分，是一般成人的正常尺寸。」高沙走了過來。「死者身上穿著鞋，所以這足印應該不是死者的，也就是說，這足印可能是兇手留下的。」

「我看這傢伙在故佈迷陣，他故意留下三個腳印讓我們摸不著頭緒，他以為我們警察是笨蛋？」盧勝吉不屑地說道。

「這傢伙不穿鞋。」我望了一下高沙輕笑著，我需要鬆弛一下自己的心緒。

「早期的原住民不穿鞋，包括現在很多老一輩族人，他們到現在也還是打著赤腳。」高沙說。

「現代人能打著赤腳走在石子路上的不多，這足印若真是兇手的，那麼兇手是原住民的可能性也就增加了。」不知何時，鍾醫師也走過來，他如是說著。而昇諺則跟在他身後，也過來看這三個怪異足印。

「知道死者是誰嗎？」我開口問高沙。

「布拉。是個中年人，年紀大約在四十五歲。」高沙眼眶泛紅，別過了頭。

「跟你很熟嗎？」盧勝吉接著問道。

「小時候他常帶著我玩，也教我如何佈置陷阱獵物，他是個狩獵好手。」高沙舉起手胡亂抹了一下臉龐上的淚水。

這下好了，除了追緝殺人兇手外，我們還得一邊承擔情感上的折磨。先是利毆，然後是昇諺，現在連高沙也落淚了；至於我，這些死者沒有一個跟我有關係，那我跟著別人掉眼淚到底是什麼意思，我真的有點厭惡這種受著外力牽引的情感所引發的淚水。

「知道死者為什麼上山嗎？」我需要暫時撇下情感，讓理智抬頭，豐富的情感可說對案情一點幫助也沒有。

「收集獵物。」高沙回答了我的話。「布拉前兩日在山裡頭置了幾個陷阱，今早天還沒亮就出門查看獵捕情況，他想趕在朝餐前回到部落。」

「是誰發現他的？」

「幾個年輕小伙子。」高沙頓了一下繼續說道：「布拉的老婆薩雅等不到人，所以很擔心，你知道的，這幾天的無頭死屍命案早就把整個部落搞得人心惶惶，所以她拜託幾個年輕人幫忙到林裡找找看。你看，就是林外那幾個年輕人發現屍體的。」

「那他老婆知道他的死訊了嗎？」昇諺突然開口問道，一臉鎮定。

我們一行人不約而同地朝著他望，我覺得我的心口好像又被人用針狠狠扎了一下。

「還……」高沙面露愁容，支吾答道：「還沒。」

當律師的都這樣嗎？總是一句話就要把人撂倒？難怪有人那麼討厭律師，他們太過聰明，通常也都太過自負，還有一種自認為比別人強的優越感作祟，這些在昇諺身上尤其明顯！我不禁懷疑今早他對我的哭訴只是一時的情緒失控，他們這種人應該是不會在他人面前顯示自己軟弱面的。

「都檢查好了吧！」盧勝吉開口打破這尷尬的場面，「若沒事那我們回去了。對了，高沙，去叫那幾個年輕人來幫忙將屍體抬回部落。」

回程的路上氣氛格外凝重，真不知將這具屍體抬回部落後，又將帶給族人多大恐慌與精神上的威脅，還有，死者的老婆她將如何面對這突來的噩耗！還沒到部落，我就彷彿已經看到一個哭天搶地的婦女面容了。

「對了，鍾醫師，死者身上有幾處傷口？」行經途中高沙突然開問道。

「頸部的不算，總共有十一處。左臂一道，右臂二道，後背三道，左大腿二道，小腿一道；右大腿一道，小腿也一道。傷口平均入肉約一公分，林裡沿路所見的血跡應該都是死者生前奔跑時所留下的。」鍾醫師神色凝重說著。

「這次是嚴重追殺了？」高沙接口。

「沒錯！」

「你想，是同一個兇手所為嗎？」

「應該是。」

「這次殺人的手法變更了，而且還留下足印。」

「其實他大可一刀就結束死者的生命，但他顯然有意要凌虐被害者，」鍾醫師搖著頭，「這傢伙越來越恐怖了！」

沉重！這步履比來時沉重許多，我有一種舉步艱難的感覺。心頭上好像壓著一塊沉悶的大石，而這大石壓得我幾乎就要喘不過氣了。我的心情到這第六日，可說已是盪到谷底，我想我此刻的臉色一定很難看，我根本就笑不出來，甚至於我連一點想笑的欲望都沒有，我很懷疑我就要失去笑的能力了！除此之外，另一點，我很不想承認，卻一直襲擊著我，讓我無法不正視它的存在的，就是我的……恐懼！

其實，打從第一天到這兒發現第一具死屍開始，我的恐懼就一直存在了，只是這一路下來我總是有意無意一再壓抑它，不允許它作祟；我想讓自己看起來勇敢些，能力強的人遇事應該沉著無懼的，不是嗎？然而人有可能不恐懼嗎？還是說人總是習慣性帶著面具示人？為什麼我得隱藏自己的恐懼，而裝得好像很勇敢，或許我也很自負吧！就像昪諺一樣。

這山區裡有個病態殺人魔，他殺人不眨眼，殺人手段殘忍至極；我並不屬於這兒，我不過是個過客，我是來渡假的，我犯得著留下來蹚這趟渾水嗎？哪天殺人魔的刀口突然指向我時，那我還有命可活嗎？再笨的人都知道要離開吧！

回到部落後，果不其然，這具屍體又引起一陣騷動。我想避開那哭嚎場面，於是步伐不停地直接往住處走去。

回到住處已是午後一點多，沒想到我們在命案現場待了四個鐘頭之久。中餐還沒吃，不過，我著實也沒什麼胃口了。老實說，我一心直想趕快遠離這個是非地，剛在回程的途中，其實我就已在心底暗下一個決定！我要提早一天離開這兒。

「你幹嘛？」高沙與盧勝吉突然入屋，他一臉狐疑地望著我，「你整理背包幹嘛？」

「你看不出來嗎？」我低頭繼續忙著整理自己的東西。

「你不是明天才要走？」

「我想過了，明早走，跟今天走根本就沒有什麼差別。」我抬頭望了一下高沙，「我累了，真的累了。」

高沙聞言沉默不語。

「你這算什麼意思？」盧勝吉突然開口，「幫忙了幾天，看苗頭不對，就想要走人？」

「幹！」盧勝吉用力踢了一下桌腳，忿忿地說道：「高沙說你多行，我看也是爛人一個，還不是一樣貪生怕死，怕就趕快給我滾回去！別在這兒丟人現眼！」

我不置一語。他是想用激將法激我嗎？然而我這人是最不受理激將的，他顯然用錯方法了！

「老孫……」高沙喊著我。

我抬頭望向他，他往前走幾步，在我跟前蹲了下來。

「我也想走……，但你說我可以嗎？」

「……」

「留下來，就算是為了我留下來吧！」他神態凝重地望著我，「我需要你的幫忙。」

「不，你搞錯了。」我搖著頭，「你真正需要的幫忙不是我，而是你們那些真正受過專業訓練的警方人員。你為什麼不去請示上級多派些精英來協助調查呢？」

「你以為我不想？」高沙提高音量，「你知道台灣每一年警察要處理的大大小小案件有多少？」

「上個星期，我才看了去年人口死亡的統計報告。別的不說，去年光是因事故傷害而死亡的人數就高達一萬零九百七十三人，自殺人數也有二千一百七十七人，這兩者加起來共有一萬三千一百五十人，也就是說台灣去年平均每天要有三十六人死於車禍、自殺、他殺、或其他意外事故。而這些事故的發生，都是需要驚動警局出動人馬調查處理的。」

「我必須告訴你，很多案件都是無疾而終的。你在電視上常常可以看到警方出動一大堆警察圍剿歹徒，但那些在這麼多案件裡頭其實算是極少數。唯有案件牽涉到官方人員，或有名人士，或經媒體渲染，它才可能真正受到上級重視。像我們這樣一個偏遠山區，你以為上級肯撥多少人馬給我們？」

「那麼你就讓媒體去渲染此事！就我所知你們警方跟媒體都是有連繫的，只要你們肯透露消息，媒體隨時可以在第一時間得到第一手資料。」

「喔！是嗎？」高沙猛搖著頭，「我剛剛說台灣一天死於意外事故的有幾人？三十六人，你一天裡頭可以看到的死亡事件報導有幾則？二則還是三則？沒錯！每天都有人被殺或自殺已經很駭人了，但事實的真相並不僅於此！另外那些三十幾則案件跑到哪去了？」

「警方不是每一則命案都會老實透露給媒體知道的。如果你是上級長官，你會這麼做嗎？」但經過媒體報導的案件，警方就多了一份潛在壓力，萬一遲遲未破案呢？輿論壓力會壓得你喘不過氣來，而且上級還有可能因辦事不力而遭受處分。所以，我告訴你，我們所處的這個社會，很多事情我們所能看到的，其實都只是表面，很多內幕真要抖出來，恐怕會嚇死人的！」

「另外，你知道最諷刺的是什麼嗎？你知道山區原住民每年的十大死因高居第一位的什麼？我告訴你，是事故傷害！而這些事故傷害的造成原因，多數是因為我們原住民酗酒後造成的，如此你就可以知道你們平地人是多麼不屑於我們山區的死亡案件。我為什麼滴酒不沾，因為我從不否認我自己也鄙夷著我們原住民的喝酒文化，我們原住民給人的刻板印象就是，喝酒、喝酒、喝酒，我實在厭惡極了這種矮人一截的心態作祟了！」高沙昂聲咆哮著。

我真的不知該說什麼，很顯然地這一連串事故已經攪亂我們的理智，我們開始變得意氣用事，而個人情感也介入地越來越多了。我提起背包，舉步往門口走去。

「你真的要走？」

我望著高沙點著頭，兩人站在原地僵持一陣子。

「好吧！」高沙走到我身旁接過我的背包，「我送你下山。」

「不用了，」我搖著頭，「你還有事情要忙。」

「沒關係，反正我也是得下山一趟，報告最新案情。」

走出高沙住處門口後，屋內又傳來一聲桌子移動的聲響，我想，是盧勝吉又氣得拿桌腳出氣了。

太陽很大，整個部落正籠罩在烈陽下，穿越部落時，耳邊仍不時傳來一陣又一陣哀嚎聲，感覺真的很淒涼、蕭瑟。我說過，我早已不知笑為何物，這邊的氣氛真不是一般人所可以忍受的。

當我們經過昇諺在村落借住的屋舍時，我發現他正坐在門口平台處望著我們。

「這是做什麼？」他走了過來，「是誰要走了？」

「是你嗎？」他面對著我。

「嗯……」我輕點一下頭。

「誰說你可以走的？」他突然提高音量，「你忘了我們說好要一起將兇手繩之以法的？」

他一句話把我的腦子打得嗡嗡作響，我何時說過「我們」了？這話是他自己說的，不是嗎？

「我不許你走！」他搶過高沙手中的背包，不再理會我們，直往反方向走去。

他突來的舉動，讓我當場愣住！難道這小子是我的剋星？為什麼我能夠縱容他在我面前為所欲為？難道只因為他曾伏在我懷裡哭過？為什麼我會產生那種兄弟情懷？我想代替他哥哥照顧他嗎？還是說我可憐他？

「別說是我強迫你，」高沙輕笑了一下，「這下，我想，就算你想走也走不了了。」

高沙回身往住處方向走去，留下我一個人呆立在原處無所適從，臨去前他刻意提高音量自語著。

「呵呵，真沒想到留下這小子還是有用處的……」

4

高沙又下山了，去報備最新案情與洗照片。住在這樣的高山上，不比都市，很多我們早已習慣的便利生活，在這兒都顯得諸多不便。我想每個住過都市的人，多少都會有因受不了都市塵煙而興起年老隱居山林的寫意念頭！當然，我也不例外，甚至之前我還想著，就算這時期要我過隱居生活，我也能甘之如飴；可現在，我知道事實真相並非如此。有些自以為會喜歡的事，多半都被自己過度美化了，要不就是高估了自己，真要達成時，你便會發現，理想與夢想其實有著很大一段差距。好比說現在，我就已經開始有點受不了這裡的不便，我想著，如果這兒有一家便利商店那該有多好……唉！我是不是想太多了？當人們一味痛批文明過度開發帶來過多汙染時，才發現自己早已離不開這文明生活，這說來，其實也是有些諷刺的，不是嗎？

對了！我留下來了。因為昇諺？因為高沙？因為死者？還是因為自己？我不知道，真的不知道。也許我想證明自我價值，也許我天性善良，不忍再見到有人受傷害，也許……也許……只是我愛上這種被重視的感覺，好像這事非我不可的感覺，這也算是一種虛榮心嗎？總之，我是留下來了。

當然，離去有離去的好處，離去的話自然就不用拿自己的命在這兒做賭注！但不離去，卻能讓我求得一份心安免得往後內疚過活！

常常，我看恐怖的殺人影片時，都會不自禁思索一個問題。一樣是人，為什麼加害者能那麼從容殺人？而被害者卻得緊張受怕最後還難逃被殺命運？難道殺人者能力一定都較被害者強大嗎？我想事情不是如此的，這兩者間最大差異或許只是恐懼！過大的恐懼讓人喪失了防禦本能，因為一心想逃，所以也就只能淪為被追殺者。

高沙是個柔道四段高手，我自己曾學過跆拳道、太極拳、擒拿術，身手也算矯健，更何況高沙身上還配有槍械，沒道理我們要怕一個人的。或許我們該讓主賓異位，改取主動出擊方式，將恐懼反丟給那殺人魔去煩惱才對。

兇手還在這山區裡，這不是很好嗎？這意味著我們將有很大的機會逮住兇手，不是嗎？我必須想辦法驅除自我恐懼，而選擇面對將是去除恐懼的最佳方法。或許我該加強自我信念，就像那些業務員常去上的激勵課程一樣，告訴自己，我是最棒的，我一定可以做到！感覺上雖然很像呆子，但它的確發揮著成效，不是嗎？這也算是自我催眠的一種吧！我的確需要像我母親每天唸阿彌陀佛一樣地唸它個幾遍，我可以逮住那兇手的！

高沙已在部落發布公告，今後嚴禁族人單獨行動，小學生下山上學需有兩位大人護送。不可否認的，這殺人魔已把整個部落搞得人心惶惶，我們必須盡可能地逮到他，早日結束這個可怕夢魘，恢復這村落的寧靜，同時也避免再有任何人受到傷害。

為了去除自我恐懼，也考驗自己能耐，我決定冒險獨自到林內走走，順便再勘察一下這幾日的案發現場，看能不能再找出任何一點蛛絲馬跡。幸運的話，或許我能找出兇嫌的窩藏地點，或見著兇嫌。我該給自己一次與他會面的機會，也給他一次與我會面的機會，而單獨走進林內，將會大大提高照面的可能性。畢竟，這接二連三的命案，死者都是在單獨行動中身亡的。

打定主意之後，我準備了一些食物放在小背包中，用以充當中餐。這會兒我要讓自己置身林中至少十二個鐘頭，給他更充裕的時間來發現我。我隱約可以聽到自己心中的吶喊：來吧！我等著你。

「孫毅叔叔。」

就在快穿過部落時，我聽到一道熟悉的聲音從背後傳來，那是帶點稚嫩的聲音。

「魯凱。」我故露疑惑眼色喊著他，「你怎麼沒去上學？」

「爺爺今天下山，他要我留在村裡陪奶奶。」魯凱的國語講得很好，並不存在原住民講話時慣有的腔調。

「那你不在家裡陪奶奶跑出來幹嘛？」

「那你要去哪裡？」

我當場楞了一下。「嘿！你這小子，」我用食指戳著他的頭，「我要去哪裡還要跟你報備？」

「我要跟你一起去。」

「不行！」

「好啦！」他用雙手握著我的手臂晃動，一臉祈求的眼神，「讓我跟嘛，我不會煩你的。」

「但我現在就覺得你很煩了。」我搖著頭。

魯凱噘著嘴，一臉哭喪的模樣。我發現我的心又開始軟化了，我實在不忍心讓他失望！我喜歡小孩，真的很喜歡，我巴不得自己有一個像魯凱一樣可愛的小孩，或許我底子裡就是把他當自己的小孩看待吧！其實，我也喜歡他跟我在一起，甚至有幾次，我都興著想要抱抱他的念頭。真糟糕！我是不是有戀童癖呀？

「去跟你奶奶講，說你跟孫毅叔叔在一起，中午要在外面用餐，不會回來。」我拍了一下他的屁股，催促他。

他聞言臉上迅速掛回那副天真笑容，臉色變化就像翻撲克牌一樣地快。

我在部落外山徑旁的一顆大石上坐著等魯凱，不到五分鐘光景，就見他也背著一個小背包，往我這兒跑來。

人生說來是很奇妙的，有時候我會覺得自己是不存在的。就像現在，走在這山徑上，我卻產生一種迷惑！有一種很怪異的感覺，好像我的身體跟靈魂是分開的，而真正的主子是身體，它將我的靈魂帶到此處，我甚至不知道自己為何會來這？那種感覺，就像大夢初醒，才發覺原來那只是一場夢般的不真實。若這世上真存在著一位冥冥中主宰萬物的上帝，那麼這一切的人生戲碼是否都緣自於祂的手筆？而我是這齣戲的主角嗎？該由我來制伏這可惡的殺人魔嗎？以往的經驗告訴我，主角是不會被殺死的，我該為此而感到心安嗎？我會因為如此，就變成無敵鐵金剛？這太荒謬了！我甚至連自己是不是配角都不知道，又或許，我只是個路人甲或乙，而這種人通常會死得很快的，不是嗎？

「你爸媽呢？」為了遏止自己雜亂的思緒奔騰，走在路上我隨口問著魯凱。

「他們在山下工作。」

「有沒有常回來？」

「幾個月回來一次吧！」他手拿著一根枯枝胡亂掃著路邊野草。

「會不會想念他們。」

「不會！」他用力甩了一下枯枝。

我不明白為什麼有人有那麼大的能耐，能允許自己幾個月才見子女一面。或許，這只是習慣，很多事情習慣了也就變成自然，小孩變得不再那麼值得被思念，親情不再值得讓人留戀。為了生活嗎？然而生活中真正所需又是什麼？

我搖了搖頭，牽起魯凱的小手，往林內走去，這是布拉陳屍現場。林內斑斑血跡，仍是讓人觸目驚心，一棵喬木下灘著一大灘乾枯的血，那是昨日布拉伏臥的地方。布拉那幕無頭屍體的影像又再一次在我腦海中浮現，他全身佈滿血跡，身上衣物被血染得通紅，血中全是塵沙，可以想見的是，他在追殺過程中，一定跌跤了很多次。光想到，被追殺的人若是自己……那兇手舞著番刀，在身後詭異地笑著，邊追逐邊逐獵似地一刀接著一刀劃過我的肌膚，我的頭皮就發麻，那將是多駭人的景象呀！

足印？那雙醒目的足印……真的是兇手留下的嗎？這是個難解的謎，一個步伐兩公尺，這傢伙是個巨人？但足印大小跟一般成人的腳是沒兩樣的。再說這兇嫌果真長得人高馬大，那沒有道理那麼不容易被發現。

三級跳遠選手或許可以做到這一點，總之，若不是兇手故佈疑陣，就是他的跳躍力很強，面對像這樣一個運動細胞旺盛的兇手，我該如何應變？或許他的反應速度比我快速，那我該如何才能躲過他手中那把犀利的番刀？總之，我告訴自己……我絕不逃！勇敢地面對，才更能洞悉敵人動態，並做出適當應變！

「走吧！」我吆喝魯凱。

「要去哪兒？」魯凱走到我身邊握住我的手，抬頭問我。

「隨便逛逛。」

「但高沙叔叔說不能單獨入林的。」

「我們入林已經多久了？剛不提醒叔叔為什麼現在才提起？再說，你跟我加起來總共有幾個人？」

「兩個。」魯凱支吾回答著。

「那就對啦！兩個以上就不算單獨，這你知道吧！」

「但是……你不怕遇到那個殺人兇手呀？」

「我們有兩個人耶！」我用雙手對著魯凱比劃著兩個V字型手勢，「二打一，我們沒道理會輸的，是不是？」我在他面前揮舞著手刀。

「可是他手上有番刀耶！」

「對呀，他手上有番刀……」我頓了一下，然後很正經地望著他說道：「可是我們有豐年果糖啊！」

魯凱聞言，迅速做出一個跌倒姿勢。我抓過他的手，然後將他一把抱在胸前，望著他的眼，笑問他：「你是不是會怕？」

他搖頭，「有叔叔在我就不怕。」笑著。

「才怪！」我輕捏一下他的鼻，「待會兒真見到兇手，就有人要尿褲子了。」

「才不會。」

「呱！」

正當我與魯凱在說話時，右側林中突然傳來一聲怪異鳥聲，緊接著一隻體型頗大的黑鳥竄出樹枝飛上天際。我與魯凱不約而同緊盯著右方樹林，我發現我的手臂正被魯凱緊緊抓著，而心跳似乎也在剎那間加快了速度。

我輕輕放下魯凱，想找根樹枝充當武器，然而地上卻連一根枯枝都沒有，於是撿了幾顆蛋大石頭在手上。我不知道這些石頭能發揮什麼功效，但我知道石頭至少能嚇跑一隻笨狗！我開始有點後悔身上沒帶番刀，如若此刻兇手真要出現在我眼前，石頭對番刀？我苦笑著。

是錯覺嗎？這林裡似乎變得更為安靜了，先前時而傳來的悅耳鳥鳴，突然間好像都消失了。我引著魯凱逐步向前，前方十公尺處的樹叢正發著沙沙聲響，有東西躲在樹叢後？

我蹲下身，又撿起一粒石頭，我知道我的動作有點笨拙也有點愚蠢，難道多一粒石頭就能讓我對抗眼前危機？甚至我發現我的手似乎正在不受管制地抖著，我很厭惡這種感覺，我不希望讓恐懼再度襲擊我的身心。

我揚起身子，猛力擲出石子往那樹叢砸去。

一聲巨大而怪異的哀鳴聲從樹叢傳出，緊接著我看到一抹龐大的黑色身影自叢中竄出，我二話不說，又擊出第二粒石頭。

「是山豬！」魯凱高聲喊著。

那石頭一把砸在山豬頭上，悶了一聲，山豬軟腿撲倒在地，隨即又站起來，逃竄入林。

「你有看到嗎？」魯凱高興吼著，「你擊中牠的頭耶。」

我苦笑著，然後手拉魯凱往前又追逐幾步。山豬已隱沒林裡，我們失去了牠的蹤影！這一切發生地太快，讓我感到有些失望，追捕行動才正要開始，卻已經結束。我丟了餘下石頭，拍拍手中灰塵，然後示意魯凱往回走。

我不否認發現山豬後讓我的緊張情緒頓時放鬆不少，但我自己清楚知道，剛才的我，正在擔怕著兇手的出現。我覺得有點慶幸，出現的是隻山豬而不是兇手，但卻也有些失望，出現的是山豬不是兇手，很矛盾的思緒，我自己也覺得。只是，我不明白的是，幾時起，人對人的威脅已遠超過禽獸所能給予人的威脅了？

經過山豬事件後，我在沿途中便積極地尋找厚實樹枝，我得有一枝木棍在手，充當防禦武器，以備不時之需。

林中仍是一片靜謐，走在林裡，我戰戰兢兢地留意林中一切動靜。我與魯凱的對話減少了，他似乎也感受到那一份詭譎氣氛，小手一直緊緊握著我的手。我試著說服自己，這是自己嚇自己，情況就像行走於黑夜中，心裡有鬼的話就會老覺得身後有人跟著你一樣。

一個早上就在驚懼中度過了，我與魯凱在林裡漫無目的似地走著，我們走過馬亞陳屍現場，也走過昇耀的曝屍現場，我一心盼望能搜尋出一絲被我們忽略的線索，同時也一心期盼能和兇手照個面，我對自己的身手有信心？而或許這份信心只不過是緣自我的自負。

「孫毅叔叔。」魯凱突然開口，「我帶你去一個神祕的地方好不好？」

「什麼神祕的地方？」

「去了你就知道了。」

「遠嗎？」

「不，就在這附近。」他笑著。「前面有個小叉路，往左手邊小徑走下去，穿出樹林，就到了。我們可以在那邊吃午餐。」

「好吧！」我點著頭，給他一個微笑。

這條小徑並不明顯，寬度不到半尺，兩旁松林與箭竹雜生，我與魯凱沿著斜坡走了近十分鐘，耳際逐漸傳來一陣陣激水聲，我開始對這個神祕地方產生好奇心。

沿路水聲逐漸加大，我們又走一陣子，終於穿過樹林。

「哪！到了。」魯凱揚著手愉快喊道。

我笑了，這是一種發自內心的喜悅。眼前這一幕才是我來這山區想見到的。魯凱拉著我的手往前奔到湖泊旁，那是一湖渲染著綠墨的湖泊，上方連著一矗岩石堆砌而成的陡直落差面，那落差約有五公尺高，一道清泉沿著岩石面洩下，形成一道景緻壯麗的瀑布，那水柱沖擊著湖泊水面，激起一陣陣白金水花，發出轟轟聲響，一再迴盪在這樹林裡。湖泊下方，延伸一條溪流，往山下流去，河中河岸大小石塊遍佈，水花親吻在石塊上，流水尋著石縫一再穿流。湖泊四周圍著一片綠蔭，隨風飄送淡雅林木味，這空氣真是清爽極了，吸入肺裡，整個人都精神了起來。多富詩意的一個好地方呀！

「你怎麼會知道這個地方？」我掬了一把水撥在臉上，愉快問道。

「全村的人都知道這個地方，只是不常來。不過，我們小孩子有時會跑到這裡游泳玩水。」

這兒真的很漂亮，一切的景象都是來自自然手筆，絲毫不經過一點人工雕飾，它就這樣靜穆地座落在這一大片林裡，默默展現它的光彩。也像午後橫越天際的彩虹，給了人們無限驚喜。能在這種地方野露用餐，真是人生一大享受呀！

我與魯凱在湖泊旁用了午餐，這是我到這山區後，第一次難得的閒情，我心想著，能見到這一處美景，總算也不枉這次的旅程了。

午餐後我與魯凱脫了鞋襪，赤足在湖泊邊玩水，湖水極其清涼，禁不住那股冰涼的誘惑，我大口大口喝了好幾口湖水。那湖水帶點甘甜，涼意順著喉直入肺腑脾胃，並滲著骨骼，讓我有種遍體通暢的快感。

正當我與魯凱玩得不亦樂乎時，瀑布上方林叢中，傳來一陣陣飛鳥鼓躁的聲音，一群大小不一的林鳥慌張似地揚飛起，然後消失在林木上空。

我專注望著那片林木，一種不祥預兆襲上心頭。我真大意！幾乎忘了自己這次入林的本意，也忽略了置身此地可能出現的危險！

「趕快把鞋子穿上！」我仍是死盯著瀑布上方，頭也不回地警示魯凱。然後緩緩移步離開水面，確定林中再無動靜後，在一顆石頭上坐了下來。

魯凱正在穿鞋，看來他也感受到那份危機感了！我胡亂地用毛巾拭乾腳，然後也開始穿鞋。

噗通！一聲巨大的落水聲同時驚駭了我與魯凱，我在第一時間舉目往那湖面望去。水波仍劇烈地盪漾著，水紋拱著湖心一圈一圈往外擴散。

我轉頭望了一下魯凱，只見他一臉翻白，「是石頭嗎？」我打破沉默輕聲問道。

「不是。」他搖頭，聲音抖著，支吾答道：「好像是人。」

心臟又開始劇烈撞擊了，我加快動作，迅速穿好鞋襪，兩眼仍是死盯泛著水波的湖面。

時間正在一秒一秒流逝，湖面漸趨平和，感覺上時間在此刻似乎變得緩慢，或說凝結了，我不知道經過多久，也許一分鐘，也許兩分鐘，總之，那湖面漸漸復歸平靜。我開始感到怪異，並對魯凱的話起了質疑。

「你確定是人嗎？」我再度輕聲問道：「有看清楚？」

他一臉迷惘地望著我，然後又望回湖面。突然間他迅速靠往我身後，一臉驚懼地望著湖泊。

我也看到了，湖心處正泛著一股新水紋，一個圓形白色物正在慢慢地浮上水面。那白色物拖著一道長長的水紋正在往我們這兒游移，且越浮越高，越浮越高。緊接著我看到一雙懾人的眼神浮上水面，它一動也不動地死盯著我。然後我望著那頭漸漸地整個浮了上來，接著是肩膀，腹部，最後是腳，他在距我前方三公尺處停下腳步，小腿一半還沉浸在湖水裡。

就是這傢伙嗎？我心裡頭出現這樣的疑問！我吞下一口口水。我不否認我是緊張的，因為眼前這傢伙長相實在怪異，他全身上下纏繞著一圈圈白布，樣子就像埃及木乃伊一樣詭異，頭上也覆著一條白布，露出的面孔一臉白皙毫不見血絲，那臉就像是被塗上一層厚重白粉似地白得嚇人，而嘴卻是一抹鮮艷的血紅。他左手拿著一把刀，那是一把番刀，長約一尺的番刀。我想，我幾乎可以肯定他就是殺人兇手了。

他望著我，與我僵持著，然後偏了一下頭，露出一道詭異的微笑！這是我第一次被笑容震懾住，我從未想過，笑容也可以產生這樣懾人的威力。這傢伙為什麼能在水中待那麼久？這問題還在困惑我。望著他手中的番刀，我突然憶起我之前準備好要應敵的木棍。我迅速轉移目光，望了一下地上的木棍，它在距我腳下二公尺處，情況真是糟透了。他隨著我一閃即逝的目光，搜尋到地上的木棍，望了一下木棍，又抬頭望著我，再一次露出詭譎微笑，我可以明顯感受得到，那微笑帶著一份嘲諷味道。

我聽到身後傳來一串哽咽聲，魯凱緊抓著我的腰，我想，眼前這傢伙鐵定把魯凱嚇壞了。該怎麼應付？我的腦子思索著。

這傢伙高約莫一六五公分，足足比我矮了十公分以上，我有必要怕他嗎？我必須鎮定！這身怪異打扮顯然是用來欺敵的，以達到震懾敵人的作用，讓人望而生懼，喪失防衛本能！

但……一種非常怪異的感覺，我真的說不上來。為什麼……為什麼我覺得眼前這傢伙並不是個普通人呢？或者說，我覺得他是個……非人！

咻！正當我還在思索之時，一道刺耳風聲劃過我臉頰，亮光在我的眼前一閃即逝，在我還來不及反應之時，便聽到身後傳來一聲清脆響聲。

那傢伙手中的番刀不見了！就在我眼前咻地一下就不見了，他擲刀的速度簡直匪夷所思，它就這麼在瞬間飛過我耳際插入樹幹中。

恐懼！一陣恐懼又浮上我心頭，我慶幸著自己反應過於遲頓，否則剛剛那一剎那我若移動半分，或許那刀就插在我鼻樑上了。

我不是他的對手！我的腦中閃過一道這樣的念頭。

他又開始移動腳步，我眼睜睜地盯著他，不敢略動分毫，或許我已驚得不能動作，我不知道！但現在我終於能夠知道，馬亞為什麼會被活活嚇死了！

他正往我這兒靠近，我想我的臉色夠鎮定，因為我不想讓他窺出我的恐懼！他的頭與我只在咫尺，他在我面前緩慢地晃著頭，然後張開口，朝我猛哈一口氣，一股刺鼻的屍臭味隨之狂襲我的嗅覺，我下意識噤住呼吸，那氣味我太熟悉，這幾日我聞過太多太多遍了。

我持續不動，他轉身往我身旁走去，那股屍臭味隨風慢慢淡化、淹沒。我緩慢轉動身子，眼光追尋著他的身影，他正往樹林走去，看樣子是要去取下那把番刀。

就在這持續的僵持中，突然間魯凱的手離開了我的腰，我迅速回身抓住他的手，大喊一聲：

「別動！」

魯凱被我的吼聲震住，楞在那兒不知所措！兩滴憋了很久的眼淚終於自眼眶中滑落，他一臉驚懼的神色，想哭卻不敢哭的模樣，讓人看得心疼。然而，此刻我無法顧及那許多了，想活命就不得輕舉妄動！

很顯然地，肉搏戰已變更成心理戰了！我必須試著去解析這傢伙的心理，鍾醫師怎麼說的？兇手在追逐獵物，他要享受殺人樂趣，我不能滿足他，只要我一逃，這傢伙就可以開始他的獵捕行動了！

在那廣大的草原上，虎豹是怎麼追捕獵物的？他們撲下獵物後，還會故意放手讓獵物逃，待獵物逃時，牠們又開始追逐，再次撲下後，又放，又追，再放，再追……直到獵物再不能滿足牠們的遊戲後，再一口結束獵物性命。

我知道這傢伙要去取那把番刀，魯凱想來也是知道的，所以他嚇得想逃。然而，我們跑得過他嗎？布拉死了，他死於被追殺，老實說，我不認為我能跑得過慣於行走山路的布拉，布拉都逃不過眼前這傢伙的追殺了，我跟魯凱能逃得過嗎？

那傢伙已取下番刀，他又回身望著我們了。剛剛我對魯凱的喝聲，並未引起他任何反應，看來這傢伙鎮定的功夫絕非常人所可比擬。那感覺就好像是，他有恃無恐，一點也不畏懼我們可能的突襲！

吼！他突然仰頭怪叫一聲，林裡瞬間飛躍出一些受到驚嚇的飛鳥，他一個轉身翻躍，番刀在陽光折射下閃著反光一刀直劈在我眼前，魯凱見狀本能地大叫一聲。

我看著那刀在我眼前呈一直線劃下，某一瞬間，我以為我的頭顱已被分成兩半了，只是那速度太快，快地讓我頭顱被分了家還感覺不到疼痛。

我的頭還在，只是我不知道在下一秒鐘它會不會就這麼裂開。我兩眼死盯著他，心裡興起一陣憤怒，很想破口大罵。你這死變態，我不會讓你得逞，也不會讓你如意的，就算你要在我身上砍一百刀，我也不會哼一聲。想找樂趣？你找錯對象了！

他又有行動，只見他走過我身旁，然後在地上拾起那根木棍，回頭望我笑，並將木棍丟到我跟前。我兩眼仍是直視著他，絲毫無視木棍的存在。我發現我的恐懼似乎正在消退，當一個人置死生於度外時，似乎也就沒有什麼值得恐懼。我想我絕對打不過他，別說木棍，就算讓我手中有一把同樣的番刀，我也打不過。目下我能做的就是透過眼神明白地告訴他，來吧！頂多讓你一刀砍下我的頭顱，要我逃，那是絕對不可能的！

這傢伙似乎有凍結時間的能力，感覺上除了那兩次的揮刀外，他的一切動作都是極其緩慢的，他在製造緊張氣氛，他在凌虐獵物的精神，他在等待我受不了恐懼而開始逃亡，如果這就是他的心思，那麼我就必須堅持！

我很想回身帶著魯凱離開這兒，不再理會他，然而我並不能肯定任何輕蔑的舉動是否會惹來殺機，因此，我選擇繼續僵持，以靜制動。

他見我與魯凱沒有動靜，盯了一會兒後，反身走至湖岸邊伏下身，引著頸酌了一口水。而後又朝我張口做了一個哈氣動作，然後加快腳步往林內跳躍而去，他越跳越快，越快越遠，每個步伐盡在兩公尺以上，入林後，我見著他躍上樹幹，一個頓腳又飛躍上另一棵樹，他一手握著樹枝，一個擺盪又盪過一棵樹。就這樣，我見著他的身影以極快的速度時隱時現飄忽在林裡，終至隱沒。

當確定他確實消失在我們眼前後，我與魯凱不約而同軟了腳頹坐在石上。

這傢伙的速度何其驚人呀！還好剛剛沒有逃，要不，跑得再怎麼快，也無異龜兔賽跑，絕對逃不出他的手掌心。

「東西收一收，」我喊著魯凱，「我們走了。」

魯凱魂不守舍地動作著，手仍不時擦拭臉頰上的淚水，我想，他與我相同，都還驚魂未定。

「沒事了！」我用拇指輕抹他臉上淚水，「我們要回家了。」我一把手接過他的背包，另一手握著他的手。

回程路上，魯凱哽咽聲仍舊持續，他一語不發地跟著我的腳步。我有點心疼他所受到的傷害，我不禁責備自己行事的魯莽，這樣危險的勘察行動怎能帶著一個小孩？這小孩顯然是驚嚇過度了，瞧他怕得連一句話也說不出。

謎底揭曉了？殺人兇手是個怪物！原本的推理現在看來，是多麼幼稚呀！只是這傢伙到底是怎麼來的？為什麼會在此時此地出現？以前呢？未曾出現過嗎？部落曾發生過任何類似的死亡案件嗎？那傢伙的長相，一眼看來，就可以知道，是個原住民，只是他的皮膚……白得太過嚇人，感覺上就像是具會動的死屍，然而，他卻又有著似人的思緒。這傢伙到底是人還是怪物？

回到部落後，我帶魯凱回了家，並交代他奶奶得帶魯凱去收驚。我不知道民間慣有的收驚習俗到底有無功效，但至少……這麼做會讓人心安些吧！還好，村裡有類似女巫的長者會幫人收驚，我並不訝異原住民也有這樣的習俗，因為就我所知，很多國外宗教也都有類似收驚的儀式。

高沙仍未回來，我回到住處，與他的父母親打個寒暄後，就整個攤在床上了。我覺得很累，身心俱累，那傢伙最後離去的身影一直反覆出現在我腦海，我一再看見他在林裡從這棵樹翻過另一棵樹。那是輕功嗎？我不禁產生這樣的質疑。難道中國民間傳說的輕功真的存在？而且到了現在還有人會。難道這傢伙就像武俠小說裡的人物一樣，幸運地拾到一本武功秘笈？然後就可殺人於無形，飛躍於叢林？我苦思不解，我想我不該再多做思考，再思考下去，多半要淪為幻想了。或許，我需要的是好好睡它一覺，只是，他會不會在我睡著時取了我的頭顱……

我想我是睡著了，客廳裡的爭執聲吵醒我。

「你就等他睡醒嘛！」我聽到高沙的聲音。

「那他要是睡到明天呢？」盧勝吉吼著，「他下午三點多就上床睡了，現在都晚上七點多了，睡四個小時夠了，反正他也需要起來吃晚餐。」

我起身望著他倆。

「嘿，他起來了，你別再攔我。」盧勝吉朝著我走來，「你說，你今天跑去哪兒了？」

我仍是望著他，不置一語。

「你說話呀！」盧勝吉的口氣顯然不太友善。

不知怎地，我對他這種質詢口吻感到厭惡，我不喜歡別人對我大吼大叫，一直以來，我就是個不吃硬的人，我下了床，推開他，不睬人地走進浴室。

高沙家的浴室是加建的，它緊連著主屋，之間開著一扇門。進入浴室後，我解了手，順便洗臉。我剛剛被追殺了，就在我的夢中，那傢伙像鬼一樣地在我身邊跳來跳去，我驚慌踩著腳步一再穿越叢林，卻怎麼也擺脫不了他的糾纏，他那鮮艷紅唇印在白皙臉皮上，格外刺眼，他正嘲笑著我的無知，一再揮舞手中番刀，享受追逐獵物的樂趣。然後，盧勝吉的聲音吵醒了我，我該感謝他嗎？我保證他再這樣繼續對我嘶吼，早晚有一天我會打爆他那一口牙。

我推開浴室的門，高沙與盧勝吉不約而同望著我。

「你今天跑進林裡了？」這次是高沙開口。

我不知道自己為什麼會這樣，總之，我不想開口說話，胸口很悶，心情敗壞到了極點。

「我不是說過，嚴禁單獨行動！」高沙的語氣含著一份責難。

「不是你要我留下的嗎？」我穿過他身旁，拉了一把椅子坐下，「現在還要來限制我的行動？」

「我不是要限制你的行動，只是你一個人入林實在太危險了！」

我在桌上倒了一杯茶，一飲而盡。

「你到底看到什麼了？」盧勝吉再按耐不住地又對我吼著。

我是不是很龜毛？但我今晚真的不想再講話了，等明天再說不行嗎？

「幹！」盧勝吉朝我的方向輕踢一下桌角，「你到底要不要說。」

我迅速起身，推開桌子，衝向前一把抓住他的衣領，掄起右手，準備狠狠擊在他那嘴臉上，高沙快步跟了上來，拉住我的手。

我兩眼惡狠狠地瞪著他，他似乎沒想到我會有這樣的舉動，雖然他仍力持鎮定，但我肯定我是嚇著他了。

「別這樣。」高沙對著我喊道。

僵持一陣子後，我鬆開他的衣襟推了他一把，然後又回到椅子上坐下。

我不知道今晚自己是怎麼了？火氣為什麼這麼大，平日我是不易動怒的，而且我鄙夷動手打人，是下午那個傢伙影響我？我被嚇壞了嗎？

盧勝吉忿忿不平地與高沙推擠著，他似乎很想再來對我吼幾下扳回顏面。

「他自己要死就去死，拉著魯凱去幹嘛！」他改對高沙吼著，「白痴也知道不可以帶著小孩子入林。」

魯凱？對了，魯凱有好些嗎？

「魯凱怎了？」我開口問著。

「這要問你吧！」高沙反問我，「你今天跟他在林裡到底看到什麼？看到兇手了嗎？為什麼他嚇得連一句話都不敢說，只會一味哭著。」

我沉默不語。

「今天傍晚我回到村裡他阿媽就跑來跟我哭訴了，說他今天是跟你出門的。」高沙頓了一下，繼續說道：「你至少要交待一下吧！」

此時，門口傳來一陣急促敲門聲，高沙走過去開了門。昇諺站在門口處，不待高沙邀請便走進來。

「你來幹什麼？」盧勝吉把剛剛的氣全洩在他身上了。

「你看到兇手了？」昇諺不理會盧勝吉直接走到我跟前振奮問我。

「誰告訴你的？」我一臉迷惑望著他。這傢伙搞不清楚狀況，大夥都在氣頭上，他卻還一臉興奮，還是說，他根本就無視於他人的存在。

「全村的人都知道你今天帶魯凱去林裡了。」昇諺解釋著，「他們說你們看到兇手了，所以魯凱嚇壞了！」

魯凱，我得去看看他，我真粗心，我竟把他丟回家裡就自個兒回來睡覺了。我起身，走至門口，臨出門前回過身，對著高沙說道：

「很抱歉！我的心情真的很不好，我根本就不想講話，明天再告訴你們實況好嗎？」我低下頭，思忖片刻，繼續說道：「對了，那傢伙是個怪物，我懷疑他根本就不是人，他可以輕易地砍下我們這裡每一個人的頭。你們最好先有心理準備！」

我離開高沙的家，根本就沒空去關心他們聽了我的話後的表情，我很擔心魯凱，一個十二歲的小孩看到那恐怖的傢伙，內心想必是極度恐慌吧！我加快步伐，我覺得很對不起魯凱的奶奶，把她的孫子搞成這樣子，往後她還會放心讓魯凱跟我出門嗎？

我敲了魯凱家的門，來應門的是他奶奶，她給了我一個淡然微笑，我覺得有些感動，她似乎沒有怪罪於我，或許她們慣於原諒他人吧！她晃了一下頭示意著魯凱的位置，我順著她目光望過去，魯凱正側躺在床上，眼眶仍舊泛紅，眼睛則望著我。

我走過去在床緣邊跪了下來，舉起手迎著他，他望著我一會兒，又開始哽咽，然後起身撲在我懷裡哭。我輕拍他的背，安撫著他，然後抱起他。

「我帶他到外面石上坐一下，講悄悄話。」

她給了我一個微笑，我也笑著。

到了屋外，我將魯凱放下來，置在石上坐著，他仍是哭喪著臉。

「你不是說有孫毅叔叔在你就不怕了。」我噘著嘴。

「你都不說話，大家都很擔心呢。」我揚起手在他低垂的頭前揮著，「叔叔來看你，你都不叫叔叔，那叔叔以後不來了。」

「叔叔……」伴著哽咽他輕聲喊著。

看樣子他真的受了很大驚嚇！原本那個笑容滿面的小孩不見了，我該怎麼恢復他的笑容？

「奶奶有沒有帶你去收驚？」

他點了點頭。

我在他身邊坐下，「你知道嗎？」我望了一下他，他仍是低垂著頭。

「叔叔在你這個年紀的時候，很喜歡看一種卡通，那時候那個卡通好紅呀！幾乎家家戶戶只要有小孩的家庭都看，它比你們現在看的神奇數碼寶貝還紅，你想知道那是什麼卡通嗎？」

我的話似乎引起了他的一點興致，他抬頭望我一眼，隨即又低下頭。

「那個卡通可好看了。那裡頭有七隻厲害的怪貓，他們是從霹靂星球逃出來的，所以大家都叫他們霹靂貓。這七隻貓各有所長，各個身手矯健，他們跑起來速度飛快，能從這一棵樹，刷地一聲就跳過另一棵樹，跑一百公尺不用三秒鐘，那速度跟豹一樣快。老實說，我們今天在瀑布那兒看到的怪傢伙根本就不算什麼，他要是遇到我們的霹靂貓呀，我告訴你，隨便一隻，都可以輕易地打敗他，這是真的。」

「還有呀！他手中的番刀其實也算不得什麼的。你知道我們霹靂貓有什麼武器？」我故意停下來望著他。

「什麼武器？」他抬著頭輕問。

我起身比劃著手說：「這武器可厲害了。我們的霹靂貓王叫獅貓，他手中有一把可以伸縮的神祕劍，神祕劍上有一個霹靂眼，那霹靂眼可神奇了，它能發射出一個很大的眼形亮光照在天空上，其他的霹靂貓看到天空上的眼形亮光，就都會迅速地跑來與獅貓會合。那個怪傢伙連獅貓都打不過了，更何況七隻霹靂貓全到齊。對不對？」

「嗯……」

「你知道我們是怎麼唱那首霹靂貓的歌的？」我舉著一個手槍手勢對著他。

他搖了搖頭。

「說出來。」

「不知道。」

「再大聲一點。」

「不知道。」他吼著，臉上開始有了一點笑容。

我開始昂聲高唱：

霹靂星球爆炸了　爆炸了　爆炸了
霹靂貓乘太空船　跑出來　跑出來
我們有最聰明的神貓　會隱形的虎貓
快動作的豹貓　最兇猛的猛貓
還有怪貓　小凱貓　和霹靂貓王獅貓

普隆達星變種人　追來了　追來了
神祕劍上霹靂眼　他們要　他們要
我們有最聰明的神貓　會隱形的虎貓
快動作的豹貓　最兇猛的猛貓
還有怪貓　小凱貓　和霹靂貓王獅貓

普隆拉星變種人　你來吧　你來吧
最勇敢的霹靂貓　不害怕　不害怕
打到你們落水流花！

唱完了歌，魯凱笑顏逐開地撲到我懷裡。

「很好聽吧！」我拍著他的背問道。

「很好聽，但是你唱的很難聽。」

「你說什麼？」我開始搔他的癢。

高沙與魯凱的奶奶正在魯凱家門外望向這兒，臉上展露著微笑，我對他們輕揮一下手，然後舉起魯凱轉著圈子。

天空上正佈滿星斗，這是平日在平地上所看不到的景象，那星星像是一顆顆鑽石鑲在天空上，一再閃耀，月娘半勾，浮韻一份羞怯，今晚星空下，晚風吹拂臉頰，讓人感覺格外清涼，這是個美麗的夜，我們是該開懷的。再說，今天白天我們才死裡逃生，不該慶祝嗎？

還有，我想明天得下山一趟，或許找昇諺一起，不知怎地，我突然很好奇教授與昇耀上山的動機，我想到教授的家裡走走，我有一種莫名的預感，這怪物的出現與教授去年十二月底上山也許有關連。另外，我必須描繪出一張這怪物的樣貌，請高沙在村裡調查一下，歷年來，村落中是否曾經出現過這號人物。

給我一個放鬆的夜，明天起，我將打起精神對付那怪物。

我想我已經準備好了。

5

三月八日，我終於下山了。在山上悶了足足一個禮拜，終於吸到平地空氣，這空氣一如往常帶了那麼點汙濁，卻多了一份我早已習慣的氣味。我一心嚮往的山林生活，在遭遇了這次殺人案件後，整個美好幻想似乎也隨之剎那破滅；另外再加上過足一個禮拜不便利的生活，我也已不再那麼肯定晚年隱居山林將是自己滿心的選擇；現在想想，我會覺得，或許人處在慣常的生活中才會覺得身心更為安心自在吧！

天空正飄著毛毛細雨，我想這該是今年的第一道春雨，這雨細而輕盈，飄打在臉上有一種如沐春風的詩意感。我想，我的心有點沉，一直以來，雨給我的感覺總是帶了點離愁的，然而我卻喜歡雨，我喜歡細雨打在臉上、打在肌膚的冰涼感，也喜歡飄搖在風中的雨聲。我不否認雨會加深我的愁緒，但當你整個周遭都充斥雨聲時，你會發現你的世界除了雨聲還有自己外，再有的就是那一份全然的孤寂感了，而那份孤寂感會讓你覺得這世界彷彿只為你而存在，再無他人、他事、他物可介入，而我則愛極這種孤寂的感覺，甚而享受我的哀愁。

昇耀的告別儀式在近中午時舉行。會場半橫梗在車輛一再穿流的中華路上，肅穆的奠儀氣氛與熱鬧的街道形成強烈對比。會場內，昇耀遺像豎在祭壇正中央，他那一臉陽光般的笑容彷彿隔絕了發生在他自己身上的不幸，他的眼正看著每個來為他送行的人，不管我走到那個角落，我總覺得他正望著我笑，我覺得有些感動，甚至有一股想哭的衝動，這麼年輕的有為青年，他的年齡與我相彷，如若我在這個年紀辭世，我真不敢想像我的雙親將如何承受這種噩耗。

台灣民間習俗，長輩是不可祭拜晚輩的，我看著昇諺的母親坐在靈堂前一再哽咽，一再流淚，我竟覺得有些心痛，剎那間我彷彿看到自己的母親。我走離靈堂，在路旁一輛摩托車上坐著，不想再讓自己去感受這種死離的悲愁。

家祭完後，緊接著是公祭，昇諺於公祭前跪在靈前讀了一段祭文，我不知道那祭文是不是他自己寫的，我只知道我聽到持續加大的哭泣聲，而那泣聲感染著整個會場，讓聞者不禁心酸淚流。我起了身，走過街角，我得遠離那種氣氛，我覺得自己有些歇斯底里，並變得多愁善感，而這莫名的傷感，或許只是為了生命不可避免的生老病死！

我在一家便利商店前的低欄杆上坐著，點了一根菸，思緒仍未能平撫。高沙要我先下山休息一天，只沒想到竟是這樣的休息法，我覺得有點哭笑不得，而心裡還極度想念我公寓裡的那張床。我想我現在真正需要的是一個安靜且安全的地方，讓我不用顧忌頭顱可能搬家的恐懼，好好躺在床上睡它整整一足天。

有很多疑點仍在困惑著我，我覺得很迷惘，而我真的不喜歡這種諸事不順的感覺。那怪物為什麼那麼厲害？它是人嗎？它是如何產生的？何時出現的？與教授和昇耀的上山有關嗎？事實證明，它是在教授上山失蹤後才出現，難道這一切只是巧合？還是另有隱情？我必須查證清楚，要不然這個傢伙的身世將繼續成謎。

昇耀的整個告別式在午後三點結束，我獨自一人在昇諺家的客房床上躺著，樓下仍不時傳來前來慰問的人聲與哭泣聲。我想放點音樂來聽以掃除近幾日淹沒在心頭的陰霾，卻又覺得對死者不敬，如若他們來敲我的門卻發現我正躺在床上欣賞音樂，無視於他們的悲傷，那將何其難堪呀！

「請進。」我聽到了一陣敲門聲。

是昇諺，他的臉色有點白，眼眶仍泛著紅。他走進來，給了我一抹硬擠出來的微笑，然後在床邊坐下。

「你還好吧？」我問著。

他別過頭不發一語。我很想跟他開個玩笑讓他笑笑，通常我遇到朋友不愉快時，總會想辦法逗朋友開心的，只是……現在是死了一個他至親的人，我還能那樣輕浮說笑嗎？再說，我跟他不過也才幾日的交情罷了！

「對不起！」他用手輕抹一下臉龐，然後轉過身來，「讓你看笑話了。」

「我不覺得這有什麼好笑的。是我的話會哭得比你還嚴重。」我望著他，「或許你真正需要的是好好哭它一場，把你一直積壓在內心的悲慟宣洩出來。」

「那天在山上抱著你哭還不夠難看？」他笑著說道，眼神中有著一道很深的憂鬱。

「那就看開一點。反正……」我頓了一下，「死亡，總是無可避免的。」

「人生，很多事情不是我們可以選擇的。像去年的九二一大地震不也奪去很多人的生命。那晚我在第一時間奔出公寓社區跑到社區旁空地上，然後第二次的晃動來襲時，旁邊學校內的一棟行政大樓就在我眼前轟隆隆地垮了下來，現場塵土飛揚，尖叫聲不斷。我那時心裡就想著，還好是晚間，要是這地震發生在白天，那麼後果將不堪設想呀！」我坐起了身子，繼續說道：「我知道現在跟你講這些很不實際，然而實際的情況就是如此，不幸的事情，每天在每個角落一再地發生，除了接受事實外，我們根本無力挽回什麼。這是上帝的戲碼，人生若是沒有生老病死，沒有喜怒哀樂，那將多麼不真實，多麼乏味呀！相信我，祂會這麼跟你說的。」

「你真不會安慰人。」昇諺苦笑著。

「我是不會啊。難道你也要我隨俗地跟你說著節哀順變之類的話？最糟的情況，頂多就是我的胸口再借你抱著哭一次囉。」

他低頭笑了笑，然後抬起頭望著我的眼，「總之，還是謝謝你。」

「節哀順變啊。」

「都什麼時候了，你還想逗我笑。就跟我哥一樣，好像很怕我心裡有任何不愉快似地。」他繼續說道：「對了，高沙剛剛來電說明天一早他會趕來與我們會合。」

「喔。」我輕應了一聲，「我看明天我跟高沙去教授家就好，你留在家裡多陪陪你父母親吧！」

「不用，」他搖著頭，「要陪也要等捉到兇手後再陪；再說，我哥的頭顱還沒找回來呢，一日不將它找回來，我就一日不能心安。說起來其實是很迷信的，不找回他的頭顱，我竟覺得連他的魂魄都是被支解而不完整的。」

「我了解你的感受。要一起去可以，不過，你現在至少也下去陪陪你父母親吧。我不需要人陪，再說我喜歡獨處，拜託你今天都別再上來打擾我了，好嗎？趕快走。」

他搖頭笑著，舉起手扶了一下鏡框，然後起身。

「那你好好休息。」

座落在車流量極大的馬路旁住家，這樣的居住環境可以說是一點生活品質都沒有，光是那震天價響的噪音就讓人受不了。整個晚上我輾轉反側，久久不能成眠，外面車聲一直有一聲沒一聲地支解我的睡意，每每要睡著時就又來上一陣疾馳而過的呼嘯，要不就是刺耳的喇叭聲，我覺得頭昏腦脹，真想有個什麼東西能讓我砸出窗外，好發洩我心中的不滿。一連串的殺人案件已讓我心煩不已，再加上那傢伙的恐怖模樣與異常行徑和像鬼一樣的身手，這樣的身心折磨真不適合獨處於這樣寂寥的黑夜。

躺在床上，我呆望著天花板，靜心聆聽外邊車聲。我想，我若試著去接受這惱人的噪音，或許我就漸能接受這噪音所帶給我的困擾。肚子伴著車聲一再發著咕咕聲響，我餓得有點全身乏力。是的，晚餐我又沒吃了，我根本就一點胃口也沒有，反正，餓著也好，那份餓的飢渴至少能加重我身子本能的感覺，而我現在極需任何產生於生理的感覺，有了這些感覺，我便能較真實地感受自己的存在，要不，我真要懷疑自己已成了一具麻木而遊晃的行屍走肉了。

就這樣，我在車聲與肚子聲所組成的交響樂中，漸漸感受到自己的老化，萎靡，然後枯竭……我想我是睡著了。

隔日一早還不到六點，我就被吵雜的喇叭聲吵醒。又是全新的一天，但被這樣喚醒，真讓人感到不愉！我下了床，在浴室隨便盥洗一會兒，便開了房門，走下樓。肚子還是很餓，得找些東西吃，我並不想一再折磨自己的胃。

昇諺的家人都還沒睡醒，我獨自開了門走出屋外。街上已有些許行人，一些賣早餐的攤販早已好整以暇地等著顧客上門，有個額頭微禿的老伯正牽著狗兒沿路散步，模樣甚為悠閒；昨晚夜雨所帶來的一份清涼一直蔓延到今早，空氣很清新，精神很清爽，這樣的氣氛，讓人有種重生的感覺。

穿過馬路，我在對面一家麵攤坐下，叫了一盤炒麵與一碗豆腐湯。一直以來，炒麵就是我的最愛，我對炒麵毫無抵抗能力，只要看到那黃麵條伴著油光的可口模樣，我就投降了。我想，要請我吃飯的人可以很輕鬆打發我，只需帶我到一家路邊麵攤，叫上一盤炒麵，我就很滿足了；不用冷氣沒關係，偶爾有蒼蠅飛沒關係，空氣品質很差沒關係，感覺上不是那麼衛生也沒關係，只要再為我多叫上一碗豆腐湯，那我就什麼也不在乎了。

吃完早餐，我又在市街上閒逛一下，算是晨曦散步，我發現我的心情已略為輕鬆，原本緊繃的神經也鬆弛不少。說來，人生有時是讓人感覺很不真實的；就在前天，還位於海拔近三千公尺的高山上，並且差點丟了性命；可今早，我又回到了海平面，且還有閒情吃一盤炒麵、喝一碗豆腐湯，並在這街上散步。仔細想想，這樣的人生實在荒謬極了，到底什麼才是真實的？待幾十年過後，在蓋棺前的那一刻，或許我還會懷疑我不曾活過、不曾存在過也說不一定！那麼，這樣的結果，到底該是可喜還是可悲呢？我不知道，真的不知道。或許，人生真的不過就是過客罷了，這樣想來，似乎也就沒有什麼好執著的。

回到昇諺家時，近七點半，昇諺已在客廳與人講話，那人不是別人，正是高沙，沒想到，他那麼早就趕過來了。

我們在昇諺家又耽擱近半個鐘頭，然後動身前往教授的家。我希望這次能見到洪教授家屬，因為據昇諺的經驗，他之前去了兩次都沒人應門。如若，這次勞師動眾還見不到人，那這趟下山除了讓我稍得喘口氣外，可說就毫無所獲，並無實質意義了。昨晚，昇諺曾事先撥了一通電話到洪教授府上，可是結果如昔，還是無人應答，今天到那兒可說全是碰運氣。要是這次真的又碰不上教授家人，那麼我們也只能依賴高沙的權職去追調出教授的詳細資料了。

教授的住家位於桃園中壢市郊，離桃園市並不遠。我們一路從桃園市上交流道，幾十分鐘的車程後，便從中壢交流道下了高速公路，然後走民族路穿越市區，到達一一四號縣道上。而後，昇諺又帶著我們行駛過了一些叉路，不久，便到了教授的住處。

那是一棟三層樓，佔地約六十來坪的獨棟別墅，外圍有矮牆環繞，屋前兩旁植滿花草，其中又以玫瑰居多。別墅屋身以紅色調為主，屋頂則覆以白色調，大門前加高的拱門，形似歌德式建築風格，有種典雅高貴的感覺。

穿過花園，我們來到別墅大門口，這屋子兩旁各有一個停車位，左邊車庫停著一輛白色ＢＭＷ，我的心裡燃起了一點希望，心裡想著，或許我們今天不至於會撲空。

高沙上前按了門鈴，緊接著是一份懷著期盼的等待。

時間正在分秒流逝！這樣的流動頻率讓人有種希望可能落空的失落感！

屋內似乎有人穿著拖鞋走動的聲音？沒多久……內門竟然真的開了。

來應門的是個短髮女孩，肌膚白皙，髮色呈金黃，顯然是染過色了，一雙大眼玲瓏有神，雙唇輕薄微彎如勾，中等身高，約在一六〇公分左右，胸部豐滿，穿著時髦新潮。隔著鋁門，她望著我們，綻露十足的笑容，開口問道：

「Hello！你們找誰？」

「妳好，我是警察。」高沙說著從身上取出證件，「我們想找洪教授或是洪教授的家人。」

那女孩盯了一下高沙的證件，抬起頭望著高沙，然後又看了一下在高沙身後的我與昇諺。

「ＯＫ！」她舉著雙手擺出了一個誇張的手勢，「那請你們等一下。」

說完話後，她逕自往屋內走進去。我們一行三個人被阻隔在門外等待，至於等待什麼我真的不知，為什麼她不開門呢？難道她不是教授的親人？高沙一副莫名奇妙的神情回頭望我，我聳肩示意不解。

一個穿著警察制服與兩個穿著便服的人？我想這或許是個原因吧！很奇怪的造訪組合，不是嗎？

約略過了一分鐘，一陣以英文交談的對話聲逐漸轉大，而後另一位蓄著長髮的女子走在黃髮女孩面前出現在門口。那女子面貌清秀，長髮過肩，身材均勻高挑，整體給人予一種亮麗脫俗的感覺。

「哪！就是他們了。」黃髮女孩舉了手勢說著。

長髮女子二話不說開了門，看著我們，臉上輕綻一抹甜美笑容，開口問道：「你們找我父親？」

「是。」高沙唯諾點頭，「我們想知道……」

「進來再說吧！」那女子打斷高沙的話。

別墅內裡十分寬敞，地板鋪著日本和式木質地板，色呈淺棕色調，泛著些許油光，踩在上面有種光滑冰涼的感覺。走廊右手邊是客廳，左邊雕琢典雅的隔間木扉緊閉，我私下猜測該是客房或是陳列室之類的房間，誰知道呢？像這種有錢人家多半喜歡收藏一些古董或名畫借以抬高自己的品味，不是嗎？

洪教授的女兒招呼我們到客廳坐下，隨即去準備了一些茶點。趁著這空檔我大致瀏覽了一下客廳的裝潢。屋子內裡正對大門方向有一座原木製的酒櫃，拉高至頂，色呈紅棕，其質感看似紅檜材質；酒櫃中間騰空掛著一幅頗大的加框水墨字畫，木框顏色與酒櫃同色，字畫下邊置放著一件色澤青綠的中國陶瓷，形似罈，呈橢圓，罈上映著酒櫃上方打下的美術小燈光，柔和的橘紅燈光為這字畫與陶瓷增添一股古樸中的華麗感；字畫兩端透明玻璃隔層的櫥櫃裡，擺放著一些斜立的瓷盤與玉砌似的酒壺和酒杯等中國瓷器，上方依然是打著幾許柔和燈光。隔間的牆均是原木材質，雕琢著一些濃郁的中國風圖騰。酒櫃前是我們現在正坐著的真皮沙發椅，椅前是一張厚實原木雕飾桌，靠著牆邊另有一組高腳桌搭配兩張木椅，桌上置放一件植有蘭花的盆栽，蘭花上邊有圓形小鏡，邊框呈方，一樣也雕飾著一些圖案。

整個客廳給人一種古雅的感覺，置身其中，很是舒服，甚至有種享受的快感！我心下想著，眼前這一切典雅高貴的裝潢是否意味著這家主人的個人品味？那麼這樣的品味，勢必得建築在什麼之上。什麼是這品味的基石？而這基石，我想正是我所缺乏的吧！誰叫我是個窮作家呢，呵呵。

「你們是警察？」兩個女子回到客廳，遞上茶點置放在桌上，「找我父親什麼事呢？他現在不在家。」

「等一下。」高沙接口，「我想先確認一下，妳是洪清棠，洪教授的女兒沒錯吧！」

「是啊！」長髮女子點著頭。

「那這位是？」高沙望了一下那個黃髮女子。

「哦！她是我的朋友。」她轉過頭看著我與昇諺，「那麼這兩位是？便衣警察嗎？」

「不……不是。」高沙支吾著，「他們是……一個是我朋友，另一個是……」

「我叫張昇諺，我哥哥是你父親的學生。」昇諺接口說道，「我們這次來是想知道，你父親最近有沒有回來過？」

「這我不知道，我前天才剛從國外回來。」她止住話，頓悟似地反問：「等等……也讓我先搞清楚一下，你們來這兒是以什麼身分找我父親的？警察？朋友？學生？是來辦案的嗎？我父親是不是發生什麼事了？」

「我們懷疑你父親失蹤了！」高沙回道。

「失蹤？」她皺眉疑惑地複誦著。

「妳回國兩天了，都沒見到妳父親妳不會覺得奇怪嗎？」昇諺說。

「不會呀！我父親常常不在家的。尤其我出國後他就更常不在家了，他總得自己安排自己的生活。他很重視生活品質，退休後更是重視休閒娛樂，或許他現在正在哪邊渡假也說不一定！」

「妳最後一次見到妳父親是什麼時候？」高沙問道。

「什麼最後一次，我還會再見到我父親的。你們這一夥人是怎麼一回事？一大清早就跑來說我父親失蹤。誰跟你們報案了？為什麼你們會來調查我父親？」她的眼神似乎閃過一絲驚慌。

「因為我哥哥自從去年底跟你父親跑到山上去後就未曾回來過了。」昇諺冷冷地盯著她說道。

「小姐，我們這次來算是辦案，你父親的下落可能攸關幾件命案的發生，請妳好好跟我們合作！」高沙接口說道。

「什麼命案？」她似乎質疑自己所聽到的話。

「請問妳叫什麼名字？」

「洪庭皞。」她望著高沙自語式唸著，而那雙迷人的眼睛就似探不到底的黑海、神祕而不可測的黑洞，帶了那麼點空洞與迷惘感覺。「庭是庭院的庭，皞是皞皞自得的皞，白字旁的。」

「怎麼寫？麻煩妳寫一下。」

她望著高沙並不動作，然後又轉過了頭望著我與昇諺，那神情似乎在對我們說著：「就這麼一個簡單的字，你們沒人會寫嗎？」

「王者之民，皞皞如也。皞是自在適意的意思，也作光明潔白之意，它是這樣寫的。」說著，我在紙上寫下了皞字，然後也抬起了頭回望了她一下，「對吧！」

她瞥了一下我寫下的字，仍是不置一語。我想，此刻的她，整個心思一定都在思索著她父親吧！或許，也有點氣惱著我們清早的拜訪，與昇諺態度上的不善。

「我再問妳一次，至今為止，妳最後一次見到妳父親是哪時候？」高沙接著問道。

她遲疑了一下，最後還是開口說道：「大概在半年前，去年中秋節前後。」

「這之後呢？」

「沒有！沒再見過面。」

「妳在國外是……？」

「讀書，我在修另一個碩士學位。」

「在哪一個國家呢？」

「美國。」

「所以你們父女這半年來都沒見過面。」高沙略頓一下，然後繼續問道：「那麼，總有連絡吧！最後一次連絡是在哪時候。」

「去年……」她低頭思索，「十一月中旬的時候吧！那是由他寄給我的E-mail，離現在最近的一封信。」

「內容呢？有沒有跟你提到他要去哪裡？或即將要做什麼事？」

「沒有，跟往常一樣，只是家常問候！」庭皞搖著頭，長髮在她的肩上一再摩娑。

「那麼……」高沙緊皺著眉，「妳覺得他有可能去哪裡？」

「這我不知道。一般他常去的地方，我昨天都打電話問過了，他不在那些地方。」

「他有行動電話嗎？」

「有，不過留在家裡了，現在正放在他的書房。」

高沙沉默不語，一時之間似乎陷入了困局。

不會吧！這樣就結束了？一個與洪教授最親的親人沒道理全然不知他可能的下落的，這又不是什麼綁票案件，也不是因老年痴呆而獨自走失的失蹤人口，一定有什麼方法可以幫助她想起一些事來。

「洪小姐，請妳仔細想想，妳父親這半年來有沒有對什麼事情特別感興趣，或曾提到想去什麼地方？比如說……去能高山登山之類的。」我往前移坐些許，開口問道。

「能高山？」她沉思著。約略過了半分鐘，她突然搖頭，「沒有，我不記得他曾提過要去登山，或很想去什麼地方。」

「那他有沒有什麼特別熱衷的興趣？」我想我必須試著去引導她回憶她的父親。

「特別熱衷的興趣？」她複誦著我的話，將手指擺放在唇上思索著，「對了，他很熱衷於歷史的研究！」

「歷史？」高沙與昇諺不約而同唸著。

「沒錯！歷史。我父親雖是學醫的，但他真正的興趣卻是研究歷史，他常常可以為了考證一件史料的真實性而廢寢忘食翻閱典籍。他是個中國歷史通，記憶力很強，不管是哪個朝代？發生什麼事？只要你提得出問題，他一定都能給你一個滿意答覆。甚至於他還寫過幾本研究中國歷史的書。」

看來這洪教授是個絕頂聰明的人。像他這樣的人，在我高中求學時也曾遇過一個。那人是個歷史老師，對中國各個年代與發生的史事如數家珍，倒背如流。更可怕的是，他上課是不帶課本的，但他卻可一字不漏地逐字唸出課文。想想看，三個年級有六本歷史課本，他卻能熟記課文到了一字不漏的地步，甚至於，有時候他還會開玩笑的邊唸邊加上標點符號，逗點、句點、冒號、引號，搞得學生們哄堂大笑，這種高強的記憶能力真的很讓人咋舌！

「那麼他對台灣歷史一定也很有研究了？」我繼續問道。

「沒錯！」她點著頭，看得出來她很以父親為傲，「從台灣最早期的原住民一直到現在的歷史，他都很清楚。而且他很會講故事，聽他講歷史故事真是一種享受。」她的眼睛閃著亮光，嘴角輕揚。而後，她轉過頭對著我問道：「我父親真的發生事情了嗎？」

「這我們還不能肯定。」我望著她回答著。

她是屬於那種亮麗型的女人，也是那種出現在公共場合就會很自然吸引他人目光的人。她的眉細緻而柔雅，睫毛長而捲，讓她的眼眸顯得格外有神而迷人。在與她眼神接觸的瞬間，我隨即移開目光，我並不習慣與人做眼神接觸，這會讓我有一種不自在的感覺。或許我已習慣性與人保持適當距離，我不喜歡探視別人隱私，也不希望別人太接近我的內心世界，而眼睛，通常是介入核心的主要媒介。

「不過，就我們的調查結果顯示，他去年十二月底曾出現在南投仁愛鄉南端的高山區裡。」我接著說道。

「南投山區？」

「沒錯！」高沙接口，「妳父親有沒有提到任何有關他可能要去南投或登山的計畫？」

「你這樣問我，其實我是無法回答你的。」她又皺起眉，「我已經說過，我父親經常往外面跑，而他尤其喜歡往山上跑，再加上台灣山岳很美，他一年少說也會去登山四五次。」她想了一下，繼續說道：「還有，他很喜歡接觸台灣原住民，他常說原住民純真而熱情，不似現在的人都太市儈了。」

聽了她的話，我望著高沙輕笑一下，我可不覺得高沙這人有多純真，呵！我想教授指的是那些還未被文明同化太嚴重的原住民。高沙不行，他從青少年時期就在平地讀書長大，除了特殊原住民長相特徵外，他跟一般平地人幾乎沒兩樣，包括思想、舉止與所受的教育等等都是。他會回到部落，可說完全是因為民族意識與存在的一種覺醒。

「這麼說，妳父親有什麼外出行程不一定會跟妳說？」昇諺突然開口，只是這次的語氣明顯緩和不少。

庭皞望了他一下，開口回道：「話也不是這麼說。多數時候他如果要遠行，至少還是會跟我提一下。只是我近幾年都在國外，除非他的遠行是出國，要不然像一般的外出走走，是沒有必要樣樣都跟我說的，不是嗎？」

「所以說……」我接口提出疑問，「就算他真的要去登山，也不一定會跟妳說，是嗎？」

「原則上是這樣沒錯！除非是遠行或者是長時間的外出旅遊行程，要不然我想他應該不會每次外出都特地寫信……」話說到一半，她突然止住口，那神情好像這段對話讓她想起什麼重要事似的。

「等等……」她突然起身，「你們在這兒等我一下。」說完話後，她加快步伐走出客廳，緊接著一陣上樓梯的腳步聲從走廊處傳來。

庭皞離開後，客廳頓時陷入沉默之中，我想我們都很好奇她到底想到什麼事，而這事情跟她父親有關嗎？

在沉默中我隨手端起茶杯飲了一口茶，那是一杯味道濃郁的奶茶，奶香隨著杯緣飄溢，送進了我的鼻裡。茶與奶精混合著，有著一份茶的甘甜並和著一份奶精的香醇，飲起來口感很好，而且甜度適中，風味獨特。

「好喝嗎？」先前那個黃髮女孩盯著我問道。

「嗯！」我點著頭，「好喝，很特別的味道，跟一般所喝的奶茶似乎不同。」

「沒錯！是不同。庭皞在這奶茶裡加了一些從美國帶回來的香料，聽她說這種香料產於非洲，是天然的。」她微笑解釋著。她的頭髮短而蓬鬆，臉上略施脂粉，眼睛上畫著淡藍眼影，眼周圍灑了些許藍色小亮片，唇上泛著粉紅油光；她的鼻子並不很挺，但卻小得可愛，鼻翼曲線也很柔和，整個五官輪廓給人的感覺非常清新、順眼，是非常討人喜愛的長相。

「是天然的，」高沙望著她笑，「不添加防腐劑。聽起來像是某種電視廣告台詞。」

「對！就是不添加防腐劑的，沒錯！」她笑得更是開懷了。

「對了，請問妳怎麼稱呼？」

「喔！我叫Cheery，中文名字是陳曉菁，曉是曉月的曉，菁是菁華的菁，你們呢？」

「我叫高一明，這位是孫毅，另一位他剛剛自我介紹過了。」

「喔！我記得。」她轉溜著眼珠子，「叫……張昇諺，對不對？」

很開朗的一個女孩，我想。她似乎很能忽略不愉快的事。她忘了我們是來查案的？忘了剛剛的氣氛其實是有些低迷的？不過我喜歡這樣的女孩，像這樣樂觀的女孩，也許人生旅途上也就少了很多不必要的煩惱。我發現處於當下，我竟是有些羨慕她。

沒多久，走廊裡又傳來一陣急促腳步聲，然後庭皞再度步入客廳裡，手邊很顯然已多了一部輕薄型的筆記型電腦。

她走回原先的座位坐下，將電腦擱在桌上，然後打開電腦。我與高沙和昇諺不解地望著她的動作。只見她在電腦前移動手，樣子似乎在找什麼檔案資料。

過了一會兒，她突然將電腦轉過，直推到我面前，嘴巴說著：「哪！就是這個了。」

高沙與昇諺好奇地靠了過來與我一起盯著電腦螢幕看。

那是一封電子信件。

6

皞皞：

妳寄回來的家書老爸已經收到。很高興啊！知道妳在那兒一切都好。其實老爸並不擔心妳，妳從小就獨立自主習慣了，國外的生活只會增加妳的視野，不該會造成妳的困擾才是，再說妳人在國外住好多年了。

老爸身子還硬朗的很，妳不用擔心！不過是個小感冒，多喝熱開水就行了。不要像個老媽子一樣叮嚀老爸該怎麼做，倒是妳自己一個人置身異鄉才該好好照顧自己。

前幾天帶妳老媽去小墾丁渡假，那兒風景怡人，空氣清新，每天又有海可看，整個人精神也爽朗了起來。都不記得我們上次全家到墾丁渡假是哪時候了，幾十年有了吧！那時候妳還小，不過卻已看得出是個美人胚，跟妳老媽一樣，美得讓人驚豔！人家說情人眼裡出西施，或許也是因為這原因吧，我總覺得妳們母女是最美的。

對了，還記得鬼番吧！老爸追查這一段歷史也已好多年了，最近終於有了新的進展。原來這鬼番的來歷跟一顆紅寶石有很大關係！很興奮啊！老爸高興得這幾天都快睡不著覺了。妳也知道老爸對歷史的沉迷，尤其是這種探究謎團的歷史，就更讓人著迷了。這事說來話長，等妳下回回國時，老爸再跟妳詳談吧！

父　手書

很簡短的一封信件，收件日期是一九九九年十一月十二日，這顯然是出自於洪教授的手筆，內容稀鬆平常，沒什麼特別之處，不過是一封噓寒問暖的家書罷了！不過這信裡頭的最後一段話倒很特別。

「鬼番」？這名詞我沒聽說過，而它所指的又是什麼呢？

另外，洪教授的老婆？一起去渡假，那麼她現在人呢？她會不會知道更多內幕消息？看來，這次的拜訪，將大有斬獲！

「洪……」我正欲開口，高沙卻已搶先發問：

「這信中所提到的鬼番是什麼意思？」

「我就知道你們會對鬼番產生好奇！」庭皞斜睨一眼高沙，不急不緩地端起茶杯，喝了口奶茶，動作溫雅輕柔，那舉止彷彿在告訴我們，沒什麼事需要大驚小怪到不能好好品上一口茶。

她放下茶杯，接口說道：「這鬼番說來是很不可思議的！它牽扯到一些怪力亂神之說，也因此很多文獻不願記載或忽略帶過。它的存在就像一團謎！到現在誰也不能肯定地說，它是否真的出現過。」

「那它到底是什麼？」高沙緊皺著眉追問。

「似人似鬼的怪物！」庭皞語氣平和地答道。

一股怪異的感覺在我心頭盪漾，為什麼我會覺得她在講的這鬼番就是我在林裡所遇到的那個殺人魔呢？是我做了過多聯想嗎？

「五年前，我在日本讀書，寫的碩士論文是關於日據時代台灣史料研究。為了查閱資料，我跑過很多圖書館。有一次到日本東京附近一所耗資九億六千萬日幣（約合新台幣兩億四千萬元）成立的小鎮圖書館——日本邑樂鎮立圖書館查閱資料，那是一所設備齊全，資料豐富，新成立不久的圖書館，當時我也是慕名特地跑去的。那所圖書館書籍分類管理做得很好，我很容易便找到我想要查閱的欄位，那欄位書架上滿滿都是台灣日據時代史料，找著找著，我翻到一本書面鑾破舊的文獻記錄，其中一章提到民國十九年所發生的霧社事件。本來像霧社事件這麼一件著名的史事記錄在文獻裡其實也沒什麼，但是這本書不同，它裡頭提到了一件發生在當時很怪異的一則記錄。」

庭皞略微頓了一下，用目光掃視我們一眼，然後繼續說道：「這件記錄裡頭提到一個棘手人物——鬼番。這是一段你在其他相關文獻裡可能找不到的資料，至少我在日本兩年就沒看過。或許是日本人刻意想要掩滅這段史事，你知道的，日本人有著濃厚的大日本帝國意識，如果讓人知道他們在台統治中，曾經被一個拿著番刀的台灣原住民耍得團團轉，豈不是顏面盡失！」

「拿著番刀的原住民？」高沙詫異複誦。

「沒錯！拿著番刀的原住民。」庭皞又喝了一口茶，「這原住民很厲害，文獻裡有約略對他的形貌做了描述。」

「鬼番：台灣原住民，身白布，面白皙無血色，唇紅似火，身長不及五呎，行動敏捷，身手矯健，能徒手飛躍樹叢。手執番刀，力大無窮，不懼槍炮，慣取敵首級。幾十人命，喪其刀下，後伏於一道士，以火化之，始平。」

「另外，」庭皞繼續補充道：「這章的另一小節有另一段關於鬼番的片斷。」

「鬼番，形似人，行似鬼，據聞乃施咒復活之屍，慣以台灣原住民出草方式取人首級，揮刀犀利，一刀斷首，讓人聞之喪膽。事經月餘，士兵死亡人數四十二人，味方番死亡二十餘人，後以其母誘之，鎮以符咒，經火化，此事遂平。」

庭曍講完後，現場頓時鴉雀無聲，陷入一陣很長的沉默。我起了一陣哆嗦，一道深沉的恐懼再度襲擊我。這鬼番的一切樣貌行事，幾乎跟我在林裡所遇到的怪物如出一轍，這到底意味著什麼？高沙與昇諺想必也與我一樣，有著相同困惑吧！

「這則記錄很特別！」庭曍繼續開口，「我當初看到的時候就對它充滿好奇。然後我又想到我父親對歷史的狂熱，他一定會對這段史事有興趣，所以我就將它影印一份下來，寄回台灣給他。」

「所以妳父親這幾年來一直在追查這段史事？」高沙打破沉默，嚴肅而謹慎地問著。

「沒錯！他翻閱很多資料，不過找到的相關記錄卻是少之又少。後來他進一步跑到當年鬼番出沒的部落去考究。不過，你們應該也知道，霧社事件死了太多人，很多部落都他移了，有些甚至被日本直接強迫集中管理；事件之後，當年起義失敗的六社遺孤老弱更是少得可憐，才剩二百多人，而這些人後來都流放到眉原山區的「川中島」去了，直到台灣脫離日本統治之後，才又恢復民族尊嚴，得以過自己的生活。」

「現在最麻煩的是，那些在眉原山區的六社遺孤很多也都搬離原部落了；還有這段歷史已有七十年之久，很多當時的人，不是死於戰火，就是做古了；再加上日本人刻意掩滅，不准族人談論此事，所以追查起來格外艱難。」

「那妳父親有沒有查出什麼有用線索。」高沙追問著。

「很少，而且都是片斷的。」她搖了搖頭，「因為事情一直沒什麼特別進展，後來追查行動就逐漸地冷卻下來，加上我人又在國外，所以我父親提及此事的次數就越來越少。我到美國後，就未曾聽他再提及此事了，直到這封信。」

「這麼說來，妳父親只是放慢考究腳步，但是還有在研究？」

「應該是的。」她點頭。然後若有所思地轉著眼珠子，「對了，我父親真的失蹤了嗎？」

「恐怕是的。」高沙說。

「這消息可靠嗎？」

「我們也還在調查，不過照目前形勢看來，妳父親的確是失蹤了。」

「你哥哥也失蹤了這是什麼意思？」她突然偏過頭望向昇諺。

「我哥哥在去年十二月底時，應你父親之邀一起去登山，然後……」昇諺止住口，望著庭皞。

「怎麼？」庭皞不解地追問，「然後就失蹤了？」

「然後……」昇諺苦笑著，而後搖著頭冷冷說道。「然後他就死了。」

她掩著口，瞪大著眼，眼神在剎那間轉為一股哀愁，「對不起。」

「對不起？」昇諺皺眉，「對不起就可以了事嗎？要不是你父親找他去……」

「昇諺。」我插口止住昇諺的話，「別說了。這不干她的事，你不該把氣發洩在她身上。更何況，洪教授現在行蹤未卜，她現在的處境跟你是差不多的。」

昇諺聞言噤口不語。

「洪小姐。」高沙喊道。

「他是怎麼死的？」庭皞轉過頭，看著高沙。

「他……」

「他就是被妳發現的鬼番殺死的。」昇諺揚聲吼道：「妳父親根本就不是找他去登山，他一定是去找那鬼番，找那紅寶石了。是他害死我哥哥的。」

「你過來。」我起身二話不說拉著昇諺的手就往外走去。

「對不起！他哥哥昨天才剛出殯，情緒比較不穩定。」在步出客廳前我聽見高沙在我身後對庭皞做著解釋。

昇諺不情願地與我走到大門口處。

「你到底怎麼搞的？我知道你心裡頭難過，但是現在不是感情用事的時候，你若不能保持冷靜，我保證你絕對無法逮到兇手。」

「再說，殺死你哥的並不是洪教授，他本人一定也不希望發生這種事情。要我說的話，我覺得你應該跟她同仇敵愾，而不是針鋒相對，不友善的態度對整件案情是沒幫助的。」

「……」

「你出去走走，我看你別留在屋內。」我打開門。

「我不要。」他搖著頭。

「不要也得出去。你這樣只會妨害我們調查。」

「我不說話就是了。」

「你保證？」

「我保證！」

我不知道如果我是他，是否能保持冷靜？但庭皞的口供對案情顯然會有很大幫助，我們必須讓她願意開口，而且講得越多越詳細越好。我想知道這事件的整個來龍去脈，一絲線索也不願放過。理智！我們需要的是理智思考與推敲，我們不能再讓情緒介入太多，情緒在此時，顯然只是多餘，甚至是種阻礙！

我與昇諺回到客廳，庭皞與高沙正在對話。

「所以你們懷疑我父親也死了？」庭皞眼眶泛紅問著。黃髮女孩坐近她身旁，雙手緊握她的手。

「我們還在調查中，事實上，發現昇耀遺體後，我們還沒發現你父親的任何蹤跡，或許他還活著也說不一定。」

「這太荒謬了，我不相信鬼番真的存在，對這件史料我一直都是質疑的，更何況事件已經過了七十年之久，且照文獻記錄，鬼番早已被火化，就算他真的存在過，也不該會在此時出現。」

「但他真的出現了。」我接口說道。看來高沙已將昇耀的死法告知庭皞。

「你們不能因為出了一具無頭屍體，就斷定兇手是鬼番……」

「我跟他照過面了。」我毅然阻斷她的話。

「什麼？」兩女子不約而同瞪大雙眼，一臉難以置信的眼神望著我驚呼。

「他的模樣與舉止行動跟妳剛剛所描述的鬼番如出一轍，若不是親眼見到，我想對於妳所做的描述我也會質疑的。」

「我不相信……」庭皞猛烈搖頭。

「我也不想相信，但他的確就這麼活生生地出現在我眼前，他全身裹布，只露出白皙臉孔，和一道紅得嚇人的嘴唇，他手舞番刀，在我面前耀武揚威，然後再以匪夷所思的身手，飛躍於叢林，消失在我眼前。」

「目前為止已發現三個被害人了，三具屍體都只見體不見首，做案的兇器已確定是原住民番刀。這樣的殺人手法，跟妳所描述的鬼番也是一個樣的。」高沙補充道。

「三個……」庭皞喃喃自語。

「現在最重要的是，我們必須查出你父親上山的動機？還有現在在部落中出沒的殺人怪物跟妳所提到的鬼番有什麼關係，是同一人嗎？另外，他是由妳父親引出來的嗎？據我們目前的調查顯示，這個形似鬼番的怪物，是在妳父親上山後才出現的。」我試著解說。

「不可能是同一人，就算鬼番真的存在，他也早在日據時代就被火化了。」庭皞仍是搖頭。

「難道這怪物還會生兒子？」曉菁突然開口喊道。

「不。」我搖搖頭，心裡覺得有些好笑，「依我看，應該是同一個。」

「但這根本就沒有道理！」

「如果史料記錄有誤呢？」

「你的意思是他根本沒被火化？」庭皞反問我。

「這也是有可能的。」

「不，」曉菁再度插嘴，「或許他有再生能力，可以死而復活！」

這女孩子是不是電影看太多？我覺得有點哭笑不得，然而卻又沒有任何有根據的言論足以反駁她，這怪物的一切早已超出常理可以解釋的範圍了。

「對了，妳父親信中有提到妳的母親，」我望著庭皞，「她現在人在哪兒呢？我們可以跟她談談嗎？」

「她母親早就去世了。」曉菁馬上接口代她回答。

「那這信……」

「那是照片，我母親照片，我父親在信中所提到的老媽，其實指的就是我母親的照片。」庭皞垂首望著奶茶，「我父親深愛著我母親，他常會對著我母親的照片說話，他說母親沒有死，她的精神長存，就活在我們的身邊陪著我們。他到哪兒都會帶著母親的照片，那是他多年來的習慣，好像那照片裡的人是活的。他喜歡對著我母親說話，所以常常可以看到他自言自語，其實他不是自言自語，他不過是喜歡跟我母親說話罷了！」

她輕輕拭去臉頰上滑落的淚水，不讓自己顯現任何悲傷神情。

「你要不要休息一下。」我開口問道。

「不，」她揮了揮手，「不用，我們繼續。」

我與高沙私下耳語幾句，而後高沙對庭皞開口問道：「方便看看妳父親的書房嗎？」

「嗯……」她輕應一聲，起身示意我們隨她走。

穿過走廊後，我們順著樓梯步上二樓。

二樓共有四間房，洪教授的書房在靠近樓梯處，庭皞打開房門。

「這就是了。」她開口說道。

洪教授的書房頗大，房內靠門側的兩面牆各一貼壁書架，書架上擺滿書籍；而靠裡那面牆上有扇窗，窗框亦是原木材質，樹紋清晰可見，窗簾是淺藍色，淡得近白，搭著乳白色壁漆，有種調和的舒暢感。

房內木料材質、色調與一樓是相似的，書架旁一張大書桌，桌面很寬，我想坐在這書桌前看書或辦公一定很舒服吧！

我大致瀏覽了書架上擺放的書籍，琳瑯滿目，各類都有，其中又以歷史文獻居多，看來這洪教授是個博覽群籍、學識淵博之人。

為什麼要來洪教授書房？其實我自己也不是很肯定，那是一種直覺反應，我總覺得在一個人常辦公的地點，應該可以判斷出一些此人近期的活動特徵，尤其又以擱置在桌上的資料更值得參考。

庭皞顯然對洪教授近三個多月來的活動不太清楚，至於鬼番一事，其實也僅止於知其名罷了！如若能在洪教授書房裡找到有關他對原住民的研究乃至記錄鬼番的史料，那麼我似乎就較能肯定，洪教授的深入山林與鬼番或許有密切關係。

我移步書桌前，檢視桌上東西。桌面乾淨無雜，一台乳白色十七吋桌上型電腦，一個竹製筆筒，一個豎立的記事小日曆，再來就是五六本堆疊在電腦旁的書籍。

我點檢桌上的書，共有六本，書名分別是《台灣歷史通鑑》、《台灣地理研究》、《台灣最早的原住民》、《台灣傳奇佚事》、《布農族文獻記錄》、《探尋台灣古道》。看著這些書名，我心裡漾起一陣興奮之情，如果這些書籍跟洪教授此次深入山區有關，那麼似乎就顯示洪教授此行絕不是單純登山之旅，而是有詳細研究規劃的。那麼他行前的研究舉動到底為的是什麼？難道真是為了鬼番？為了那顆紅寶石？

我快速翻閱書本，任書頁在我的眼前翻飛。昇諺此時也走到我身旁，與我做著同樣動作。

沒有！一張簡便的書籤記錄也沒有，而且每本書都像新書，一條重點線也沒有出現過。

「妳爸的書像新的。」我說。

庭皞聞言走了過來，「我爸惜書如命，他的書是從不劃線的。」

又是一個看書不劃重點線的人，這人跟我一樣，我也惜書如命！我的書本除去因灰塵、日久泛黃呈舊因素外，每本書看來都像未曾翻閱過。我討厭那些遺留在書頁上的線條，保持書頁乾淨是我的偏執，這偏執跟我對衣服的要求是一樣的。很多朋友說我有潔癖，除了書本之外，他們還笑話我連內衣、T恤都得熨燙過，對他們的說詞我常無言以對。好吧！我承認我是有那麼點潔癖。

「那妳老爸遇到自覺重要的資料，通常都如何處理？」我現在才發現，看書不劃重點線的人，其實也很麻煩；至少現在就非常棘手，到底在這厚厚的一本書裡頭，哪些才是洪教授查閱的重點？看樣子，我得從頭逐頁地翻閱這些書了。

「這裡。」她用手點了點自己的頭，「再不就是影印或另外用筆記本記錄。不過很少。」

「我可以將這些書帶回去研究嗎？」

「可以。」

「還有，我可以看看這些抽屜嗎？」

她點著頭。

「還有這電腦。」昇諺開口說道。

她望了昇諺一會兒，又轉頭看我，思忖片刻後說道：「不行！我想我爸不會喜歡有人檢查他電腦的。」

「但是……」

我揚手止住昇諺，「就依妳。不過妳可以答應我，妳一定會檢查這部電腦裡的資料，並在發現可疑線索時與我們連絡嗎？」

「可以。」

我回身開始檢查抽屜。這張大桌子，共有七個抽屜，左右各三個再加中間一個。

抽屜內的東西不多，有的放一些文具，有的則放著幾本書與一些資料，而有些甚至是騰空的。我覺得有點失望，這些抽屜太過整齊乾淨，一眼看去就讓人覺得沒什麼值得探究。

其中比較特別的是左上方抽屜裡有一本黑皮記事本，我翻開一兩頁後隨即將它放回原處。看樣子這本記事本是教授的隨筆，記錄一些生活雜事與一些心情。

高沙正在翻看桌上的記事小日曆，昇諺則好奇地看我動作。檢查完抽屜後，我抬頭望著高沙。

「有什麼發現嗎？」

「沒有！沒什麼特別的。只記錄了一些每日的行程與約會時間。」

「我看看。」

「不過，十二月二十九日這一欄上寫的三個字倒蠻特別的。」高沙在遞給我日曆的同時嘴巴說著。

「在哪？」

「這兒。」他用手指著。昇諺與兩位女孩也好奇地靠攏過來。

「蛇嬰石？」我不由自主唸出口。

「你想這是什麼意思？沒有地點，也沒有時間。」高沙問道。

「等等，十二月二十九日？這是他們上山的日期。」昇諺驚呼！

「妳有聽過這名詞嗎？」我抬頭問庭皞。

「沒有。」她搖著頭。

真沒想到來這兒非但沒解出之前的謎團，反而，謎團就像霧般，越擴越大。房間裡頓時陷入一片沉默，現在不但鬼番是個難解的傢伙，連教授的行為也讓我們百思費解。

「會是地名嗎？」高沙提出質疑。

我聳聳肩。

「會不會是那顆紅寶石？」曉菁突然開口。

大夥不約而同地望向她。

「這有可能。」我略為思忖一下，「不過前提是那顆紅寶石真的存在。再者，一顆紅寶石跟一個怪物會有什麼關係？若是找鬼番，為什麼不寫鬼番？而要寫寶石名？」

「因為他志在寶石，不在鬼番，他根本就是去尋寶的。」昇諺冷諷著。

我瞪了他一眼，他偏過頭望向窗外，他似乎忘記不講話的承諾了。

「好了，打擾得差不多，」高沙看錶說道：「我想我們該走了。」

「等等，」庭皞接口，「你們打算怎麼處理？」

「也只能繼續調查了。」高沙無奈說著。

「那你們要怎麼對付那個像鬼番的怪物？」

「得再看看，目前走一步算一步。真不行的話，或許我們會採取誘捕圍剿的方式逮他。」

「你們要用什麼誘捕？一塊肉？一頭山豬？還是一個人？」

「這是我們警方的事，我們會想到辦法的。」高沙回頭示意我們該走了。

「你怎知當年日本人沒有對鬼番採取誘捕圍剿？」庭皞提高音量。

「你可以調到多少人馬、槍枝圍剿他？」庭皞冷冷說道：「當年霧社事件爆發後第二日，日方就即刻展開長達五十餘日的殲滅行動，他們連續派遣各地警察與軍伕，甚至出動軍隊，人數高達四千餘人。而且除步槍外，他們還有機關槍、大砲，甚至還可以出動飛機轟炸！請問你們有什麼？」

高沙被她問得不知所措！噤口不語。

這洪教授的女兒顯然也對歷史非常有研究，霧社事件的細微資料如數家珍，這女子端地厲害，我看她定是如實傳襲了她父親的高智商。

而且她分析得很有道理！如若當年鬼番真的為日軍帶來那麼大困擾，那麼日方沒有道理不圍剿他。這是個棘手問題，如何逮住鬼番？如果說圍剿都不能得逞，那麼還有什麼方式可以逮到他？還有當年日軍是如何解決這個問題的？用道士？真是不可思議！感覺上好像是在對付僵屍似的，然而這種通常只有在電影上才看得到的情節，也發生在現實生活中？

「你們是不是要回山區了？」庭皞問道。

「呃……沒錯！」

「我如果找到什麼線索，要如何連絡你們？」

「喔！對了，還沒留下與我們連絡的方式。」高沙說完後，拿了張紙在桌上寫下連絡電話與姓名。

「這幾日我會查看我父親的電腦，並追查當年日方是如何降服鬼番的。不過，得麻煩你們留下住址，因為我也想上山看看。」

「上山看看？」高沙似乎很訝異於自己所聽到的，「大家都避之惟恐不及了，妳上來幹嘛？現在山區很危險！妳最好不要上來。」

「你別忘了，失蹤的是我父親，而我是他唯一的女兒！」

「即使如此妳也不該上來，這事情我們警方會處理，妳只要在家等待消息，並在發現任何線索時與我們連絡就行了。」高沙說完，開始移步往門口走去。

好熟悉的對話？似乎在哪兒聽過？

是了，昇諺那日在山上與高沙辯駁的情形也是這樣。

庭皞對高沙的話不置可否，也不再言語。看來這女子自有打算，我幾乎可以預見幾日後便會在仁愛山區再度見到她。

一夥人開始往門口移動，我想今天的拜訪算是結束了，離去前我又望了一次書房，心想要在這一大堆書叢中找出自己想要的資料，無異大海撈針！從沒想過要偵辦一樁案件，還得研究這麼多書籍，歷史、地理、文化、古道，甚至傳奇故事……我苦笑著，抱起在桌上的六本書，臨去前，我瞥了一眼門口，其他人都已步出房門，我悄悄拉開左上方第一格抽屜，不著痕跡地拿起那本黑色記事本混入六本書中。

7

對於這次的拜訪結果，我並不能確定對案情是否有實質幫助，因為很多事都還處於揣測之中，除了死三個人是事實外幾乎沒一件事是肯定的。

兇手是當年的鬼番嗎？又，洪教授的深入山林跟鬼番有關嗎？那全身縛著白布的怪傢伙，其貌看來不過三十初頭，如若他真是當年的鬼番，那事隔七十年了，何以一點老化的現象都沒有？難道他真是施咒復活之屍，所以能防止肌膚老化並得永生？

這世上不可思議，不合常理的事情太多，多數只是我們未曾接觸過罷了！尤其是牽扯上這些怪力亂神之說的言論就更令人費解！別的不說，光是台灣廟會盛行的乩童，他們何以能拿著利刃往自己身上砍劈而無恙？他們何以能行走於燃燒熾盛的冥紙堆中而不傷及肌膚？真是神明附身嗎？人類的肉體真能藉由神力而展現出過人能耐？這個領域的知識我所知道的實在太少，我不知道自己該不該將重心放在這上面，我得試著勸服自己，這世上真有鬼怪，真有神力、符咒等超自然的靈異現象嗎？

離開洪教授家後，我們又回到昇諺位於桃園市的家，稍事休息，一直到用完午餐才上路返回南投。

三個多鐘頭路程，幾乎是在昏沉中渡過。這幾日我睡得並不安穩，常在睡夢中驚醒，很顯然白天所遭遇的事情，能儲藏於潛意識，並幻化成夢境侵襲人。那怪物的面孔一再出現在我夢中，多數時候他所呈現的臉孔是扭曲而不完整的，這樣詭異的面貌不僅增添他的神祕，也讓他的一切顯得更為恐怖、更為詭譎。

車行至盧山後，我們開始那段長達兩個鐘頭的行腳路程。這山路之前我已來回走過兩次，一次是初來乍到之時；另一次則是發現馬亞屍體後隨高沙到警局時又走過一次，現在已經較能辨視林內方位，沿途路徑也較為熟悉。

走在這山徑上，我覺得步伐格外沉重！或許潛意識裡我就不想再回到此處。光想到部落裡有個可怕的殺人魔，我就心寒；若真可以選擇，我想我會選擇遠離此地。但是整個形勢已由不得我自己選擇了，就算膽寒，我也必須硬著頭皮再來。我能留下高沙獨自面對那傢伙嗎？如若高沙有個三長兩短，那麼今日的怯弱勢必會造成我往後半輩子身心的折磨；再說，我與那傢伙照過面了，某一層面上，我覺得我比多數人要來得了解那傢伙，在第一次會面時，我不是就猜中了他的心思，而免於死難嗎？

越接近部落我的心跳也隨之越跳越快，他的身影已襲滿我整個思緒。或許是恐懼，或許是意識作祟，我竟覺得在這座山林裡他是無所不在的，彷彿他隨時都會出現在我的眼前。也許打從我再度踏上這山徑一刻起，他就已尾隨其後，伺機要取我項上人頭了，誰知道呢？我是不是被他驚嚇得有點神經過敏？我真的很不喜歡這種感覺。

近部落時已是午後五點多了，夕陽斜掛遠山那頭，橘紅餘暉灑耀在層巒疊峰中；傍晚慣有的雲霧已漸漸從谷底揚起，它們沿著山谷緩慢游移，甚至淹沒整座山頭。白雲霧、紅餘暉，這樣的組合可以幻化萬千，所形成的色彩更是詭奇多變。看著眼前美景，再想到此地悲劇，我心裡竟產生些許悸動與感慨！鼻頭不禁酸了起來。

我們一回到部落便引起一陣騷動。首先是一名男族人見著我們便大聲吆喝，然後他的吆喝聲引發一連串的連鎖效應，此起彼落，從這頭一直傳到部落的那頭，緊接著，一群群的族人便陸續出現，且朝我們圍攏過來。

一股不祥預兆浮上心頭，看著族人們個個臉上不安的神情，我幾乎可以肯定，這部落一定又發生事情了。

那傢伙又出來犯案了嗎？

人群之中走出一位長者，身著傳統部落服飾，白色織紋夾雜紅色線條，內襲七彩毛衣，顏色鮮艷，光彩奪人，筆直垂膝；他頭戴白巾，腳打赤，臉上皺紋橫生，紋痕之深就似拿刀鑿刻似地。若我沒記錯！這人該是前些天在播種祭時主持祭典的那位祭司，也就是這部落的領袖——俗稱「頭目」。

他走到高沙跟前，並開始用山地話與高沙交談，談話持續約十分鐘，我望著高沙的神情由靜心聆聽轉憂，再由憂色轉驚駭，最後則是一副難以置信的模樣！

我與昇諺對望一眼，兩人心下都知道一定又發生事了，但是礙於言語上的隔閡，我們卻連半點揣測餘地也沒有。

高沙與頭目談完話後，轉身望著我與昇諺，兩眼空洞無神，緊閉兩片薄唇直是不語。

「怎麼了？」昇諺急著問道，「他說什麼？到底發生什麼事了？」

「……」

「是不是又有人死了？」

高沙沉默點頭。

「在哪？」

「誰死了？」我插口問道。高沙神色有異，我有預感這次的被害者一定跟高沙有著某種關係，要不然他不可能像現在這樣失魂落魄。

「一位族人……」高沙支吾講著，「還有……」

他似乎難以啟齒。

我舉頭望了望圍觀的族人，看著他們一個個驚恐的眼神，突然間一股很大的壓力襲上心頭，他們把最後希望都放在我們身上了嗎？

等等……不對，這兒似乎少了什麼？我慌張地掃視人群，心裡興起一陣莫名恐慌。沒有？他沒有在這裡？

「盧勝吉人呢？」我揚聲詢問高沙，而心跳也在剎那間急促起來。

昇諺一副難以置信的樣子望著我，然後又望向高沙。

高沙仍是不語。

「說呀！你說呀！」我不知道自己為什麼會感到無比憤怒？我大聲咆哮著。

「他……死了！」

死了……盧勝吉死了？我在心裡自語著。我有一種心裡突然受到莫大驚嚇的感覺，前天還活蹦亂跳對著我大吼大叫的人，現在竟是一動也不能動了？

正當我們還沉淪在盧勝吉的死訊而不知所措時，人群中又傳來另一陣騷動，一位體型臃腫略為肥胖的人自人群中走出來。

「你們總算回來了。」鍾醫師說著，臉上則是一臉疲憊。

「到底怎麼回事？」昇諺急急問道。

「唉……」鍾醫師重重嘆了一口氣，「麻煩！真是麻煩！現在連辦案的警察也死了，叫族人如何能不恐慌？」

「盧勝吉到底是怎麼死的？」

「你們先去把行李放好吧！待會兒我們到命案現場，我再仔細地說給你們聽。」

鍾醫師陪著我們一同走回高沙住處，我們沉默走著，心情整個滑降谷底。這個山區彷彿被施了毒咒，讓人身處此地，便一刻也不得安寧！

快到達高沙家時，他突然開口：

「頭目說事情發展得太糟糕了，他不能再坐視不管，已經連絡他的大兒子明天回來。」

「嗯，多個人手也是好的。」我不以為意地回應。

「他的名字叫Tasan。」高沙唸了一個山地話發音名字。

「Tasan……」我學著高沙的腔調複誦，唸起來有點呦口，我想這翻成中文應該是類似「泰森」的發音。

「幹嘛特別提他？」昇諺不解問道。

「因為他在族裡的權力很大。」高沙頓了一會兒繼續說道，「我們泰雅族人頭目多數是由世襲或門閥二大原則產生，只有少數是由社眾擁戴而推舉出來。泰森的家族屬於門閥領袖性質，他們是族裡最大的團體，並且部落裡頭目是世襲職，而世襲又以傳長子為先，所以也就是說……」

「他是下屆的準頭目。」昇諺接口。

「沒錯！」

「那又怎麼樣呢？」

高沙搖頭說道：「算了……反正明天就能見到人了。」

明天就能見到人！是呀，這當口誰還有心思去管一位頭目的兒子。甚而我覺得我心裡正產生一股厭惡感，頭目遣他兒子回來部落，似乎也在間接宣告著我們的無能與辦事不力。而我相信，這種感覺高沙一定比我來得深刻！

在高沙家置妥行李後，我們一行人一刻也不停地轉往案發現場，很多好奇的族人也尾隨其後。

鍾教授引領我們至部落旁的山田，那是之前播種祭時我曾來過的地方。就我所知，泰雅族的農業耕作方式是山田農業，亦稱燒田農業，早期文獻稱之為燒墾遊耕。傳統原住民的歲時祭儀其實很繁複，一般來講，在播種祭之前會有一個開墾祭。所謂開墾祭就是在一片叢林間，首先砍伐大樹，移到他處，去其籐蔓，斬去茅草，在空地，取樹或竹一根，砍去傍枝交叉空地之上，又依家族人數斫採山形枝椏若干，削成小鍬狀，將之懸於二交叉木間之樹枝或竹桿上，當夜再返家行夢占；然後劃隔火界，放火燒山，再清理燃燒後所餘剩的木枝樹根，堆置於田間周圍作堰，以防水土流失，並作成一坵一坵的農田，等待播種；至此，山田於焉完成。

我所知道關於原住民的祭儀知識，多數是來自高沙的介紹。提起這些祭儀其實是讓人頗感無奈的！因為這些祭儀正隨著歲月與人事物的變遷而逐日流失，甚至多數祭典早已為人所淡忘。尤其在日據時代，日人農業指導介入後，強制移居政策配合水稻定耕農事生產，泰雅族人的歲時祭儀就逐漸式微；再加上社會組織形態改變，祭團[1]的組織鬆弛、農時祭儀更是沉在歷史底層裡，泰雅的農業文化也就無形地失去傳承。目前很多祭儀，其實早都已成形式化的民族象徵罷了！

---

[1] 祭團的本意即為「祖訓」。原本是集合較近的親族等組成類似生命共同體的泰雅社會組織，使組成分子共同遵守祖先的遺訓，而此團體組織也稱為gaga（祭團）。祭團的組織在傳統的泰雅社會構成中，實際上是集共獵，共牲，共同祭儀的功能於一體，在同一地域內，最以泛血緣自然形成的血族群。使社眾成員以共守祖訓的號召，較能發揮規範作，在祭團的歸屬中共守禁忌、共勞合作、共負罪罰，聚一股同甘共苦、和諧共樂的向心力與使命感，造福全體社眾，維繫族群命脈。

「就是這裡了。」鍾醫師帶領我們走到近田地的叢林外突然開口說道。

他的話頭打斷我的思緒！我舉目環顧四周，卻不見任何異狀。

「今天早上七點多時，我與盧勝吉邊走邊討論案情，沿路一直走到這山田邊緣。」鍾醫師說著轉身指著靠部落那一方。

「那時候，田裡有六七位族人，一位叫巴布（Babo）的族人，走到林內上大號。沒多久，林裡傳來一聲驚叫，然後一陣救命的驚呼聲便一再持續地在林內響著。」

「那驚呼聲引起我與盧勝吉的注意，我們不約而同望向聲源處。然後，兩個人影在林內奔馳的畫面映入我的眼簾。我看到巴布極力想跑出林外，然而另一手執番刀，全身裹著白布的古怪傢伙，以十分詭異的身手，硬是一再阻在他面前。」鍾醫師頓一下，吞了口口水，呼吸顯得十分濁重，看來他仍是驚魂未定！

「然後，巴布往林內跑去，口裡仍一再喊著救命，而那詭異的傢伙也逐獵似地跟隨其後。我與盧勝吉開始提足往這邊跑，而其他在田裡的族人，也在同一時間往這兒奔來。」他指了指我們現在的所在地。以方位來說，我們現在是在部落的東北方。

「當我們奔到這邊，正要穿入林裡時，巴布的救命聲卻從那邊傳過來。」鍾醫師轉身指向左手邊，也就是部落以北方位。

然後，我們一行人往他指的方向移步約百來公尺，地上一片醒目的紅迅速襲擊我的視覺。

我望著林邊地面上斑斑血跡，前幾日那些血腥畫面又一個勁地回歸。我檢視自己的感受，卻發現自己竟是出奇冷靜？或許是習慣，或許是麻木了，我發現自己竟已可以冷眼看待眼前這一灘血跡、一樁命案！這讓我感覺有點心寒，也不禁懷疑，人類的無情本來自於習慣？

「我們聽到巴布的求救聲後，全都不約而同自那兒往這邊望過來。見到巴布身上染滿鮮血，跑出林外；然而在他還未及踩第三步時，一道快速人影便從他後上方躍下來，人影未著地前，已順勢拿著番刀自他頸後劃下。但是……」他又吞了吞口水。說實在的，我還是很不能習慣他這種緩慢溫吞的講話方式，怎有人能夠在講這麼緊湊的事件時，還是用著和緩口吻敘述。

「那揮刀的速度實在是太快了，」他繼續說道：「那感覺就好像那刀是透明，不具實體的。刀劃過後，巴布的頭還完整地停留在頸上，並且還往前奔了幾步，有一刻時間我還懷疑那刀沒落在他頸項？可是那詭異的傢伙，卻在巴布還未倒下時，眼邊盯著我們望，邊緩步移到巴布身旁，並從腰帶上取下一個不大的布袋，看那袋子的樣子應該是早期原住民出草時常用的敵首袋。」鍾醫師解釋著。

「然後他攤開布袋口，直往巴布頭上套去，套好後，巴布身子也自然頹了下來，身子往前倒下的當時……」鍾醫師停頓下來，閉著眼深呼吸了一口氣。

「那頭……已經不見了，一道血柱像噴氣似地隨著身子一再噴灑，血染紅了這一片聖潔的大地。」鍾醫師自語似地唸著最後一句話。

聽著他的耳語，眼望地上那一灘似樹狀的乾涸血跡，我整個人彷彿陷入一道混沌空間，腦子一片空白，甚而懷疑自己已失去所有感官上的知覺。

我忽然憶起盧勝吉。

「那盧勝吉呢？他為什麼也死了？」我抬頭望著鍾醫師。

「盧勝吉……」鍾醫師兩眼空洞垂首望地，自語著，「他原本可以不用死，他太粗心，也太自負了，竟天真以為手中有一把槍就可以肆無忌憚追逐那怪物。」

「他追上去了？」

「嗯。巴布倒下之後，那怪物眼仍朝我們方向望著，盧勝吉二話不說掏出手槍，朝他開了兩槍。那怪物一聞槍聲，便一溜煙地遁入林裡，盧勝吉提足追過去，然後身影也跟著沒入林中。緊接著，我們聽到接二連三的槍聲，追獵的氣氛瀰漫著整座森林，我們不自覺地也都趕往林裡，然後槍聲軋然而止，一切又回歸平靜。」鍾醫師說完話後，便逕自往林內走去。

我們一行人沉默尾隨其後，然後在入林後約三百公尺處，發現另一灘乾涸血跡！

「發現他的屍體時，他的頭已經不見了。」鍾醫師再度開口，「脖子上的血還在汩汩流動。他伏臥在地上，右手拿著手槍，地上散了一堆子彈，看樣子，他是在換子彈時慘遭毒手的。」

「一刀斃命，怪物沒跟他玩遊戲，一刀就砍下他的頭顱，死法跟前兩具屍體一模一樣。這怪物根本就不是人。」

聽完鍾醫師陳述的過程，我靜默退出人群。走在回部落的路上，我發現全身竟顫抖得厲害，彷彿有一股冷風襲身，從頭皮沿著背脊到腳板，冷得讓人發麻。

沒錯！我從不否認我對盧勝吉從未有過好感，但也不至於到厭惡地步。這人喜歡擺高姿態，其實不過是潛意識的自卑感作祟；他講話很直、很衝，話常不經大腦，不過本質上我相信他是無惡意的，他不過是……不過是……「笨蛋！他就是太笨才會死的……」我在心裡嘶吼著，眼眶不知何時已開始潮溼起來。

我覺得很乏力，前幾日所下的決心，似乎也隨著盧勝吉的死訊剎那瓦解。我知道我對自己的能力又產生了質疑，面對那怪物，我只能感覺自己就像個小孩欲意尋大人搏鬥般地可笑！

這太可怕了，那傢伙距離我們的距離似乎越來越近，從部落外的森林，一直到現在，他已經肆無忌憚步入村內，甚而明目張膽地在眾人面前取下兩顆首級！就像水一般，他的身影慢慢滲入森林，滲入部落，滲入了人心。我猜測我內心興起的一股悲哀，某部分其實只緣自於他的存在。

回到高沙家時，高沙的母親正在煮晚餐，我強忍悲愴，刻意拉出一抹微笑，對她點頭。

「你還好吧！我看你臉色不太好。」她關心問道。

「我沒事！謝謝。」

我坐在床緣上，開始整理自己的行李，我將從洪教授家取來的書自背包內拿出來。我得找些事做，也得做功課，我對這怪物一無所知，我得加快步伐，深入內幕，我實在不堪負荷這種沒幾日就要見著一具新屍體的身心折磨。

這傢伙是當年的鬼番嗎？為什麼叫鬼番？這一點似乎比較可以理解。台灣原住民遠在清朝早期，就已有「王字番」、「黥面番」等稱呼；雍正時期則稱「生番」；乾隆時期的文獻記載，也曾提到「眉番」，並曾對水沙連二十四社[2]徵其「番餉」；乾隆期，首開「屯番」之制；同治時期，則積極施行「開山撫番」政策；光緒二十一年（一八九五，明治二十八年），台灣割讓日本後，也曾發表「欲拓殖台灣，必先馴服『生番』」的談話。這一切文獻中所提到的台灣原住民稱謂，都脫離不了一個「番」字，可見原住民被稱為「番」是由來以久的事。而這怪異的傢伙，因為身手行動像鬼，所以日本人索性便叫他「鬼番」？其實，即便日本人稱他為「鬼王番」我也會覺得非常貼切，畢竟，他實在是太強了，還有他那自然散發出的霸氣，就

[2] 二十四社包括了泰雅、布農、邵等先住民。

讓人覺得他足堪為王。

鬼番為什麼能活那麼久？又為什麼在七十年後才出現？現下，我只能據眼前資料用推測方式來解謎。假設鬼番當年真被符咒鎮住，然而並不如傳言中被火化，被安置在這山區某處，經過七十年後，洪教授發現這樁史料，追蹤調查結果，讓他尋到鬼番置身處，而他或許想去求證史料，或許想取得那顆紅寶石，但整個行動出現了不可犯下的失誤，也許他扯下符咒，所以讓鬼番甦醒過來。鬼番恢復自由身後，可能殺了教授，也殺了遁逃中的昇耀，然後便活躍於部落四周。

至於他到底是怎麼產生的？

不行！我一點頭緒也沒有，這問題根本一點推測的餘地都沒有。

高沙在我思緒紛亂時回到家，我瞥了他一眼隨即低下頭，一回到部落就又發生兩樁命案，相信他心裡一定也不好受吧！

「要不要到外面走走？」高沙坐在桌前飲茶隨口問著。

「好啊。」我淡然答道。

出了高沙的家門，我們在他家附近一處石堆坐下。

沉默片刻後，高沙說道：「鍾醫師他們帶著我學長的遺體下山了。」

「嗯。」

「真沒想到……才下山一天，他就……」

對面峰巒上瀰漫著一層灰暗烏雲，還未沉落的夕陽深埋在雲層中，偶爾掙出的霞光若隱若現，我靜默盯著那層陰鬱色調，不置一語。在遠山鋪蓋的陰霾中我彷彿看到自己的心語，那是一股深濃的愁緒與悲鳴。

「你在想什麼？」高沙望著我問。

「沒。」

「事情很棘手。」

「嗯。」我輕應著。事情的確很棘手，然而此時此刻，我根本就不想再談論這話題，「對了，那一座被烏雲整個覆蓋的山，是哪座山？」我用手指著。

「哪一座？」

「就那一座。」我伸長手。

「那是能高山南峰，左手邊另一個更高的山頭，那是能高主峰，海拔高度有三千二百六十一公尺高；至於右手邊比較低一點的那座山是光頭山，海拔高度也在三千一百公尺以上。」

「那比較近的這一座呢？」

「哪裡？」

「介於能高主峰與南峰之間的，峰頂呈橢圓的這一座。」

「你是指山頂光禿的那一座嗎？」

「嗯。」

「那是能高山支脈，海拔不及三千，地理上沒有確切的名稱，不過據我所知布農族人慣稱它為『蛇山』。」

「蛇山？」

「沒錯！蛇山。」

「很特別的名字，有什麼特別涵意嗎？」

「有啊！」高沙舉目望著那座烏雲環繞的蛇山，眼神深邃而飄渺，「你應該知道，我們仁愛鄉素有北泰雅南布農的說法，其意就是指北居泰雅；南居布農。布農族有個著名傳說，叫做百步蛇傳說。」

「這傳說很有趣，布農族人是這樣說的：話說從前有一個布農婦女，因為丈夫要參加一個重要慶典，她想要讓丈夫更為出色，便想幫丈夫編一個最漂亮的胸袋[3]，可是她一直想不出來要編織什麼花紋才能別出心裁，驚豔四座。」

「有一天婦人去山上採野菜，從山上回家時，看見了百步幼蛇，婦人覺得幼蛇的花紋實在很特別，她便開口對母蛇說明自己想要借幼蛇的原因，母蛇聽後答應婦人借她一個禮拜時間。婦人帶著小蛇告別母蛇，回家後就按照小蛇身上的花紋編織胸袋。不過由於參考小蛇身上花紋所編織出的花樣實在是太漂亮，村人耳聞後也都跑來借用，於是小蛇就這麼被借來借去。」

「一個星期很快過去了，母蛇依約到村裡想要帶走牠的孩子，但婦人告訴牠布紋尚未織好，要再跟母蛇借一個禮拜；不幸的是，小蛇在這借來借去的過程中被弄死了。所以一個星期又一個星期過去，每回母蛇來找自己孩子時，婦人總是編理由來拖延時間。」

「有一天母蛇又來找自己的孩子，婦人再次編理由而不將牠的孩子還給牠，母蛇於是很氣憤地離開。不幸的事情終於發生！有一天所有的百步蛇都爬到這個婦女住的村落，並攻擊村子裡所有人。結果除了外出工作及爬在香蕉（很滑）或刺椿（一種長刺的樹）樹上的人及一些被大人藏在小米倉的小孩倖免於難外，村子裡的人大半都被咬死。」

[3] 胸袋：ku-lin，一種放在胸前可放香煙及瑣碎物品的袋子。

「過了快一個月，鄰近部落的人來到這村子，看到來不及處理的大量屍體，他們找到還活著的人，問清楚後才知道原來村子裡發生了百步蛇復仇的事。」

「而據說那傳說則是發生在這座山裡，因此這座山在布農族的口耳相傳中，就成了他們私下稱呼的蛇山。」

高沙停了一會兒，繼續說道：「其實，布農族人對百步蛇到現在還是很尊敬的。他們認為蛇聽得懂人們所說的語言，而且當人類殺死百步蛇時，還會引起其他百步蛇報復。他們說百步蛇的報復心是相當強烈的，即使是跋山涉水，也一定要達成報復目的。據說殺百步蛇的人身上會一直存有百步蛇味道，所以報復對象絕不會弄錯。」

「聽說，早期的布農族人見到百步蛇時，會跟牠說：『請走開，讓我過。』而百步蛇也大都會左右張望後自動離開。有些人甚至會從身上割下一塊紅布送給百步蛇，並說：『ka-viaz，送給你，請走開，我要路過。』以表示尊敬。」

聽完高沙的解說，我低頭無聲笑著，多有趣的一則傳說啊！

「你是不是覺得很好笑？」

「也不是。只是覺得很有趣！」

「其實，類似像這樣的傳說，我們泰雅族也有很多。比如說，發祥傳說，女人國傳說，洪水傳說等都是，有機會我再說給你聽。你一定也覺得很有趣，或許說是好笑，反正很像是在聽一則童話故事就是了。不過，在潛意識裡，我們卻對這些傳說深信不疑，你說，是不是很奇怪？」

「不會啊！聖經裡提到的諾亞方舟洪水傳說，聽起來也很像童話故事，但是每個信主耶穌的人也都是深信不疑呀！不是嗎？」

高沙輕笑，搖著頭。

聊天似乎有助於舒緩情緒，藉由這樣的對話，我發現心緒似乎已較平穩。或許，我只是企圖藉由其他事物來忽略自己的感受吧！

晚上，昇諺來到高沙家與我們聊一會兒，便走了。他與高沙之間原本有些敵對的關係，幾日相處下來，似乎已消失得不見蹤影！

屋外蟲鳴聲在夜晚一再鼓譟，高山區晚間慣有的冷溫與略為稀薄的空氣為這部落平添一股肅穆之情。冰冷空氣吸入鼻裡，不只寒了這頭，也寒了我的四肢、我的身子。我抓著棉被緊裹著身，眼望那陰暗的天花板，精神有點恍惚，心神有點不寧，黑夜中，我彷彿還能看見那一張白皙面孔。我強閉著眼，一心等待睡意到來，然而屋外蟲鳴卻似懶人鬧鐘，一再刺激我的神經，驅逐著我的睡意，讓我久久不能成眠！

我想到盧勝吉，那一個曾經惹得我想動手打他的人。然而我現在卻為著他的死感到哀傷！死亡，或許死亡值得消弭一切是非仇恨。人都難免一死，既然人最終都要化歸於一坏黃土，有形最終都要化歸無形，那麼生著時，想來又有什麼好爭的呢？

我打開床頭燈，心想著，既然睡不著，就別睡了……

山風迎和蟲鳴正在夜裡呼嘯，我深吸一口氣，望著床邊那幾本厚重的書。

「來吧！洪教授，讓我看看你到底都在想些什麼？」我對著書輕聲唸著，然後從書堆中，抽出一本黑色記事本，這是我在洪教授家，「偷」取而來的，若我猜測沒錯的話，這應該是一本類似生活隨筆或日記的筆記。

透著黑暗中微弱光源，我打開這本記事本。

8

歷史是歲月的記錄，不是過去式，不是現在式，也不是未來式；它只是進行式！記錄過去，記錄現在，也將記錄未來。

——一九九九．一．二十五——

「才一個禮拜多，部落裡就被殺了四個人，而你們警察竟然到現在還沒逮到兇手？」

「這事情很棘手！」

「棘手？對呀！連警察都被殺了。真是諷刺！」

一大清早就被屋內一陣談話聲吵醒！我勉強張眼看錶，九點二十七分。昨晚的失眠讓我一直熬到午夜三點多才入睡，雖已九點多了，但我還想再睡一會兒。

我支起身子，睡眼惺忪地望著屋內談話的人。除高沙外，另外有三個陌生人，其中背門而坐的人正與高沙談話。平地裝扮，短髮平頭，由他側臉輪廓之深，與說話腔調，可以斷定應該也是原住民。另外分坐兩旁的人，一胖一瘦，不言語，只是靜心聽著。

高沙往我這兒望，隨即跟我點頭問早，我起身，走了過去。

「這位是泰森，」高沙舉手朝向那居中而坐者，「頭目的大兒子。」
「你好。」我微笑點頭。
「這是孫毅，我的大學同學。」高沙也為我做了介紹。
泰森臉不動聲色，眼盯著我，微略點一下頭，便又望向高沙。
「抱歉！我先去盥洗。」我手捏高沙的肩胛骨，然後走向浴室。
在浴室裡，我解手，然後盥洗，但整個腦子卻一直想著門外三個原住民。很顯然地，他們的態度並不友善，跟我刻版印象中熱情的原住民有些差距，然而我並不討厭他們；至於為什麼不討厭，這說來其實是有些可笑的，只因他們的皮膚，他們身上的膚色，黑得發紫，一看就知道那是長期曝曬在大太陽底下工作的人。
這讓我想起我以前寫過的一首詩：

〈建築場工人〉
那肌膚黑紫得發亮
第一次
我在黑的色影中瞥見陽光
那是一種無情的烙印
我甚至想到皮膚癌
但那肌膚上沒癌
有的只是陽光對它的臣服

迷戀！沒錯，就是一種迷戀，我對這種因日曬翻黑的皮膚有著一種格外親切感，我在那膚色中看到了人們因辛勤勞動換得養家活口、三餐溫飽、衣食無虞的生活，便感到格外感動。

盥洗完畢，我再度回到廳裡，高沙他們的談話仍在持續。

「你看要多少人才夠？」

「行不通的，他若無意出現，你們翻遍整座山也見不著他。」

「我就不信他多會躲，今天搜不到，我明天再搜！」

「我們也曾搜過一次山，根本就找不著他。」

「那得看是誰搜的。」

「他就像鬼一樣，你要找他的時候，找不著；你不找他時，他又突然出現在你面前，甚至帶走你的頭顱。」

「那最好，他最好來取我的頭顱。」泰森輕蔑笑著，站起身，「好了，不要再說，我已經決定了。」然後往門口移動。

「既然決定了，你最好多找些人手。」高沙在他背後喊著。

「對了，你真的不一起來嗎？」泰森回過頭。

「今天不行，我得寫最新案情記錄，並下山去報備案情。」

泰森沒再多說什麼，開門逕自走了，留著敞開的大門，連關也沒關。

我靜默移步大門口，闔上門，然後走到桌前坐下。高沙一臉愁悶模樣，猛喝著茶。

「他想去搜山？」

「嗯。」

「他看起來好像挺自負的。」我笑說道，然後為自己盛了一杯茶。

「一直以來是如此的，他從小就這樣。」高沙苦笑。

「因為他的身分嗎？」

「也不盡然！他自己本身應該就算是很優秀了吧！他從小就有領袖氣質，喜歡發號施令，其他小孩也樂於跟隨。瞧！剛剛一起來的另外兩個人，是從小就跟著他的，一直跟到現在還跟著。」高沙笑了一下，「他很有辦法，這兒的年輕人若沒工作，找他準沒錯！」

「他的交際手腕頗高明，常能不動聲色地跟平地人哈拉、拉攀關係，但私下卻又對你們平地人十分不屑，常笑話你們平地人是群呆子。」

「呆子？」我點頭輕笑著，對他興起一些好奇。

「你別看他比我矮，這輩子我跟他打過兩次架……」高沙止口不語。

「結果呢？」

「一次是國小五年級。他那人不喜歡讀書，從小功課就不怎麼樣，但我不同，從小功課就好，而且還學柔道。那一年，我參加縣賽國小組柔道比賽，後來拿到金牌，那時我不過才藍帶，結果打敗他校一位紅帶六年級生，全校師生都誇我文武雙全，那時真是挺威風的。」高沙轉頭望著我說，「泰森是頭目的兒子，身分特殊，當時在學校本就是風雲人物，他的運動細胞特別發達，學校很多田徑比賽只要派他代表，多數時候都是拿第一名回來的。我想，那一次我的威風壓過他吧！後來又加上有些人在旁煽風點火，鼓吹我們倆應該打一場，看誰比較強……」高沙停頓會兒，突然想到什麼似地，問道：「你知道嗎？我們小時候，很流行『角力』比賽。」

「類似像摔角那種角力？」

「沒錯！」高沙點著頭，回憶往事似乎為他帶來些許快樂。

「有沒有打？」

「打了。」

「結果呢？」

「結果待會兒再告訴你，我先講第二次。」他飲一口茶水，繼續說道：「第二次是在我退伍那年，那年我們二十五歲吧！喔，對了，泰森跟我們同齡。」

「同齡？」我覺得有些疑惑！「但頭目那麼老了，他晚婚是嗎？」

「也不是，泰森的母親算是二老婆。」

「二老婆？這怎麼可能！你們原住民傳統是堅守一夫一妻制的。」

「是沒錯！但他母親是頭目大老婆死後才嫁過門的。」

「喔！」

「大老婆可能是體質關係，流產三次，一個兒子也沒生出來，後來有次下山被大卡車給撞死了。有人說是自殺，有人說是意外，反正，真實情況也沒人能搞清楚！」

「……」

「喔，對了，那一次，他弟弟偷家裡錢，他知道後大發雷霆，狠狠揍了他弟弟一頓，正巧被我遇見，也怪我多管閒事，跑去制止他。不過，他那一次也真是出手太重，打得他弟弟兩顆門牙都掉了。」高沙揚起上唇，露出門牙，用手指著，模樣甚為滑稽。

「我也忘了當時是怎麼吵起來的，總之，他怪我多管閒事，我氣得反諷他小時候不也偷過錢，然後他整個臉都綠了，」高沙用手在臉上做了一個誇張動作。「然後我又跟他打了一場架。」

「其實，那時候我柔道已經四段了。」高沙補充說道。

「你什麼時候要下山？」

「待會兒就得下了。怎麼？你不想知道結果？」

「那你報告寫好了嗎？」

「還沒。」高沙搖頭苦笑，「不知道怎麼寫。我能寫說這邊有僵屍犯案嗎？還是鬼？」。

「那倒是。」

「我若實話實說對案情有幫助嗎？」

「沒有。」

「或許他們相信，然後能調來一批警力。」

「或許他們不相信，然後你會被笑是瘋子，要不就是推委責任或辦事不力，假借怪力亂神之說以推其咎。畢竟人多數只相信自己眼睛所看到的，這山區又這麼偏遠，哪位長官願意特地跑來證實？再說就算他們聽信你的話，給你一批警力，那麼這批警力可以在這山區待多久？盧勝吉一開槍，那怪物就跑，這意味什麼？他是識得槍的！如果有槍他便不出現，那麼除非這批警力能長期駐守部落，要不然等警力散去，部落仍舊是要陷入危險之中。」
「看來只能用誘捕方式了。」高沙緊皺眉。
「誘捕是好方法，問題是要拿什麼誘捕？而且……他會不會上勾也是個問題。」
要誘捕鬼番還能拿什麼誘捕？除非真的都尋不到其他方法……總之，誘捕只能當最後一著棋下。
「砰！」
屋外突然傳來一聲刺耳槍鳴聲，我與高沙不約而同奪門而出，此時在這山區傳來槍聲，似乎只意味一件事。
我與高沙出門後，隨即尋著聲源奔至廣場。廣場已聚集一群人與三五隻獵犬，令人吃驚的是，他們每人手上都拿著一把獵槍，正在眾人面前講話的人，顯然便是泰森。
「剛剛那聲槍響是怎麼回事？」高沙奔至泰森旁。
「沒事，只是出草前的鳴槍。」泰森不以為意說道。
「就算是出草，也該在出草凱旋歸來時才鳴槍歡呼。」
「你太墨守成規了！我這是在出草前鼓舞士氣，回來時我會再鳴一次槍的，你等著。」泰森高舉獵槍，朝空瞄準了一下。
「準備好就走了。」泰森大聲喊著。然後睬也不睬高沙逕自率先走出，餘眾約二十人也跟隨其後走出部落。
高沙靜默待在原地望著那一群漸行漸遠的背影，不置一語。我想那該是一種領導權一夜之間便被剝奪的感覺吧！

族人們的心靈寄託轉移了嗎？泰森一回來，局勢整個就改變了？心裡頭雖然有點不是滋味，卻也有種如釋重負的感覺。本來我就不是個喜歡強出頭的人，有時奉行「老二哲學」是會讓自己輕鬆些的。

「他們在幹嘛？」昇諺聞聲跑了過來。

「搜山。」我代高沙回答問題。

「找那怪物？」

「要不然還能找什麼？」

「他們怎麼可以拿槍？」

「不然要拿什麼？拿木棍嗎？還是拳頭？」

「不是，槍枝是受管制的，他們怎麼還有槍？」

聞言，我與高沙相視苦笑。

「回去吧！」高沙回身揮手，示意我們回到住處。

「你們原住民還拿槍打獵對不對？」回程路上，昇諺不死心地追問。

「這很稀奇嗎？」高沙反問。

「這是違法的，更何況你還是警察！你不管事嗎？還一副理所當然的樣子。」

「請問你怎麼管？」

「扣留槍枝呀！」

「把你的魚竿拿掉請問你怎麼釣魚？」

昇諺愣了一下，隨即輕聲開口說道：「那就別釣了。」

「有些事睜隻眼、閉隻眼也就算了。再說，真要收，你也收不完，他們很會藏的；因為我是族人，他們知道我不好管這事，所以才沒禁忌地拿出來。」

話還說著，我們已回到高沙家。入屋後高沙開始埋首在他的報告裡，我則回到床上看洪教授那一堆書，昇諺因閒來無事也與我一起研究。

半個鐘頭過後，高沙突然伸個懶腰，然後起身說道：

「好了，我該走了。」

「嗯，路上小心。要不要我陪你下山？」

「不用了，已經有另外兩個族人要跟我一道下山，他們要到山下添購一些東西。」

「很麻煩是吧！下個山都還得找兩三個人同行。」

「這也是沒辦法的事。」高沙邊說邊將背包上肩。

我陪同他走到門口。

「自己小心點。」

「嗯，你也是。」說完，他帥氣揮手，然後走了出去。

「對了，高沙。」

「什麼事？」他回過頭。

「結果呢？」

「什麼結果？」

「你要我問你的結果。你知道的，就是……」我舉著拳頭在胸前做了一副拳擊模樣。

「喔！」他搖頭笑道，「兩次……」他伸出兩根指頭，「我都被摺倒！」說完，他又給我一個帥氣揮手，然後轉身離去。

日正當中，望著高沙背影，我彷彿聞到一絲落寞的孤寂。高沙背包上的金屬環在陽光照耀下兀自閃著熠光，我瞧著那閃光發迷，一股莫名的空虛感剎那溢滿心頭。怎地今天部落裡格外安靜呢？彷若一片荒蕪許久的廢墟，空氣中飄的，竟是一種蕭瑟悲風。初來這兒時的美景跑哪兒了？我不禁開始懷疑這一切有形的事物本源自人心的作用與幻想。

另外，我也很訝異，盧勝吉的死所帶給我的悲慟似乎在昨夜睡去後也就死去了，今天的我，幾乎已不再存有任何一絲傷痛。察覺到自己這種心態上的轉變讓我感到害怕，自己對事物，甚至死亡的感覺，似乎正在逐日麻木，我再三揣度，這到底是一種成長，還是一種墮落？

閱讀洪教授的書，是一件吃力不討好的工作，因為這些書的內容，多數以教條方式介紹，讀來頗為沉悶無趣！我跳著翻閱那一本本厚重書頁，詳閱一些自以為的重點，我覺得自己的行為有些可笑，雖說是重點，然而對洪教授而言，何者才是重點呢？說穿了，我不過是有興趣於自覺有趣的內容上罷了！

其實，這些書中也不乏有趣的人事物記錄，像是原住民各族傳說；而在台灣傳奇佚事一書中，記載的事件更是讓人嘖嘖稱奇！不過我沒能花費太多時間在這些故事上，我所能做的就是快速翻閱，看能不能在這書中找到鬼番身影？

「你看這圖！」近中午時，昇諺突然開口說道。

「什麼圖？」

「這一面書頁上滴了一點小油漬。」

果然，在那米色書頁上緣真有一滴模糊油漬，我與昇諺相視而笑，這油漬無異書本上的重點線，有一種可能性就是，洪教授曾專注於這一頁面上。

「好像是一幅拓碑圖。」

「拓碑圖？」

「沒錯！拓碑圖。拓碑是一種由碑上或石上搨印下來的碑帖。」我邊解釋邊望著圖。這圖佔滿整頁書面，圖面以粗糙而略為模糊的黑線條構成，一位赤腳，裸身，背負弓、原住民模樣的人跪在一隻已被剖腹的巨蛇前，手捧一顆發亮的寶石。

「他手上拿的是寶石吧？」昇諺問著。

「應該是！那上面畫著發光線條呢。」

「你有沒有想到他手上拿的是什麼寶石？」

「你是說……」

「蛇嬰石！」昇諺猛點頭，「不然不會這麼巧吧！」

「蛇嬰石三個字是不是寶石名都還不能確定呢，現在就斷言？」我搔著頭，「太早了。」

「有蛇又有石，這樣解釋起來是蠻合理的。」昇諺不以為然辯駁著。

「那嬰呢？」

「……」

「推測可以，但還不能當結論。」我邊說邊翻書。

「這圖沒註解？」

「嗯，它只是眾多圖片中的其中一張，接連幾頁也都是一些圖騰。」昇諺說。

我翻過這書封面，書名：《布農族文獻記錄》。布農族？高沙昨天也跟我提到布農族，而且那傳說也跟蛇有關；洪教授為什麼要找布農族文獻記錄？難道鬼番跟布農族有關？然而，當年霧社事件起義的不是泰雅族嗎？鬼番若屬布農族又怎會出現在霧社事件裡？

我搔著頭，覺得有點心煩，怎麼每個跟鬼番有關的線索都像謎霧般難解？

「還在看書？」高沙的母親突然從外頭走進來。

「是呀！」

「今天炒一盤蝸牛肉給你們吃好不好？」她笑著。

「蝸牛肉？」

「是啊！很好吃的。」

「這倒沒吃過。」

「另外再煮些箭竹，這個你們一定也沒吃過。」

「箭竹也能吃？」

「當然。」

「什麼是箭竹？」昇諺好奇問我。

「箭竹是一種台灣高海拔山區常見的草本植物。你看很多高山山脊是不是常常被一大片草原覆蓋？但那一大片草，實際上卻是這種稱為箭竹的竹類植物。」我跟昇諺解釋著。

「一般登山客對箭竹又愛又恨的，因為當它生長在山脊一帶時，高度通常不及膝，行走其上，遠眺群山，視野無限開闊，尤其是在朝陽映著箭竹草原時，更是氣象萬千，景色相當壯觀；然而當箭竹生長在森林中時，它的高度卻又可達四公尺以上，生長濃密可遮日月，氣流幾近密不透風。反正，就是一種很常見，但卻又很特別的高山植物就是了。」

「這你也懂？」昇諺說著。

「多少懂一點，因為我喜歡山，台灣的山其實是很美的。」

「我哥也喜歡登山。」

我對他笑了笑，不再言語。活動一下筋骨後，我對高沙的母親喊道：

「高媽媽，我到外邊走一下。」

她輕應一聲，手上仍忙著準備午餐。

昇諺陪同我走出屋外，看了一早上書，這會兒眼睛真有些疲勞。

不知泰森他們入林搜山結果如何？高沙下山該怎麼報備案情？面對盧勝吉的死，上面長官將如何處理？在這事態嚴重的時刻，我卻覺得自己像個廢人，竟還有閒情在這兒散步！我該感謝泰森的代勞嗎？但這事打從一開始就不該算是我的責任，不是嗎？

對了，還有那兩個漂亮的美人，她們會上山來吧？不知怎地，我發現自己好像正在期盼她們的到來。洪教授的女兒，叫什麼來著？洪什麼的……洪庭皞！沒錯，就是洪庭皞，很特別的名字。

「皞是皞皞自得的皞。」我想起昨日她自我介紹時的模樣，那一副倨傲態度真是有趣。

「你笑什麼？」昇諺突然開口。

「呃……沒事。」

「你看他們搜山如何？」

「不知道。」

「那頭目兒子是個怎樣的人你知道嗎？」

「也不知道。」

「族人好像很聽他的話。」

「嗯。」

「他一來，我們好像就被排除在外了。」昇諺自嘲笑著。

我不知該說什麼，只好給他一記肘子，「你管他那麼多幹嘛？吃飯了。」

午餐後，我與昇諺稍事休息個把鐘頭後，又開始那需長時間翻閱才能讀完的書籍。對我而言，什麼是重點根本無法肯定，我所能做的，就是儘量吸收書裡知識，好在適當時機時能做出適當推理與應用。

當你專注在一件事情上時，時間總是過得特別快，整個下午我沉浸在原住民文化中，看得越多，越是入迷，而對原住民這種披覆一股神祕色彩的民族，不禁產生一份嚮往之情，讓我情不自禁想要進一步深究它的淵源。

原來，早期原住民是沒有文字的，他們慣於用些簡易圖形做記錄。在《布農族文獻記錄》這本書中，有一些考古學家挖出的圖騰記錄，這些圖騰多數是以幾何圖形或具體形象描繪構成。其中一幅木刻畫曆比較特別，據說是布農族文獻中最具代表性、最聞名的。

這木刻畫曆為長條形，色呈棕，由左至右一條長線條橫越，線條上刻滿無數刻痕，據學者研究，每一刻痕代表一天。刻痕上方有很多幾何圖形，圓形、方形、矩形等，其中，一個半圓形圖示，表示用平底鍋煮粟、釀酒；方形表示禁止砍材的日子；圓弧表示出獵；勾形像鋤狀的，表示開墾或耕作；方形內兩個勾的，表示開墾旱田；槍狀的表示獵鹿；雞狀樣的，表示山豬等等……另外有些圖形仍不得其解。

至於圖案下方標示ABCDEEFG等段落，想來是學者為方便解析而標上去的。

書裡針對這個木刻畫曆有些許註解：

「日本治台時期，西元一九三七年，學者們在新高郡（今南投縣境）瓜尼多安（Qanitoan）社頭目塔魯姆馬古德凡（Talum ma-bungzavan）家中發現了一塊木刻畫曆，長約一百二十二點七公分，寬約十一點八公分，厚二點四公分。畫曆上記載著重要活動日子與事項。

圖中，A段一至六日為造地、整地和開墾的祭典日；B段十五天為播種粟米的祭儀；C段二天是粟米收穫祭；D段八天為除草祭儀；E段十二天為打耳祭，也就是打鹿耳，期間全面進行狩獵；F段十六天為豐收祭，要殺小豬；G段十天為首飾祭儀，也就是嬰兒祭。」

很特別的畫曆，但不知洪教授是否也曾專注在這張圖片裡？

我繼續翻閱這本書，直到傍晚屋外傳來一陣吵雜人聲，我和昇諺才結束今日的研究。

「好像是他們回來了。我們要不要去看看？」昇諺問道。

「也好。」我起身，「不過，依我看，他們也是徒勞無功。」

「這麼肯定。」昇諺笑著與我一同步出屋外。

「沒有槍聲。原住民出草後若有斬獲是會鳴聲歡呼的；再說，泰森說回來時會鳴槍。」

「就像跌跤！跌個狗吃屎，回來後不敢吭一聲。」昇諺輕蔑猛笑著。

「我說你啊！別五十步笑百步，你當初上山的時候不也說自己可以逮到兇手。」

昇諺聽了我的話，臉整個翻綠，笑意也沒了。

「說穿了，就是大家都很自負。現在不是相互取笑的時候，可以的話，應該儘可能同心協力才好。」

泰森與一群人在廣場嚷著，沒多少就一鬨而散了。我與昇諺在遠處望，不好過去打招呼，因為情況很明顯是敗興而歸，去了反而讓泰森不悅，說不定還認為我們是去取笑他的。

我與昇諺在部落裡閒逛，當是休息，同時也在等著高沙回來。昇諺對他哥哥之死還是耿耿於懷，談話中不時提及昇耀生前事蹟，崇敬之情洋溢於表。我靜心地聽著他說話，時而轉頭望他，他的面容在夕陽餘暉下閃爍著纖維般橘紅色影，而神情之中似乎也平添著幾許感傷、幾許落寞。

近傍晚六點時候，一個熟悉的矮小身影，興奮朝著我奔跑而來。

「孫毅叔叔。」他猛揮手跑著，高聲喊道。

「你放學回來啦！」我迎上他的飛撲，一把手將他抱起。

「嗯，是高沙叔叔送我們回來的。」魯凱背著書包，臉上酒窩釘鑿似地深印在嘴角兩端，一雙靈活大眼睛直盯著我。

我在他臉上鳥食米般地輕啄一下，昇諺則對我擺出一副不以為然的表情。

「他們人呢？」

「在後面，馬上到了。」魯凱轉溜著眼珠子，然後繼續說道：「還有兩位漂亮的大姐姐哦！」

「什麼漂亮的大姐姐？你這小鬼頭。」我用手指頂他的頭。

「真的很漂亮，那黃髮姐姐還牽我的手哩！」

魯凱話還沒完，我便看到高沙與兩三名族人帶著一群小孩回到部落，後頭還跟著兩個穿著休閒輕便的女人與另一名矮小員警。

我將魯凱放下來，望著他們逐漸擴大的身影。高沙的面容看來有些疲倦，小孩散去後，高沙領著兩個女的往我們這邊走來。

「回來啦！」我率先招呼。

「嗯。」

「妳們怎麼也跟來了？」我望向庭皞。

「就是為了等她們會合，所以才晚點上山的。」高沙說。

「腳好痛！這山路可真遠，而且又難走。」曉菁蹲在地上發牢騷。少了粉妝的她，樣貌還是很可愛，而且多了一份清純。

「早就叫妳們不要來的。」高沙對她笑說。

「這種半豎穴式木屋還真是特別，以前只在書上看過，親眼看到，這還是第一次呢。」庭皞邊說邊望著四周建築。她那烏黑亮麗的長髮還是很引人側目，伴著夕暉飄逸，格外動人，微風中彷彿還能聞到她的髮香。

「你們怎麼會一起上來的？」昇諺好奇發問。

「她們打電話找我的。喔！對了，這是我學弟。」高沙轉身介紹在他身後的員警。那人身材矮小而瘦，單眼皮，顴骨略高，一對招風耳，臉皮上痘痕蔓生，感覺像是個年輕而早熟的人。「他叫劉德華。」

我與昇諺噤著口差點沒爆笑出來。

「叫他小劉就好了。」高沙補充說道。劉德華則在他身後不好意思搔著頭。

「不會吧！同名同姓嗎？」昇諺忍不住開口問道。

「對呀！同名同姓。」曉菁馬上接口，「剛在山下時，我們也覺得很有趣！」

「對了，上面怎麼說？」我試著轉移話題，不想讓小劉太尷尬。不過，老天爺真是不公平，同樣的名字，卻給著兩個高落差的樣。

「沒說什麼？只是又派了一個人給我做搭擋。」

「那你說了嗎？」

「能說嗎？說這兒有個……」高沙雙手置在胸前，裝一副鬼臉，「他們才不會管我們死活，我們只能自求多福了。」高沙苦笑著。「不過，倒是很會罵人。」

「那小劉什麼都不知道？」

「也不盡然，其實這事同事間傳得嚴重，長官不可能不知道，只是他似乎當鬼故事聽聽，也沒做什麼表示。你總不能叫他向上提報說，這兒的兇殺案是僵屍犯下的吧！」

說完話後，高沙輕揮一下手，「走吧！得先幫她們打點好住處，讓她們歇著！」

看來高沙對於她們的到來並沒有持多大反對意見，在這一片綠林叢中加入兩朵紅花似乎是件不錯的事，至少我是這麼覺得。

女人本身似乎就散發著魔力，她們擁有一股男人所不及的甜蜜。隨著她們的到來，這原本緊張的氣氛似乎也在剎那間消弭不少。就像酷暑中的一股清涼微風，所到之處都引來族人好奇眼光，並讓族人們展露這幾日來難得笑容。原住民是熱情的，到現在，我還是深信不疑！

打點好她們住處後，我與高沙在家裡用晚餐。近八點時，昇諺與兩個女人和鍾醫師陸續來到高沙家會合。

昇諺首先詢問高沙關於增加警力一事。
「這種小地方警力有限，要想叫上面多撥些人手來，可能性不大，我們得靠自己解決。」高沙解釋著。
「都死了這麼多人了，難道他們還要坐視不管？」
「反正別人的兒子死不完。」鍾醫師無奈說著。
「你這專業醫師的報告，難道不能發揮影響力？」我說。
「我只提供驗屍結果與分析！其他的事是無法干涉也不便干涉。」
「你總該跟他們分局長談過了吧！」昇諺問。
「談是談了，該說也說了，他不信你也沒有辦法。他說現在是科學時代，一切要講究證據的。」他喝了口茶，「我還跟他吵了一架呢。」
「證據？這麼多目擊證人還不夠嗎？」
「有照片嗎？他看得到嗎？就算看到了他就得信嗎？一個人全身裹著白布，手拿一支番刀，就算是僵屍？」鍾醫師略帶氣惱地說著，「他說啊，隨便一個人也可以打扮成那樣子，這一定是人，是人就一定抓得到，以後別再跟他提這種怪力亂神的事了。還說，我一個學科學的人竟也這般迷信。」
「喔！對了，聽說他是信基督的。」鍾醫師補充道。
「信基督又怎樣？信基督就不信鬼嗎？」
「信鬼幹嘛？信耶穌不是好些。」我笑著制止昇諺的話，覺得這樣的對話實在很無厘頭。「鬼，看不見，摸不著，是很多人不信的嘛！」
「不過我相信有鬼。」曉菁接口說著，「我有些朋友都說有看過唷。像在L．A就盛傳著一間鬼屋，聽說那鬼屋已有百年歷史了，每到夜晚總會聽到……」

我望著她，覺得很納悶，為什麼每次她開口都讓我想哭？這女孩實在單純，她似乎還感受不到這兒的緊繃氣氛，她以為是來這兒渡假的？還是來冒險尋刺激？這又不是自強活動裡晚間玩的抓鬼遊戲……。

「還有呀，另外一個也很特別。」話題一拉開，她似乎止不住口，繼續說道：「這則可是有史學考據的。據說在西元前一千五百年前的埃及，有位名叫亞蔓蕊（Amen-RA）的公主，這位公主在埃及的歷史上並不是非常有名。三千多年前過世以後，她的遺體便遵照古埃及習俗製成木乃伊，葬在尼羅河旁的一座墓室之中。然後一直到西元一八九〇年代末期，有四位英國年輕人來到埃及，遇到一個走私販子向他們兜售一具古埃及棺木，而在那棺木中的，其實就是這位亞蔓蕊公主木乃伊。」

「四名英國人經過一陣商議後，便由其中最有錢的一人以數千英鎊的高價買下這具木乃伊。從此之後，這位在古埃及史上沒沒無聞的公主便帶來了一連串最離奇的可怕厄運。首先是買得木乃伊的那名英國人離奇失蹤；第二天，同伴之一在埃及街頭遭到槍擊；剩的兩個人也先後遭到厄運，其中一人回國後無緣無故破產，另外一人則生了重病，最後淪落在街頭販賣火柴……」

「喂！小姐。」我開口想制止她。

「等一下，等一下，讓我講完嘛，快講完了。」她不理會我，繼續說道：「這具神祕的木乃伊後來還是運回了英國，並由一名富商買下，但離奇的是自從買下木乃伊後，他的三個家人便在一場車禍中受了重傷，後來又慘遭祝融，不得已的情況下，富商只好將它送給大英博物館。但是事情還沒完……」

「小姐。」我再度開口，我真得快暈了，我們是來這兒做啥的？聽鬼故事。

「要不要關了電燈，點上蠟燭？」昇諺打趣說著。

「快講完了嘛！」她噘起嘴。

「就讓她講完吧！我也很想聽呢。」高沙居然附和她。

「總之，亞蔓蕊公主的魔力在大英博物館持續蔓延，凡是接觸過她的人都一一離奇死亡，包括搬運工人、守衛、博物館主管、攝影師等等。不久之後，大英博物館將這具燙手的木乃伊脫手賣給一名私人收藏家，收藏家請了當世歐陸最有名的靈媒波拉瓦茲機夫人（Madamc Hclcna Blavatsky）為這具木乃伊除靈，經過繁複的除靈儀式後，波拉瓦茲機夫人宣稱這具木乃伊上有著『驚人大量邪惡能源』，並且表示要為這具木乃伊除靈是絕不可能的事，因為『惡魔將永存在她身上，任何人都束手無策』最後波拉瓦茲機夫人的結論是要求擁有人儘快將它脫手處理掉。」

「直到最後，一名美國考古學家在已死了二十幾個人的情況下仍不信邪地買下她，打算將她運到紐約。西元一九一二年四月，這位亞蔓蕊公主的新主人親自監送它，將它運上一艘當時最時髦的巨輪，為慎重起見，還將它安置在船長室附近，希望它能安安穩穩地一路抵達紐約。你們知道這艘巨輪的名字嗎？」她故作神祕的環顧著我們。

「什麼名字？」高沙搭腔問道。

「亞蔓蕊公主最後上的這艘船就叫做Titanic。」她用英文唸出了船名。

「……」

「這可是真實故事喔！所有有關文件都有這筆貨運記錄，記錄鐵達尼號上，的確載著這具木乃伊。」

曉菁講完故事，大夥陷入一片靜默。剛剛討論的氣氛全沒了，我不知道該如何接續未完的討論，同時也為這世上一些神祕事件感到不可思議！

「你們這兩天有什麼行動？」庭皞開口打破沉默。
「呃……，」高沙似乎還未從故事中抽離，「泰森今天帶領族人去搜山。」
「誰是泰森？」
「是頭目的大兒子。」昇諺接口。
「那結果呢？」
「一無所獲！」昇諺攤著手，「那傢伙要躲，誰也找不著他。」
「還有，昨天又死了兩個人，一共有七位目擊證人，包括鍾醫師。」高沙說著。
「其中一個死的是警察。」昇諺補充說道。
「真的有可能是鬼番嗎？」她朝我望。
「形象外貌是一模一樣。」我想了一下，繼續說道：「我們姑且就當它是鬼番吧！」
「有想到什麼好方法逮他嗎？」她揚手撩開了垂落在臉旁的秀髮。
「還沒有。」
「真不行，還是得用誘捕的方法了。」高沙無奈說著。
「或許我有辦法找到他。」她輕淡地說。
「真的？」昇諺振奮問道。
「問題是找到了你們有辦法對付他嗎？」
「頭目這次遣了很多年輕人回來，再加上人手一槍，我想圍剿應該不是問題。」高沙說。
「最好是這樣，這事不能拖，我們行動得快一點。」

「那妳得先說說妳的辦法吧?」

高沙說完話,只見她從背包裡拿出一些資料。望著她的動作,我的心裡竟不自禁燃起一份希望,她是不是已經查出一些內幕?洪教授的電腦資料裡有著這一方面的記錄嗎?看她胸有成竹的樣子,很顯然地,她掌握了一些重要訊息。看來,這女子的能力絕不會低於我之前對她的評價。

對了,她的側臉真是好看,還有那長而捲的睫毛,那輕薄的雙唇想來是十分柔軟的吧!如若手邊有文畫筆,我想我會很樂意為她畫上一筆。

「看來妳是有備而來的。」

「希望有一點幫助。」她取出二張圖擺在桌上。

我拱起身子,給她一抹微笑,說著:

「來吧!讓我們看看妳為我們帶來了什麼好消息。」

9

歷史的真相有待追溯。你得將自己化身為一位考古學家，捲起褲管，跋山涉水；捲起手袖，開始挖掘。然後，幸運的話，或許你可找到一些，你以為你想要的東西。

——一九九九．二．十四——

「時間太過匆促，可找到的資料有限。而我父親電腦裡，有關鬼番的記錄並不多。其中，對我們可能有點幫助的，我想就這兩張圖了。」庭皞望圖說著。

「嘿！這張圖我們今天才看過。」昇諺驚喜叫道，然後起身去拿那本書。

眼前這兩張圖都是用印表機列印出來的。其中一張是拓碑圖，圖中一位打赤腳，裸上身，背負弓、原住民模樣的人跪在一隻被剖腹的巨蛇前，手捧一顆發亮寶石。昇諺說的沒錯！這的確是我們今天下午才看過的那張圖。

「你們看，」昇諺攤開書，「在這兒。」

「這張圖我沒見過，有什麼特別涵意嗎？」高沙問。

「這就不知了，書本上根本沒有什麼特別註解。」昇諺回道。

「布農族有個傳說。」庭皞開口說道，「叫做百步蛇復仇傳說，這你們聽過嗎？」她用目光掃視我們。

「聽過。」高沙點頭，「怎麼了？」

「那故事的結局怎樣？」

「百步蛇幾乎滅絕全村的人啊！」

「沒有錯！我之前所知道的故事也是這樣。但是……」她止住口，在手邊的資料中翻出另一張紙。

「故事還沒結束。我們現在看到的這張圖，就是這則故事的延續。這張圖裡敘說著另一則不為人知的故事，而這故事就記錄在我帶來的這張紙裡。」她指著她剛拿出的那張紙，紙上滿滿文字，「我不知道我父親是如何取得這手資料的，總之，我在電腦裡發現這圖時，旁邊就有這張註解。」

「等等，我還是搞不太懂，這圖，這傳說，跟我們要抓鬼番有什麼關係？」高沙皺眉望著她。

「跟鬼番有沒有關係我們還不能確定，不過它跟蛇嬰石卻是大有關係！」

「蛇嬰石？」

「我就說嘛！」昇諺回望我，「是蛇嬰石。」

我不置可否笑著，然後拿起那張紙。

「百步蛇的復仇行動幾乎殲滅全村村民，但有些外出工作及爬在樹上的人和一些被大人藏在小米倉的小孩倖免於難，他們存活了下來。」庭皞自顧解說，「百步蛇的復仇行動後來傳遍整個布農族，布農族人至此，對百步蛇便懷有崇高敬意，因此你們可以看到，布農族人歷來圖騰裡，都有百步蛇圖騰。這代表的就是他們對百步蛇的敬重，這種似尊神般的敬意，後來也就演變成他們民族文化特色的一部分。」

「然而，當一般族人都對百步蛇十分尊重之際，卻有一個部落的族人，對百步蛇懷有十分敵意的仇恨意念，而這群族人，就是在那次復仇中倖存下來的族人。對他們而言，用一整個部落族人生命去抵一條小蛇生命是不合理的，因此他們的復仇意念深厚，無時無刻都在尋找那條母蛇。這事過了五百年，一直到第五代子孫，一位叫做塔瑪的年輕武士在森林裡找到那條母蛇，與牠搏鬥了三天三夜，終於如願殺死那條母蛇。」

「母蛇死後，腹裡紅光微現，引起塔瑪注意，於是剖開母蛇腹部，然後在蛇腹中取下一顆紅寶石。據說這顆紅寶石就是那條百步幼蛇精血聚成的。百步蛇突襲部落後，母蛇找出幼兒屍體，一口將幼蛇吞進肚裡，幼蛇在母蛇體內化成一顆如蛋大班的紅寶石，而這顆紅寶石就叫『蛇嬰石』。」

「這種傳說也能信嗎？」昇諺說。

「信不信看個人，不過……它似乎真的存在，至少我父親就深信不移。很多寶石背後都隱藏著一則詭奇傳說，傳說往往無以考究，但它卻真的存在。我們不知道這些傳說是後人為增添其神祕色彩而描聲繪影添加上去的，還是真有其事。但這蛇嬰石對我們而言該是一則重要線索，因為我父親日誌裡曾記下這三個字。」

「你父親信中提到，鬼番跟一顆紅寶石有關，想來這顆紅寶石就是蛇嬰石了，」我望著她，「但不知這蛇嬰石跟鬼番到底有什麼關係。」

「這我還得研究。」她神色似乎有點凝重，「對了，據說，蛇嬰石是顆邪惡魔石，它本身帶有很大能量場，它是帶著很深仇恨凝聚成的。」

屋外不時傳來犬吠，那聲音似遠方傳來的鐘聲，細微而清晰，為這寧靜的夜增添了一分淒然氣氛。自從遭遇鬼番後，我們的討論常會引來一陣沉默，鬼番的一切都像謎般讓人懊惱不解！我們不時相互對望，或許我們每個人心中多少都懷有一份戒懼之心，甚而我還懷疑此時鬼番是否正在隔牆聽我們對話。

「那這張圖呢？」我打破沉默，指向另一張圖，很顯然地，那是一張地圖。

「這張圖也是在同一個檔案匣裡找到的。毫無疑問，這是張地圖。」庭皞開始就地圖做解釋。

「這地圖，我研究了一陣子，不過很多地名與山名並不熟悉，這部分，可能需要你們幫助。」

「這地圖是要做什麼的？」鍾醫師問道。

「這地圖上面有個地方畫著一個星號，」庭皞指向地圖，「在這兒。」

她手指的地方果然有個手繪星形標誌。

「那麼你們再看這圖右下角空白處用手寫的註解。」她將手指向右下角另一個手繪星形，那星形旁寫著兩個字。

「鬼番！」曉菁驚呼一聲。

的確寫著鬼番兩字沒錯！就在星號旁邊醒目標示著。

「難道這圖所指的會是鬼番所在處？」昇諺提出質疑。

「看來應該是。」庭皞答道。

「但這沒道理啊！鬼番是個什麼樣的人物，妳父親怎敢不帶足人手就上山找他？」

「這問題我也想過……」她沉思一會兒，「唯一比較合理的解釋，就是……鬼番那時還被符咒鎮著。」

「那妳又說文獻記錄，指明他已被火化。」

「這是假設！我們先前不是都已假設他未如文獻記錄般被火化嗎？」

「好吧！」昇諺點著頭，「他沒有被火化，他從霧社事件一直到現在，七十幾年了，都被符咒鎮著。那麼他現在為什麼跑出來了？」

「如果這一切假設都是正確的。妳知道這意味什麼嗎？是妳父親放虎歸山！這幾宗命案，其實是可以避免的，而我哥哥……我哥哥也不會死。」

庭皞抬頭不發一語，鼻頭泛紅，眼眶裡閃著迷樣亮光，她緊閉雙唇，望著昇諺。我在那柔和眼神中，看到一份悲憫，我想，除了對她父親行蹤掛懷外，她對昇耀的死也有著一份深痛感傷。

「不知道事實真相前，現在斷言都還太早。」我對昇諺說道，「可能的情況很多，而且到目前為止，這一切都只在假設之中。」

「但情況很明顯，鬼番是在洪教授上山後才出現的。」昇諺反駁著，眼眶也開始泛紅。

「我知道！但這並不能證實什麼。現在就算假設成立，鬼番是洪教授扯下符咒後才再度出山，但照理說，鬼番沒有符咒束縛應該就可以為所欲為了；然而，事實證明，你哥是在去年十二月底被鬼番所殺，而馬亞卻是在今年三月份才被殺。你能告訴我……為什麼在你哥死後，鬼番消失了三個月才又出來犯案？」

「對呀！這點就是整個推敲過程中最不合理的地方。」鍾醫師附和。

「先不管這些，現在我們只能走一步算一步了。如今，當務之急，就是先把鬼番給揪出來，如若能將它降伏，那麼關於這一切的謎，也就無需一一去探究了。」我如是說著。

「我看我們還是先研究這張地圖再說。」高沙說著拿起那張地圖研究。

「看來是張細緻地圖，它所涵蓋的範圍並不大。」

「我們得先搞清楚方位才行。」我在高沙旁邊建議。

「嗯。」高沙翻轉著地圖。

「這地方是能高山……」

「下邊這是能高南峰，那麼上方座標應該是朝北的。」

「而我們現在所處的位置應該是在這兒……」我指向地圖上靠上緣的一處地標。

「那麼我們得先往南走約略五公里，這地方應該是介於……」

「麻平萊山與光頭山之間，靠光頭山處。」

「也就是我們得先沿著村落外的那條山徑往上走。」

「翻過這山頭後，這邊有條叉路，我們得往東走。」

「你看這距離大概有幾公里？」高沙偏著頭。

「三公里以上跑不掉。這條北溪你熟嗎？」

「北溪算是萬大溪支流，再下去就算是萬大溪了。」

「那我們得先穿過北溪上源再往東行。」

「這邊有座峰……」

「應該是光頭山吧！」

「嗯！是光頭山沒錯！」高沙輕應。

「那麼穿過光頭山峰下，我們得折往北方走。」

「這距離不近喔。」

「嗯，近南峰西南方處，你看，這兒有座吊橋。」

「所以我們還要走過吊橋……」

「走過吊橋後，會進入另一個峰巒……」

「等等……這座山……」高沙驚訝地回頭望我。

「蛇山！」我與高沙不約而同脫口而出。

「這太不可思議了。通往蛇山的山徑荒廢很久，現在根本沒人走。」

「你也沒走過？」

「沒有，台灣有很多古道或小山徑早就都被荒林淹沒，通常我們要登能高山會從另一條新闢的山徑，這條山徑較直，也較好走。」

「應該知道。」高沙點頭。

「現在怎麼樣？重點是，你們知道怎麼走了嗎？」昇諺插口問道。

「那好，既然知道了，那麼我們得趕快行動！這兒已經死太多人，我們得趕在他下次殺人前制伏他。」庭皞毅然說道。

「嗯，明天一早我就找泰森商量。」

「明天是週末，族裡年輕人應該會更多吧！」我問道。

「嗯，有些人通常會趕在週末前一晚回來。」

「人手最好帶多一些，還有，明天我們得早點出發，因為這距離不近，若熬到夜晚，事情可能會變得棘手，而且我們處境會更危險！」

「知道了。」

「那今晚的討論就到這兒。」我望向庭皞，「妳們早點休息吧！今天爬了一下午山一定很累了。」

「嗯。」庭皞起身。

「明天就要去捉鬼番了。」曉菁興奮說著，「好可怕，但也好刺激！他全身真的都包著白布嗎？」

「是啊！」高沙回答她，「不過妳們明天最好待在村裡，這事我們男人去就行了。」

「為什麼？」曉菁一副難以置信地望著他，「不行，我們也要去。」

「太危險了！小姐，我們不是去玩。」

「地圖是我們發現的，你憑什麼不讓我們去。目的達到就要一腳把我們踢開？皞皞，妳說對不對？」

「沒錯！我們明天也要一起去。」庭皞說完話，逕自走出門外，曉菁臨走前對高沙做個鬼臉，也迅速跟了出去。

「呵呵，這兩個女人真的很難搞。」鍾醫師說著，也起身，「好了，我也該走了。」

「對了，鍾醫師，我看你明天……」

「我知道，留在村裡。」他揚手止住我的說話，「我可不像那兩個女的，喜歡自找苦吃，走那麼遠山路，會要了我這條老命。我沒興趣，我早就過了那種喜歡追求刺激的年齡了。」

「那好，你早點休息。」我與高沙送他到門口，然後昇諺也與他一道兒走了。

他們走後，高沙又獨自研究了一會兒地圖。我躺在床上，望他的側影，內心有股說不出的愁緒。事情發展至此，似乎要有突破了。明天我們將一反被動，採取主動突襲！能一舉制伏鬼番嗎？他真的在那地方嗎？他會等我們去逮他？我懷疑自己正逐日將他神化，總覺得他的力量遠超過我們所能想像。明天是個難得的機會，但為什麼此時此刻，我仍然感覺極度不安？面對鬼番，一切似乎都讓我迷惑得不能肯定了。

隔日，我與高沙和小劉一早就起了床，高沙盥洗完後，便先去找泰森商量早上的行動。然後，七點多時，村裡的壯丁陸續集中到廣場。高沙與泰森站在前頭約略解說今天的行程。

七點半時，一行人約二十五人便浩浩蕩蕩由部落出發。高沙與泰森在前頭帶隊，我、昇諺與兩女子則夾在隊伍之中，另有五位拿著獵槍的族人殿後，其中一位身形瘦小的年輕族人，我還認得，那是馬亞的二兒子，利毆。他又回來了，看來他是決心要為父報仇，他的神情不變，仍是一副陰沉、不苟言笑的模樣！

我們沿著部落外的山徑往南直上，穿越森林，走了很長一段路程，然後到達頂峰上的高原，高原景象迥異於陰暗森林，其上布滿緊貼於地的箭竹，偶有幾叢矮松聚集，松旁則長著一簇簇杜鵑，我想著，若再過兩個月，這兒的景緻一定不同凡響，五月份是杜鵑花季，到時候，遍山杜鵑向榮，不知該會有多麼漂亮啊！

一路上我們走得匆促，誰也無心去留意沿途美景。事情就是這樣，同樣景物，以不同心思去面對，就會有很大差異。我在心裡安慰自己，待這事件過後，一定要重登此處，並用一顆放鬆的心情來融入這大自然的饗宴。

越過高原後，我們再度進入林區，此時，山徑已逐漸模糊難尋，林裡雜草、樹枝蔓生，幾乎淹沒荒廢已久的山徑。高沙與泰森手持番刀在前開路，林裡不時傳來鳥與蟲鳴聲，我們的介入常引來一陣又一陣鳥獸騷動。

走了個把鐘頭，我們在北溪上源稍事休息片刻，然後開始往光頭山峰下移動。沿途中，有些族人邊走邊談笑，似乎不介意鬼番可能的出現。反觀我，卻一路戰戰兢兢留意周遭動靜。我想，我與他們的差別在於，我曾經親眼目睹過鬼番的能耐，而他們沒有。

人多有個好處，就是可以壯膽。族人們似乎肆無忌憚，甚而他們可能滿心期望鬼番出現！這麼多人，這麼多槍，一定可以輕而易舉解決鬼番吧！僅管他真是個僵屍也不例外！這就是他們的想法嗎？

在光頭山山區，我們往北穿越好長一段箭竹路程。此地箭竹高度及胸，濃密厚實，僅有一條容身小山徑可通行。我們一行人，成一列隊伍，前足搭後跟一個接著一個穿越。

進入能高南峰山區森林已是近十點半的事了。整座森林杉木林立，筆直高聳，籐蔓如蛛網般爬滿林木枝幹，使得這森林充滿一份詭譎陰柔的氣氛。走在路上，我不時留意林內動靜，不知自己為何會如此感到不安，我似乎一直擔怕著鬼番會突然出現並在瞬間奪走我的首級！我對上次與他的會面顯然還一直耿耿於懷，總想著，他是不會放過曾在他手中走脫的獵物的。他還記得我的樣貌嗎？

「怎麼走這麼久還沒到啊？」行到半途，曉菁終於按捺不住問道。

「沒那麼快，我們大概只走一半路程而已。」我說。

「才走了一半？」她瞪大眼睛。

「早叫妳不要來的。」昇諺說。

「我不過才問一下，你就不高興。」曉菁嘟囔著，「我又沒說我不走了。」

「就算是妳不想走，那也得走，可沒有人有時間留下來陪妳。再說……」昇諺瞥了她一眼，「鬼番就在這森林裡，隨時都有可能出現。尤其，他最喜歡找那些落單的下手。」

「好了，你就別嚇她了。」

「我說的是事實，可不是故意嚇人。」

「我走得到，你放心！我才不會讓你看輕我們女孩子。」曉菁反駁著，「根據一些專家的研究，事實證明，女性耐力是比男性強些的。」

「最好是這樣，要不然這山路這麼陡，我看也沒人有餘力去背另一個人。」

「你好壞喔！」

「好了，你們就別鬥嘴了。」我制止他們，然後對曉菁說道，「妳若真的累，記得跟我講，我想，我們可以休息一會兒。」

「不累！我才不累。」她瞪了昇諺一眼，然後拉著庭皞加快步伐，越前昇諺。

真是難為這個在國外長大的女孩，難得來台灣一趟，卻得來走這顛簸難行，路程又遠的山路。可這是她自己的選擇，還真不能怪他人。想到這兒，我就覺得有些好笑。

「前面有座吊橋！」前頭突然傳來一聲吆喝！

「是吊橋沒錯！」有人附和。

「快到了，加快一些腳步。」高沙讓身揮動手。

前頭的族人陸續與高沙錯身而過。直到我們走到高沙跟前，高沙才又加入隊伍。

「妳還好吧！」高沙笑問曉菁。

「什麼還好？」

「我看妳臉色有點蒼白。」

「我看你的臉還有點浮腫呢！真受不了，一群沙文主義者。」

「這干沙文主義什麼事？」高沙搔頭摸不著頭緒。

「你們崇拜大男人主義。」曉菁氣呼呼說完又拉著庭皞加快腳步。

「這到底怎麼會兒事？」高沙一臉莫名其妙神情。

「沒事，她只是想告訴你，女人不是好惹的。」我拍拍高沙肩膀，與昇諺一起竊笑著。

很快地我們走到了吊橋處，一路上擔怕可能走錯路的疑慮也解除了。因為依照地圖所示，這吊橋是過蛇山的必經之路，找到吊橋，也就意味找到了鬼番所在處。

這吊橋很特別，整座橋身都上著紅漆，從山的這頭橫越到彼山那頭，長度目視至少有二十公尺長，然而寬度卻窄得只容兩人並行。橋上橫木未見腐蝕，唯紅漆多有剝落，支撐吊橋的鋼索，十分粗大，且有些已呈鏽斑，大體看來，這座吊橋，還保持得很完善，只是它斑剝的漆色讓人覺得有些荒蕪感覺罷了！

「這橋還能走嗎？」有位族人問道。

泰森二話不說走上橋頭，蹲身檢視橋身，然後又站起來，手握鋼索來回拉扯，並在橋上跳動幾下。

「應該沒問題，這橫木是紅檜木做的，很耐用，看它一點腐壞痕跡也沒有。」檢查完橋身後，他自顧說著。

「這上面寫的日本字是什麼意思？」曉菁眼望橋墩旁一塊告示牌突然開口問道。

「危險！勿近！」庭皞幫她翻釋。

「好像越來越恐怖，越來越刺激了。」曉菁縮頭吐著舌頭。

「妳當我們是來玩啊？」昇諺不以為然地說。

「好了，」泰森突然昂聲高喊，「兩人一組，走過橋，再換另一組。」

大家依言兩兩一組過橋，整個過橋情況大致良好，只是谷口風勢較一般地方大，時而拂來的山風，常加劇橋身晃動，行走其上，甚為顛簸；再加上深及百公尺以上的谷底，那一道白浪花奔騰的山溪，隆隆聲音沿著岩壁一再迴響整個谷口，置身其中有一股無形壓力，讓人雖震憾於它的壯闊，卻也驚恐於它的詭奇。

通過吊橋後，就算正式進入蛇山山區了。泰森清點一次人數，確定無誤後，又開始我們的探尋。

過了橋，緊接著又是一段漫長的森林路程，這兒的路徑更為荒涼不明，整座山區有種長期遭世遺棄的感覺，連沿途隨處可聽聞的鳥鳴聲，在進入此山區後好像也整個沉寂下來。這兒的林木粗大高聳，林葉繁密，難得能見到一絲陽光透著葉縫照射下來，雖正值近午，但林內卻是陰暗幽深，空氣中還不時飄著寒氣。而原本時有說笑的族人，不知何時，已轉為沉默，一行人靜默走著，整個林內，唯一清晰的聲音竟只剩我們踩踏的響聲。

我訝異於這一路下來的順遂，鬼番一直沒出現，這跟我的預測大相逕庭，我不禁一再揣度這詭譎局面。是鬼番沒有出山仍留憩息地？還是早已發現我們，卻無聲跟蹤？我想著那日跟他接觸的情形，心裡愈發感到不安，他那詭異笑容，他拋木頭到我跟前的挑釁，還有那緩慢而折磨人心的動作，他懂得製造人們的恐懼，並享受逐獵樂趣。這樣一個恐怖的人，無疑是帶著智慧的，也許他有著人一般的思維，只是更為無情，更為殘酷！

走了近一個鐘頭，隨著海拔高度的增加，林地逐漸稀疏而光線也越見清晰，最後，我們終於穿出森林。林外景象與林內大不相同，讓人驚奇的是，這山頭少了林木披覆，盡裸露著堅硬岩層，雖曝曬陽光下，但那岩塊在視覺上固有的冰涼感，卻仍一再壓迫我的視覺神經，讓人不自覺感到一陣又一陣冷意。

而後，又走了近百公尺，我們眼前赫然出現陡峭斷層面，那斷層面筆直而下，其間雲霧瀰漫，彷若深不見底。然而這之間最奇妙的是，這斷層處竟存在一道鑿刻小徑，那小徑沿著峭壁橫渡，其上釘有一列石釘，而且纏繞一條粗大繩索。

「哇，這個峭壁很誇張。」

「那繩子還能用嗎？」

「看起來好像很危險。」

「光用想的就讓人膽戰心驚了！」

見著那峭壁後，族人們開始議論紛紛。很顯然地，連想要見著鬼番都得費一番辛勞與冒險才能達成。這種情境真的很荒誕，我望著斷崖苦笑，而鬼番在我心裡的神化又開始浮現，彷彿他真是世外神人，凡夫俗子要想見著他都得先跋山涉水、通過考驗才能一睹廬山真面目；然而，這不是很荒謬嗎？說穿了，他不過是個十惡不赦的大魔頭罷了，還是說，要目睹大魔頭也得像見仙人般艱難？

高沙與泰森上前檢查那崖壁上的石釘與繩索，他們試著用力拉扯繩索以確定它仍然牢固。然後泰森便率先橫越斷崖，他的身影幾乎緊貼崖壁，手抓繩索，身子不時搖晃，踩著橫走步伐，後腳跟前腳，緩慢往右移走，而後消失在崖壁彼端。整個橫渡過程險象環生，看得人怵目驚心。

「過來吧！繩索沒問題！」泰森的聲音從那頭傳了過來。

「好了，大家都聽到了，」高沙聞言指揮著族人，「現在兩兩一組，過的時候組與組的距離不要太近，我看這繩索可能沒辦法承受多人重量。」

曉菁悄悄走到高沙身邊耳語。

「不可以，一個人留在這邊太危險了。」高沙對她說道。

「可是我有點懼高症耶！」

「待會兒妳跟我一組，我保證不會有事的。」

「可惜鍾醫師沒來，要不然他一定很樂意在這邊陪妳。」昇諺再度消遣她。

「好了，該你走了。」我催促昇諺。真搞不懂這兩人何時卯上的。

「那下一組換你跟她。」高沙指著庭皞對我交待著，「我跟陳小姐跟在你們後面。」

山風在耳旁呼嘯，橫渡當中我不時望向谷底，厚實白雲霧像棉花糖般一層疊著一層，凝聚在此地谷口不見散去。整個立體空間形成一道強襲腦神經的壓力，頓時間讓我感到頭暈目眩，同時心下也對這層雲霧在日正當中仍聚集不去的稀有現象感到不可思議！

庭皞走在我前頭，我們幾乎鄰著身前進，為了確保她的安全，我必須緊靠著她才行。

「妳不要往下看。」高沙的聲音在我們後頭傳來。

「我真的不想過去。」曉菁幾乎快哭出來。

「我跟在妳後頭，不會有事的，妳只要不要往下看就沒那麼可怕。」

「我沒看！我說了，我沒看，但還是很可怕啊！」

高沙與曉菁的對話仍持續在我身後響著，我小心翼翼留意庭皞的舉動，她緊閉著唇不置一語，臉色似乎有點蒼白，我瞧不出她心裡是否藏著恐懼，但從她堅毅神情裡，卻瞧出了她比一般女孩子多出的一分堅強與倔強。

正當我們還在崖壁當口，遠方山巒裡卻突然傳來一陣清晰槍聲，緊接著曉菁被那槍響聲驚地大叫一聲，然後庭皞突受驚嚇地揚起手，後腳踩空，身子隨之往下墜。

「啊～」她驚叫一聲。

在那電光火石之中，我不及思考地伸出右手穿過她的腋下，然後一手單吊繩索一手緊抱她的上身。

我半蹲身子，兩人僵持著，斜掛在崖邊。雙手受著壓迫，我的手一再發抖，臉也因施力而整個發熱，我猜它一定是脹紅著。還好庭皞另一手仍緊握繩索，不然以我個人之力，我想，那是斷然無法保她無虞的。

「慢慢來，不要緊張，我不會放手的。」我的臉頰緊貼她的臉頰，她的呼吸濁重而急促，身子整個顫抖得厲害。

「趕快把她拉上來！」高沙在後頭緊張而大聲高喊著。
曉菁終於受不了而哭泣起來。
庭皞緊抱我的頭，腳一再地蹬著，身形慢慢往上爬升。
「先把右腳抬到壁上來。」我在她耳旁咬牙說道。
她依言屈膝搆上崖徑，後腳隨之跟上，然後抖著腳緊抱著我慢慢站了起來。
「好了，沒事了。」我拍著她的後背，安撫她。
她將頭埋在我的頸後，緊抱著我，一再喘氣，不置一語，整個身子仍是顫慄不已。突然間，我有著一股心痛感覺，甚而想責備自己，好像讓她受驚是我的錯似地。
好不容易越過斷崖，大夥仍是心有餘悸，尤其曉菁更是坐在地上兀自滴著淚水。高沙顯然對她倍為呵護，蹲在她身旁一再撫慰她。
泰森踞傲的神情依舊，他望著兩個女的，面露些許厭惡之情，然後又環顧四周環境，對高沙問道：
「你看剛剛那槍聲是怎麼一會兒事？」
「不知道。」高沙搖頭。
「不知道是從哪兒傳來的？」泰森自語著。
「是啊！在山區裡很難辨別聲源方向的。」
「會不會是從村裡？」昇諺插口說道。
泰森望了他一眼，不說話。
「很難說。」高沙沉思著，「留小劉駐守村莊，不知道會不會有問題？」他望向我。

看來高沙對盧勝吉的死仍是耿耿於懷，我想他對盧勝吉的死一直都懷著一份愧疚吧！

「我有留三四個人在村裡，應該不會有問題！」泰森說。

我們在這兒休息大概十來分鐘後，泰森突然高聲喊道：

「好了，走了。」

其實，說實在話，我是有點欣賞他的。他就如同高沙之前所說，全身上下果真散發一股領袖氣息，而他的沉著與冷靜，還有冒險犯難的精神，再再顯示著他足以自傲的本錢。

過了斷崖面後，我們沿著山徑而下，再度進入另一座森林。進林後不過百來公尺，林內出現一處空蕩平台，平台四周林木林立，當中赫然出現一棟古老的原住民石板屋。

10

挖掘真相是危險的，當你越是深入，越是自以為就快達到時，你就越得有心理準備，因為真相是顆沉重的石，它將壓得你喘不過氣。代價！知道什麼是代價嗎？就是好奇心作祟所需承受的果。迎接真相？你以為你已準備好了！才發現，你根本就什麼都還沒準備。

——一九九九・三・八——

就是這裡嗎？石板屋？鬼番所在地？真不可思議！在這深山裡頭，竟會存在一棟古老石板屋。屋外牆用頁岩石板堆疊而成，屋頂覆以矩形石板，這該算是原住民很早期的建築了，沒想到竟還存在。

「噓！」泰森食指掩口示意保持安靜。「大家分散，慢慢靠近，將屋子包圍起來。」

族人聞言，開始依照指示散開。

緊張氣氛開始瀰漫，我與昇諺和兩個女孩，蹲下身子隱於樹後，看著他們行動。

圍妥石板屋後，泰森與高沙，小心翼翼地碎步奔至門邊。看來他們打算強行突破，只是門一破，將會產生怎樣的結果？鬼番真在裡面嗎？受到驚擾的他會奪門而出嗎？屋外有一道帶槍的牢固人牆，他能遁逃得掉嗎？種種疑問在我腦子裡飛馳。

終於開始了！泰森一轉身正對大門，一腳狠狠踹開木門，響亮的撞擊聲閃電般螫痛我的腦神經。泰森快速隱於門邊，靜待屋內動靜。

時間正在分秒流逝，好像一場漫長等待，屋內沒有給泰森那濁重的一腳任何回應，整座森林，靜謐的嚇人。

泰森與高沙開始緩慢移動腳步探入屋內，然後整個身影隱沒在我的視線裡。

不一會兒，高沙從屋子裡走出來，朝我搖頭。我與昇諺起身往屋子方向走過去，庭皞與曉菁也尾隨在我們身後。

不可否認，石板堆疊起來的牆真的很讓人驚奇，一塊塊如黑墨般的頁岩石塊如堆木積般緊密交疊，那黑色澤，帶著一份神祕色調彰顯著原住民的神祕色彩。門邊上吊著一束枯萎茅草，上面還掛了一張蜘蛛網。大門左手邊屋簷下，置放著一列嚇人的……

「骷髏頭！是骷髏頭！」昇諺驚呼著，然後跑了過去。

是骷髏頭沒錯！為數有六個之多，而且其中四個肌膚、毛髮還未落盡。

「啊！」曉菁驚叫一聲迅速躲到庭皞身後。

一股屍臭味又開始蔓延了，它襲擊我的嗅覺，再加上眼前一具具半腐骷髏頭所造成的視覺壓迫，突然間，一道胃液迫近我的喉頭。我輕掩嘴，冷眼看著眼前這幕。

高沙無聲息走近我身邊，手搭上我的肩，然後別過頭低垂著。

是盧勝吉，他的樣貌依舊，只是……少了具軀體。這真個很怪異的感覺，我從來沒看過一顆離身的頭。它被置放在地上，臉上布滿恐怖駭人的血跡，微張的口顯示臉部肌肉的僵化，頸部緊連地面，好像那頭生來就長在那兒似的。

突然間，一道人影從昇諺左側竄出，推開昇諺，伏跪在第三顆頭顱前。是利毆，他緊抱著一顆毛髮未脫盡的頭顱痛哭流涕，想來，那是他父親——馬亞。

「把這些頭顱都帶回去吧！」我轉頭輕聲對高沙說道，「它們該回到它們自己身上的。」

「嗯。」高沙點頭。

過了一會兒，突然想到什麼似地對我說道，「對了，屋裡還有一具無頭屍體。」

我驚懼地跟著他入屋查看。

雖是大白天，但屋內仍是有些陰暗，空氣飄漾著一股淡淡霉味，顯示這屋似已長年無人居住。屋內左右兩側各一張木板床，對門牆上也有一張，床邊則是一座高大棚架。屋中伏臥一具著衣的無頭骷髏，靠門右側木床，床板已翻落一旁，床底下有一窟穴。

我與高沙好奇移步至那窟穴邊研究。

「是原住民的坐葬。」我身後傳來庭皞的聲音。

「沒錯！」高沙回應她的話。

「什麼坐葬？」曉菁壓低聲音問著。

「坐葬是原住民處理屍體的一種埋葬方式，家人將亡者的前膝曲肱至胸前，再縛以白布，於家中地板挖掘一方形立方墓穴，再將死者以坐姿下葬。」高沙解釋。

「你是說這洞是墳墓？」曉菁咋舌問道。

「沒錯！」

「好恐怖喔！那晚上睡覺還要跟死人一起睡耶！」

高沙望著她又點了一次頭。

我拿起手電筒往墓穴裡照，墓穴是空的，裡頭殘留些許血跡，尋著血跡方向，一直延伸至屋中那具骷髏。

那骷髏身上斜背著一個背包。我走近骷髏，蹲下身，檢視背包內容物。

裡頭全是一些資料文件，我望著文件上的字跡，心裡頭不禁起了一陣寒，這字跡我太熟悉了，我從庭皞家偷取出來的黑色記事本滿滿都是這種字跡。

我失神地轉頭望向庭皞。

「怎了？」她不解地問道，然後臉上開始浮現焦慮神情。

我揚著手上的文件。

「不，」她猛搖頭，淚水沿著眼角滑落。「不會的。」

不知怎地，看到她哭，我的心也整個糾結起來，一股深沉悲痛剎時襲滿心頭，我想我的眼眶一定是紅了。

她接過我手中文件，看了一會兒，便失魂落魄跌蹲下來，輕撫著那具骷髏，緊閉雙唇，沒有嚎啕大哭，也沒有哽咽聲音，她只是呆呆望著那具已化骨的屍體，臉上布滿淚水。

曉菁蹲在她的身後，緊緊地抱著她，「Tina，don' t cry……don' t cry……」。

我靜靜起身走至屋外，再忍受不了這種死別的傷感，這鬼番根本就是個十足的瘟神，只要有他在的地方就有噩運！

我點了根菸，精神恍惚地看著泰森指揮族人。泰森讓兩個族人守在百公尺外斷崖旁的林木裡，並拉了一條細線至屋旁林木，線的一端綁著小銅鈴。看來他是打算在此守候鬼番的到來，而銅鈴則是為了警示用。

我走至頹坐在地的昇諺旁，輕捏一下他的肩胛，然後在他的身旁坐了下來。

「洪教授也死了。」我不帶任何情感說著，眼睛直視前方。

見他不語，我接口感慨說道：「你哥總算可以入土為安了。」

「我們一定要逮到他。」他含淚咬牙說道。

「會的。」我輕點頭，「我們會逮住他的。」

時間正在流逝，在靜默中悄然流逝。大家都在等待銅鈴的響聲，泰森讓大夥坐著休息，並每隔半個鐘頭差兩個人去輪哨守在斷崖邊的樹林裡。

在這等待中，我又入屋一次。庭皞已停止哭泣，曉菁陪同她沿屋壁走著，這女人端地堅強，看來她已收斂悲情，並開始在這屋內搜尋線索了。

「妳不多休息一會兒？」我走至她們身旁。

「不用了。」她搖頭，眼盯床下墓窟。「你看這是這麼一會兒事？」

「妳覺得呢？」我反問她。

「看來是我父親與昇諺的哥哥讓這魔頭再出世的。」

「妳看到那被撕毀的符咒了？」我舉著手電筒往墓窟照下去，在底邊角落裡正躺著半截符紙，符紙旁有一根約三十公分長的鑿子，這在第一次入屋時我就已瞧見。

「但我不懂他為何會撕毀那符紙，這一點也不像他的行事作風。」她掩著嘴鼻，眼淚又沿臉頰流了下來，「他不會冒然行動，」她抬頭望我，「除非有把握，不然他一定會細究根源再行動的。」

「我相信。」我朝她點頭，「沒人會想要放這魔頭出來，這一定是不小心的。」

「不小心……」她哽咽著，「我覺得他根本就不該來動這符紙。」
「或許他不得不動。」
「什麼意思？」
「這墓窟帶點溼潮，或許妳父親來到這兒後發現這邊的潮溼會讓符咒失效，妳瞧那紙上的畫符已經很模糊了。」
「……」
「就算妳父親沒來，鬼番還是會再甦醒的。」
老實說，我對我自己的推測一點信心也沒有，但若這麼講能消除庭皞因她父親的所做所為而引發的罪惡感，那麼，我又有什麼好吝嗇不說的。
「雖然知道你這是在安慰我……」她哽咽一下，「不過，我還是覺得舒坦多了，謝謝你。」
「不，他不是在安慰妳，事情一定是這樣的，妳不要再難過，也不要再自責了。」曉菁開口安慰她。
我別過頭，打算讓她沉澱一下心緒，然後再度打量屋內擺飾，心裡頭卻一再揣測並在腦中模擬當時這兒發生的情景。洪教授與昇耀的死亡地點相差這麼遠，鬼番又執意追殺昇耀，因此鬼番甦醒之時，昇耀可能在場。但昇耀又能逃那麼遠，可見他幾乎是在第一時間就逃離這兒了，不然以鬼番的腳程不太可能追那麼久。最可能的情形就是洪教授一發現危險之時，便叫昇耀趕快離開，並用自己的身體去阻攔鬼番，這點由他身上破損的衣物可證明。而鬼番剛甦醒，手腳一時不夠靈活，所以昇耀能逃得那麼遠才被殺！
只是……我還是想不透！為什麼昇耀與馬亞的死亡時間會相隔三個月之久？鬼番這三個月來到底在幹嘛？為什麼他能忍受三個月後再殺人？照理說，他恢復自由後就可以為所欲為了呀！以他現在殺人頻率看來，他不太可能忍受這麼久才又殺人。為什麼？這到底是為什麼？

一陣清脆響鈴聲拉回我的思緒，我驚恐地望向聲源。卻見庭皞手中拿著一樣飾品，我好奇地走了過去。

「怎麼了？」

「這兒有一個手環。」曉菁回答。

庭皞沉默不語緊盯手上的東西，眼神似乎有些恍惚。順著她的眼光，我瞧了一眼那手環。那是由各種鮮豔顏色絲繩交錯編結而成的手環，環上盡掛滿小鈴鐺，一經晃動便發出清脆響鈴聲。

「在哪兒撿到的？」

「它掛在這床頭上。」曉菁指著床頭，那是屋內靠裡的那張床。

「妳還好吧！」我伸手在庭皞眼前揮幾下，她突然驚醒似地抬頭望我。

「你說什麼？」

「我說妳還好吧？」我回望著她說道，看來她的心神十分不寧。

「我？我還好，沒事的。」她搖頭，然後將那手環套進自己左手腕，反覆看了幾次，並弄出一些聲響。

我不解地斜睨她一眼，原本失魂似的神色，好像起了些許變化，這讓我覺得有些怪異，她似乎在微笑？

「這是妳的東西嗎？」

「庭皞。」見她彷若未聞，曉菁搖著她的肩膀喊道。

「什麼？」她再度驚醒似地轉過頭望著我。

「這是妳的東西嗎？」我耐著性子又問了一次。

「不，當然不是。」她搖了一下頭，然後又用手把弄手環，「不過我好喜歡它呢。」

我沒再說話，只是給了她一抹淡淡的微笑，然後回身繼續觀察屋內。

不久，高沙也再度入屋，而那兩個女孩不知何時已跟在我身後伴著我觀察。

「怎麼樣？有什麼發現嗎？」高沙問道。

「沒有。」我搖頭，「只是隨便看看。」說完我又將目光轉回壁上，這是入門左側牆，牆上正掛著一把大弓，弓旁另外掛著一個獸皮袋，袋中有為數不少弓箭。

高沙走過來，也好奇地順著我的眼光瞧這大弓。看一陣後，他突然開口說道：「看來這弓的主人，戰功彪炳啊！」

「怎麼說？」曉菁問道。

「看這弓上的刻痕。」高沙上前一步指著弓身，「我們原住民習慣在狩獵後，將戰績刻劃在武器上。妳看這弓上有數十條刻痕，這表示這弓的主人戰績輝煌。」

「意思就是他是個狩獵高手囉！」

「沒錯！」

「是這樣啊！這倒有趣。」我說。望著那弓，我的心思突然又陷入迷霧之中，這是個我一直解不開的謎，「你們有沒有想過，鬼番是怎麼產生的？」

聞言，他們個個一臉困惑望著我。

「我的意思是說，他顯然不可能憑空產生，那麼……他曾經是個人嗎？庭皞說日本文獻中有記錄鬼番是個施咒復活之屍，那是誰施的咒？為什麼要對他施咒？還有，鬼番生前是怎樣的一個人呢？」我提出我的疑問。

「對呀，這鬼番這麼殘暴，怎麼還會有人想要施咒將他復活？」曉菁扁嘴說道。

「鬼番是在霧社事件中才出現的吧？」庭皞開口問道。

「應該是，之前也沒聽過這一號人物。」高沙說。

「霧社事件至今不過才七十年之久，我想一定有人知道這事。當年的抗日事件發生在霧社群聚居的山區，也就是說，在這山區中的老一輩原住民應該會知道此事。」

「對呀，我們找人問一定也可以問出來的。」曉菁接口。

「不過，現在棘手的是，當年舉事抗日的泰雅六社族人，多已遷居，要找也不是那麼容易，更何況我們找到的人一定得夠老，至少那人在七十年前必須已經懂事了才行。」庭皞解釋著。

「我們是其中一社的族人。」高沙突然開口。

「什麼？」庭皞吃了一驚。

「我說我們現在的部落正是當時六社之一的遺族。」高沙重複一次，然後繼續說道：「當年霧社群共有十二部落，其中共同舉事抗日的部落計有馬赫坡社、波亞倫社、塔洛灣社、斯克社、荷歌社和羅多夫社等六社族人。霧社事件的發起，使得原本六社人口在經過日本軍方血腥鎮壓後，從原有的一千二百多人屠殺到僅剩五百餘人；後又在日本警方縱容「味方番」殘殺同族人後，更可憐地僅剩二百多人。而這二百多人在事件後全都被流放到「川中島」山區，過著與世隔絕的集中營生活，直至脫離日本統治之後才得以恢復自由。」

「又經過幾年，族人們分別拓墾荒地遷移其他山區，而我們這個部落當年就是以泰森家族所帶領遷徙的六社部落遺族。至於該歸於原六社的何族，早也已經分不清了。」高沙說完輕嘆一聲。談及部落興衰史總讓人唏噓，更何況是死了那麼多族人，差點就完全滅族呢，這事有多可怕呀！又怎堪回首？

經過一陣靜默後，庭皞再度開口說道：「你想你們部落的頭目會知道此事嗎？」

「除非老一輩的人有跟他提及，要不然七十年前他不過才三、四歲大而已！很難有印象的。」

「不會吧！他看起來那麼老了。」曉菁一副難以置信的眼神。

「他才七十初頭而已。」

「沒有更老的族人嗎？」庭皞接口問道。

「有是有，不過也差不多，都是屬於頭目那一輩分的人。」

「噹噹！」正當我們還在對話時，外面突然傳來一陣清脆響鈴聲，我的心跳不自覺急促起來，緊接著便聽到外頭泰森的吆喝。

「快快……各就各位找隱蔽。」

聞言我們四人不及思考地便奔出屋外。

「快去躲起來。」泰森對我們施令，然後自己隨即奔往樹林。

「利歐，快將頭顱擺回去，不准給我露出一點蛛絲馬跡。」

「拉雅、巴利，你們在幹嘛？快滾過去。」

「你們兩個，再過去一點，待會兒沒有我命令不准開槍！」

隨著銅鈴聲響，整個現場氣氛急速緊張起來，我們四人二話不說奔至石屋左旁樹林裡藏匿。利歐正在屋簷下將六個頭顱歸位，緊張的氣氛使他的動作看來格外笨拙。

「快一點。」泰森從對面輕吼，並揮動手示意他快隱身起來。

我們看著利毆擺好頭顱後，匆促隱身林裡。待他隱藏妥當，整個林裡倏忽歸於寧靜，靜地十分突兀、十分嚇人。身旁幾個人的濁重呼吸聲，為這等待片刻帶來越來越沉重的氣氛，而整個空氣中彷彿也都襲上一股肅殺之氣。

大夥不約而同望向斷崖那端，靜候鬼番出現，在這寧靜背後，緊接而來的可就是一連串捕殺行動了。時間一分一秒過去，從沒想過等待也會讓人冒冷汗，就在我舉起右手輕拭額上汗珠時，斷崖口突然閃出一道人影。

「啊……」

不待曉菁驚呼，高沙已用手緊摀住她的嘴。

「噓，不要出聲。」高沙以氣聲在她耳旁叮嚀。

是鬼番沒錯！他那木乃伊模樣，任誰一眼都可以認得出來。

他往前奔幾步後，突然止住腳步，緩慢轉著頭打量四周。

被發現了嗎？還是他有動物本能，能夠感受危機的存在？

他又往前走幾步，一度望著林裡某個方向，那神情彷若帶了點困惑與懷疑，而後又停下腳步。

這已是我第二次見到他的面了，我發現自己正不由自主緊閉著氣，潛意識裡似乎怕他會聽到我的呼吸聲。庭皞的手不知何時已緊握著我的手臂，身子則緊挨在我身後。我輕拍在我手臂上那隻略微顫抖的手，想給她一點精神上的安撫。

鬼番模樣實在太像怪物了，那身纏在身上的白布條，顯然比上次我見到他時更為恐怖，原本只是泛黃的布條，如今已是血跡斑斑。乾涸血跡，有一處沒一處地染在他身上，與他那野紅雙唇相應，增添幾許竦動色彩。這些第一次見到他的族人們，現在的心緒，想必是十分驚懼吧！

隨著距離的拉近，我的心跳也跟著越加急促，一時間我彷彿聽到自己噗通噗通的心跳聲。我緊握手上番刀，盯著他的行動，他的體形並不高大，甚而可說矮小，然而卻給人帶著極大壓迫感，而他手中的番刀，不知怎地，也讓我覺得好像比我的番刀來得長，來得強而有力多了。

慢慢地，他已步入林內平台，走幾步後，他又再次止身，一臉若有所思的模樣，打量著四周。就在我們屏息以待泰森命令時，鬼番突然一個快速閃身，往左邊林裡奔去，在我們都還來不及反應的當口，緊接著一聲槍響破空迴盪。鬼番在槍響同時，抑住前進的身子，二話不說地往來路躍去，然而守在崖口的兩個族人卻已首當其衝躍出林木阻斷他的退路。

「開槍！」泰森揚聲高喊。

不待泰森喊畢，那阻路的兩個族人已不約而同朝屋子方向開槍射擊，然後整個林間一時之間槍聲大作。就在第二聲槍響同時，只見鬼番毫不遲疑地往後騰翻一圈，落地、轉身，一氣喝成，在電光火石中，身子彷若一支脫弓之箭，筆直往屋內射去，然後隱沒屋內。

鬼番入屋後，槍聲仍持續約有十秒鐘之久，只見屋門處一再爆發著點點火光，直到泰森揚手示意停槍，一切才又復歸平靜。

沒多久，族人一個接著一個小心翼翼從樹叢裡走出來，槍口則都死對著屋門。

「死了沒？」有人突然開口問道。

「還沒吧！」

「我發誓我有打中他。」

「那邊有血跡。」

「那表示打中了。」

族人們邊說著邊緩緩往石屋圍攏，就在族人們七嘴八舌竊語聲中，屋門突然「碰！」的一聲快速闔上。

「還沒死。」

「幹！射這麼多槍還不死。」

「打到的搞不好只有一槍。」

「你有沒有看到剛剛他的速度，那是人嗎？」

「全都給我住嘴！」泰森突然大吼一聲。

「你，你，還有你們三個，正對著屋門蹲著，槍口全給我朝屋門，先不用急著開槍，只要扼止他逃脫；還有你們五個去左手邊伏臥；另外五個去右手邊，待會兒我們要強行突破，你們幾個守屋外。記住！只要有人閃出來，不用遲疑，馬上開槍。」泰森交待完後，朝高沙揮手。

「妳們兩個女的還有你」他指著昇諺，「給我躲在樹叢裡不要出來，巴克跟那魯你們兩個陪著他們。」

「我再強調一次，待會兒我跟高沙還有他，」他指著我，「給他一支槍，利毆、拉雅，五個人會衝進屋內，我們一進去便不會出來，所以只要有人影竄出，不要遲疑，馬上給我開槍，聽到沒有。」他頓了一下繼續說道：「待會兒分兩段式突破，我會先踹開門，假若他在這時就竄出來，那麼就先由兩邊開槍射擊，待我們伏好身，前面的人便可加入射擊，這樣可以嗎？」泰森吩咐完後，又環顧了一下部署。然後揮手示意我們跟隨他，碎步急奔至屋門邊側。

屋內仍是沒有動靜，這一僵持已又過了約十分鐘之久。我不知道泰森為何指定我？是想試探我的膽量嗎？

還是因為我曾跟鬼番照過面?只是這當口,根本不容我分心細想,我只能背緊貼壁,等候泰森下一步行動。

泰森與高沙彼此以眼神示意,而後只見泰森深呼吸一口氣,迅速轉身踹開大門,便又回身至門邊。

我們靜候著,想等看看鬼番是否會自己竄出來,然而等了一分餘鐘屋內卻仍不見動靜,泰森於此時,平舉著手,用手指與嘴型示意我們倒數……

「一……二……」

「三!」

三字一出,泰森與高沙迅速竄進屋內,獵殺行動一觸即發,一刻也不容遲疑,我緊鄰高沙身後,也快速衝進屋內,可憐洪教授的屍骨還被拉雅不小心踩個正著。

入屋後我們五個人迅速背對著圍成一圈,眼光掃視屋內各角落,企圖找出鬼番身影。

鬼番的身影……

這是怎麼一會兒事?我在心裡臆測。

「搞什麼鬼?」那個叫拉雅的族人首先開口說道。

「噓……」泰森示意他保持安靜,然後指著床底。

拉雅依指示,靜靜伏下身望向跟前床底,然後仰首搖頭。泰森望一下利毆,示意他檢查另一張床,利毆伏下身望了一會兒,又開手電筒確認一次,然後起身也搖頭。

床底下沒有,那麼唯一的可能性就是……

我們不約而同望向那高過人身的棚架,五人槍口全指著棚架第三層,那是我們視線唯一無法看到的地方。

泰森用拇指與食指比出個槍形,待大夥取得認同後,五人同時往那棚架第三層開槍射擊。

連續槍響，震動耳膜，槍拖後座力撞得我肩胛傳來一陣劇痛，我咬牙死盯著棚架，心想這槍擊一定可以逼迫鬼番躍出，然而……

棚架被槍擊中後，只悶幾聲，便又完全沒有了動靜。

這到底是怎麼一回事？我心裡突然生起一股氣，二話不說，搭著牆，躍上第二層棚架，與此同時，我發現泰森也竄了上來。

「怎麼樣？」拉雅開口問道，「有人嗎？死了沒？」

我與泰森雙雙躍下，不發一語。

「到底怎麼樣？」利毆也開口問道。見泰森不語，他竄上棚架，望後氣憤吼道：「他到底死去哪了？」

「怎麼有可能？難道他還會消失不成？」拉雅面露驚懼說著。

「這沒有道理啊！石板屋不過就一扇門而已，連個窗戶也沒有，我們堵著門口，他不可能憑空消失的。」高沙也是一臉困惑。

我不理會他們的談話，迅速地四處檢查屋內，連天花板都一瞧再瞧。這實在太匪夷所思，其實石板屋內的構造是很簡單的，除了床與棚架和火爐外，可說就空無一物了，根本沒有一處可隱身的地方，那麼鬼番到底是跑哪兒去了？難不成他還有法力可以憑空挪移？這實在太荒謬了！

等等……我瞧見了一件難以置信的事。

「高沙。」我出聲喊道。

「怎了？」

我朝他望了一眼，然後手指牆壁。泰森與其他兩人聞言也都走近過來。

高沙驚懼地回望著我。

「怎麼了？到底怎麼了？」拉雅急急問道。

泰森皺眉開口回道：

「弓箭不見了。」

11

人的自信有時會是一種致命傷！試著深入了解自己，會比潛意識的自我膨脹來得值得信賴！

——一九九九．四．二——

你曾經遭遇過這樣的事情嗎？當你正竊悅於一切事態發展都在掌握中時，才發現整個局勢其實正朝著反方向進行！

原本想著此番圍剿行動就要大功告成，可沒想到在最後關頭，事情發展卻出乎意料，在這一間簡陋石板屋內，鬼番竟似鬼魅般憑空消失了！

這事實在匪夷所思，而且更令人覺得不安的是，原本掛在牆上的那副弓箭，竟也隨著鬼番的隱遁而消失無蹤。

隨之而來的事情，發生得很快，就在我們還驚恐於弓箭事件時，屋外突然傳來一陣族人的鼓譟聲，緊接著整個林裡槍聲大作。

我們屋內五人，幾乎在第一聲槍響時就已經衝出門外。

「快趴下！」有人大聲吼著。

「在那裡！」

「小心啊！不要追過去。」

屋外場面很混亂，我根本就不知這突發而來的狀況到底是怎麼一回事？一奔出屋外便見族人瘋狂朝左面林內掃射。有些人奔跑，有些則伏臥著，而昇諺與兩個女孩更是驚恐得趴在地上一動也不敢動。

「巴克！巴克！」人群中傳來一陣驚慌呼喊，泰森聞聲不及細思就奔過去，高沙也迅速尾隨其後。

我想我定是震懾於眼前的畫面了，在某一片刻裡，我的腦子突然一片空白，整個時空彷彿僵住、凝結了，我聽不到任何聲音，感覺不到自己身子的存在；待我回神，林裡狂亂槍聲在陡然間便直襲我的腦神經，刺得我整顆頭賁張欲裂；我略萎縮著身子，碎步前進。這是我生平第一次感覺到自己行態的拙劣，我像個膽小鬼，深怕自己當場死於非命似地躡手躡足晃著，竟不知自己下一步該如何做？

那名喚巴克的族人，也就是先前泰森安排保護兩女孩的男子之一，此時正躺在另一名族人懷裡。他的兩眼神色驚慌而絕望，雙手緊握另一人手臂，無助地望著那懷抱他的族人，渾身布滿血跡，臉部肌肉猙獰，神情好似進入真空狀態，竟吸不到一口氣似的。

「不要動他！」那名抱他的族人嘶吼著。

「巴利，先抬他入屋。」高沙在慌亂中對他喊道。

「他不能呼吸，他不能呼吸啊！」巴利臉上布滿淚水，不知所措！

「把他喉嚨上的箭拔掉吧！」另一名族人驚慌說著。

「不行，不行，誰也不能動他。」巴利已幾近崩潰狀態。

「啊！」混亂中突然傳來一聲曉菁的驚叫聲。

大夥聞聲望向她，然後又順著她的眼神留意到另一名倒臥在林邊的族人。

泰森見狀，二話不說高聲吼叫：「全都入屋，快！全部都給我入屋！」並快速奔至林邊抱起那人。

這時的我總算也恢復一點理智，迅速奔至泰森旁為他掩護。

族人們的動作雖驚慌但卻非常快速，很快地，所有人便陸續進入屋內。我與泰森跟另一名族人殿後，就在快進入屋內時，耳邊突然傳來一道彷若要撕裂空氣的聲響，那名掩護泰森的族人，頭上太陽穴處在幾近同一時間貫入一支利箭。他的雙眼陡然嗔張，那神情充滿疑惑，好像訴說著：「怎麼可能？為什麼是我。」

不待他倒下，我便本能地抱住他，直竄入屋。

「快點關門！」入屋後我馬上吼道。

我發覺自己的呼吸急促而濁重，劇烈的心跳聲竟是清晰可聞。我小心翼翼放下那名族人，心神未定地大口大口喘著氣。

「怎麼辦？」我在心裡問自己。

就在我心神未寧之際，被泰森一把推開，跌坐一旁。

「科亞！科亞！」泰森緊握那人手臂上下搖動他的軀體。「你醒醒啊！」

沒有！一點回應也沒有，僅管泰森再怎麼呼喚，那人還是沉默以對。泰森死抓著他的身子，垂頭落在他胸口，我發現泰森的身子正在不可抑制地顫抖，然後他緊握拳搥打地面。

我的眼眶泛紅了，我不知這是因為害怕還是憐傷眼前這幕，總之，我覺得自己的心情好似跌入最深谷底，一股深濃的哀傷強奪我的心神，讓我恍惚得不知所以。

「巴克！巴克！」心神恍惚之際，巴利慘烈的叫聲喚醒了我。

我將目光移向巴克，顯然他已氣絕身亡，過多血液梗塞他的呼吸道，讓他無法呼吸，就像溺斃一樣讓人恐慌而無助。我真恨自己未曾習得醫術，不然或許可為他做點緊急處理；同時我也想到，如若鍾醫師也有來的話……唉，想這些作啥？我似乎越來越鄙夷自己的無能了。

「泰森，巴克也死了。」高沙走到泰森跟前眼神憔悴望著泰森說道。

泰森聞言，不發一語地呆望地面。這到底是怎麼回事？才不過短短幾分鐘就死了兩個人，而原本該被圍在屋內的不是鬼番嗎？為什麼現在躲避在屋內的會是我們這群人？

獵殺與被獵殺？立場異位了嗎？獵殺者反成被獵殺者？這情況不是很諷刺嗎？

鬼番怎麼離開這屋的？我的腦子迅速翻轉。在一幾近密閉的空間裡，能憑空消失，除去超自然力不談，那能在眾人圍守的屋內遁逃，唯一的可能性似乎就只有一個了。

我試著支起乏力的身子，開始檢視這屋。

「他到底是這麼跑出去的？他不是躲在屋內嗎？」巴利大聲質問泰森。

「他根本就不是人。」

「對啊，連槍射中他都沒事。」

「我看他八成是鬼。」

「這下我們完蛋了，他會一個個把我們解決掉……」

「你胡說什麼，大不了跟他拼了，難道我們這們多人還怕他一個不成。」利歐氣憤地抓著那人。

「都別吵了！」泰森大吼一聲，制止眾人七嘴八舌。

「馬揚還好吧！」他抬頭問高沙。

「暫時應該沒有性命危險，還好這箭沒射中心臟，不過我們得趕快將他送院醫治，時間拖久恐怕會失血過多。」高沙折斷留在馬揚身上的箭尾，一副傷神表情，很顯然地，面對這樣的傷患他也是束手無策。

馬揚是泰森抱入屋的那名族人，胸上的傷口血液似湧泉般流竄，不管用多少布擦拭都彷彿擦也擦不完。

「壓著他的傷口，別再擦了，越擦血流越多。」我脫下襯衫丟給高沙。

「你想鬼番是怎麼逃出去的？」不知何時庭皞走到我身旁輕聲問我。

我轉頭訝異望著她，說道：「妳覺得呢？」

「有密道！」

「沒錯！」我輕點頭，「但我還沒找著。」

「你來看這兒。」說完她逕自走向屋內墓穴。

我尾隨她身後走到墓穴前蹲下來檢視。這墓穴跟先前我們進來時所看的情況幾乎一模一樣，除了血跡與鑿子和半截符紙外，便空無一物了。我開始感到納悶，為什麼她會特意要我再來看這墓穴？

沒多久我便發現一處若不細察幾乎會讓人忽略的事物，那符紙，那原來躺在穴底邊處的符紙，其中一端的某一小節似乎穿進了壁與底的接合面。

我驚奇地抬頭望她，她神情堅毅地點著頭。我二話不說跳進墓穴裡，朝穴壁猛然一踢，那壁受力衝擊果然掀起。這一聲撞擊引來族人的好奇，他們慢慢圍攏過來。

我用手臂頂著掀開的壁，那顯然是一片木質偽裝壁，然後探頭觀望。

「手電筒。」我開口說道。

接過手電筒後，密道便約略瞧得出端倪了。那密道不寬，鑿工粗略，土層裸露，寬度僅能容一人身匍伏通過。

「看來這是臨時打鑿的密道，為的是躲避當年日本人的突襲。」看完密道後，我提出自己的看法。

「只是沒想到時過七十年，它竟然又派上用場了。」高沙苦笑。

「現在怎麼辦？」昇諺開口問道。

「別管這密道了，知道這密道也於事無補。」泰森冷淡說著。

「我們總不能一直躲在這屋裡坐以待斃！再說，那個馬揚也得盡快送醫才成。」庭皞提出看法。

「可是那怪物還守在外面呢。」有個族人說道。

「沒錯！而且外面一大片樹林，根本就不知道他躲在哪裡？」

「敵暗我明，雖然我們人多，但根本討不到便宜。」

「你們到底在說什麼？我們手上拿的是槍，他拿的不過是支弓箭，難道我們還怕他不成？」利毆氣憤吼著。

「你也看到了，他根本就不怕子彈，而且他速度那麼快，你跑得過他嗎？」

「對啊，我們如果出去，一定會一個一個被他殺死……」

族人們又開始起鬨了，鬼番對人心所造成的恐懼遠超過想像，死亡陰影沉重壓著在場每個人，誰也無法預料接下來可能發生的事，自己還有命離開這裡嗎？

「那你們到底想怎樣？難道要看馬揚流血過多而死？」利毆再次聲嘶力竭吼道。想來復仇意念似乎已佔滿他心頭，竟讓他忘卻恐懼？

利毆吼完，現場頓時沉悶下來。我想這是個兩難局面，留在屋內還得以苟活，卻得犧牲馬揚，我們的良心可以允許我們這麼做嗎？再說，我們能一直窩在這屋內多久？我們並沒有多餘的食物與水啊！

曉菁終於抑制不住大聲哽咽起來，守在屋外等待獵物出籠的鬼番對我們生命造成極大威脅，恐慌的神情浮雕在每個人臉上，我發現有些族人眼眶開始泛紅，甚而有些則不再顧忌地哭泣開來。至於這些眼淚到底是為死者而流，還是為自己的處境而流，亦或因恐懼而流，我想，連他們自己可能也都無能分辨了吧！

「還是得趕快送馬揚下山醫治。」高沙望著泰森作出抉擇。

「這是一定的。」泰森輕應。

「但從這兒到部落，路途那麼遠，你想我們能有幾人存活？」有個族人插口說道。

「只要有機會救馬揚，再危險我們都得盡力試試。」高沙嚴肅回道。

為救活一人，而犧牲一票人？這值得嗎？我想這問題一定是很多在場的人想說的話，只是沒人敢開口罷了！很顯然，這是個考驗人性的處境，大難臨頭時，該如何自處？

「遲早都得出去，我們並沒有本錢跟鬼番在這兒耗，光食物與水就是一大問題。所以說……」我環顧眾人。

「早晚都要出去，不如早點出去。」高沙接口說道。

「早就該出去了，」利毆氣憤說著，「我們是來獵殺鬼番的，難道你們忘了嗎？要我說的話，我們現在就該衝出去跟他拼了。」

「沒人要你說話！」泰森冷峻瞪他一眼，「洛齊，你幹嘛？不可以！」泰森突然將目光移向門口處。

「啊！」一聲慘烈叫聲自洛齊口中傳出。

事情發生得實在是太突然，當我順著泰森目光望向門口時，洛齊整個身子已倒翻過來，眉心處竟已多了一支利箭。

「快關門！」泰森吼著，並快速奔至洛齊身旁。

「洛齊！洛齊！」泰森聲嘶力竭地吼叫。

不過探個頭，就慘遭滅頂？而且還正中眉心，這鬼番到底是什麼怪物？

「利毆，你幹嘛？」高沙在門口處阻他，「不可以出去！」

「別管我，讓我出去跟他拼了。」

「不行！」

「幹！你們一群窩囊廢，只會躲在這屋裡，你有什麼資格阻止我？」說完，他出奇不意摔倒高沙，開門衝了出去，朝林內瘋狂開槍。

「快掩護他！」高沙急切叫著。

「全部都出去！」泰森也吼道，「拉雅、那魯，扶著馬揚，我們要走了。」

隨著利毆的發難，族人一窩蜂傾巢而出，剎時間，林中一片槍響。很詭異地，越多槍聲，便為我們帶來一份更大的安全感！而心中存在的恐懼也在獵槍擊發的衝擊力中得以發洩、流失。

「快快！全部往斷崖那邊移動！」泰森招手高喊。

泰森一聲令下，所有人很快地便往斷崖處直奔。鬼番隱身於何處無從得知，但他的身影彷彿遍佈四周，對我們的身心造成極大壓迫！

「一樣兩人一組，快點過斷崖。」到達斷崖處後泰森隨即指揮，「高沙、利毆，你們兩個跟我殿後。」

「讓兩個女的先過去。」泰森追補一句。

「快點！妳們兩個。」族人催促。

「不要，我不敢。」曉菁一臉驚慌地哭泣。

「不敢也得過去。大家可沒命陪妳耗在這邊。」一名族人說著便拉扯起她的手臂。

「不要，我不要。」曉菁大聲呼嚎。

「放開她！我帶她過去。」高沙奔至曉菁身旁，輕聲對她咬牙：「勇敢點，有我陪著妳，不用害怕！」

「快點，快點。」泰森再次催促。

緊張氣氛持續瀰漫，我與泰森、利歐殿後守著斷崖口，留意林內動靜，不敢有絲毫大意。

馬揚因身受重傷，行動不便，在兩名族人攙扶下，耗費許多時間，好不容易才通過斷崖。

眼看族人都已通過斷崖，鬼番仍是毫無行動，這情況讓人感到納悶。我與泰森和利歐伏臥崖口邊一粒大石頭下，眼光一再掃視視線所及林木；然而陰深林木只回以我們無聲息的寧靜，靜得讓人清楚聽聞到自己濁重的呼吸與心跳。

天候正在變化，斜掛西邊的火輪，不知何時已被一大片烏雲遮蔽，森林隨著陽光變化，由明轉暗，由翠轉墨；山風輕躡拂著我臉頰，隱約中，我似乎還聞到一絲絲血腥味。

「好了，現在輪到你們兩個。」泰森突然發聲，目光仍死盯前方。

「不行，我們得再待久一點。」我頭也不回答道，「守著這個崖口，至少鬼番就無法越雷池一步。我們沒本錢跟他玩貓抓老鼠的遊戲！」

我聽到泰森輕蔑笑了一聲，然後開口說道：「你可知道留守可能的後果？」

「你可以先走啊！」我冷眼朝他望了一下。

「情況怎麼樣了？」身後突然傳來高沙聲音，然後便見他匍伏到我身邊。

「你怎麼又回來了。」我望了他一眼。

「那你們怎麼不過去？」高沙頓了一下，接口說道：「我已經叫他們先回去了。」

「馬揚還好吧！」泰森緊皺著眉，憂心問道。

「不知道。」高沙沉默片刻，眼眶頓時泛紅，「希望他沒事。」

緊接著是一陣長時間地等待與沉默。這次獵捕行動，無疑是天大的諷刺，那感覺就好像徒手捋虎鬚一樣，虎鬚沒捋著反被咬了一口。五個頭顱我們沒拿回一顆，而且還留下三具屍體，回部落後該如何向族人交待？又，我們能留著命回去嗎？

天色已越來越暗，眺望彼岸連峰，烏雲盤繞整片山頭，一直蔓延至我們頂上天空。山風伴隨烏雲肆虐，越吹越狂，而太陽，竟被完全隔絕，再灑不下一絲霞光。山色的變化讓人心寒，烏雲罩下的灰影，同時也籠罩住我們心靈，讓我們內心襲上了一層很深的陰影。

「搞什麼鬼？他為什麼一點動靜都沒有？」經過十來分鐘的等待，利毆耐不住性子壓低聲音說道。

我們三人回以他一陣沉默。老實說，這問題也困擾著我，鬼番的行事作風實在讓人捉摸不定，這會兒他心裡頭在想些什麼？下一步將作何行動，根本無從揣測。

「砰！砰！砰！」

正當我們還困惑於鬼番的行事作風之際，身後突然傳來一連串槍響聲，震驚了我們在場四人。

「糟了！」高沙首當其衝躍起，隨即攀附斷崖繩索；而我們也馬上驚悸地尾隨其後。

槍聲說明了一切，然而鬼番究竟何時過斷崖的？為什麼我們會渾然不知？難道他早已守候彼端，他怎麼精明到這般恐怖，彷彿我們的一切舉動都在他的掌握之中？

穿越斷崖後，我們四人快速奔跑，一心想要趕上前行的族人。

槍聲仍有一聲沒一聲地在林裡催魂，失去房屋屏障的保護，面對鬼番威脅，族人下場令人擔憂！我尾隨在他們三人身後，無意識地狂奔，然而身體卻不堪負荷地向我抗議，這情境讓我感到身心異常疲憊。

額頭上淋漓汗水滲入我右眼，我一手夾槍，一手頻頻拭汗，隨著奔跑時間的拉長，我的呼吸益發濁重，而心臟猛烈撞擊著胸口，更是幾度讓我感到窒礙難行。

「布達！布達！」泰森突然昂聲喊道。

我也看到了，不遠處山徑上正躺著一個動也不動的人，他的四周佈滿血跡，胸口處正插著一根利箭，然而他的身邊卻見不到任何族人蹤影，這情況讓我寒心，大難臨時，果真各自紛飛？

泰森很快奔至那名喚布達的身邊，並檢視他的脈搏。片刻後，他搖頭證實布達的死亡。

其實布達的死亡，從他臉上表情就已揭露無疑。他的面頰扭曲地嚴重，顯然是經過一番痛苦掙扎；血絲沿著他嘴角流下，濁黃的沙土被染上一層詭異的紅；而他雙眼，睜得老大，彷彿再用些氣力便要擠壓出來似的。

泰森輕輕用手闔上他的眼，閉眼嘴裡輕唸幾句山地話，然後不遠處便又傳來一聲槍響聲。

槍聲抓回我們的思緒！我們不約而同爭取時間地往那聲源處追去。布達的屍體暫時地被我們遺棄了，就像被我們遺留在石板屋的三具屍體一樣。

族人的聲音逐漸清晰，一陣又一陣的呼叫聲刺著我心神，利毆與泰森加快腳步往前奔去，然後我們見到一群挨在一棵大喬木下圍守的族人。

一聲槍響劃過我身邊空氣，在背後一棵喬木上悶出一個響聲，緊接著又是一響、再響。我們四人聞聲本能地伏臥於地，高沙迅速地高喊道：「住手，是我們。」

確認族人們停止射擊後，我們才迅速碎步前奔與族人會合。

「情況怎麼樣了？」泰森馬上開口問道。

「不知道，他躲起來了。」拉雅回首說著。

「曉菁怎麼了？」高沙慌張地跑至她身旁。

「她嚇得昏倒了。」昇諺憂心重重、臉色慘白回道。

「還有人受傷嗎？」

「沒有，」拉雅頓了一下接口說道：「不過鬼番好像受傷了。剛剛布達受到突襲時，我們又再一次見到那怪物，然後我們全部的人都朝著他猛開槍，一直追到這兒才停止，而巴利說他確定他有射中。」

「有嗎？巴利！」泰森轉頭望他。

巴利神色冷峻得讓人害怕，他並沒有回答泰森的問話，只是一再用眼光搜尋四周，似乎企圖找出鬼番身影。他那灼熱目光，顯示著一股極大的復仇意念，簡直跟利毆如出一轍。我想到之前要逃離石板屋時，他不願遺棄巴克遺體而被族人們強拉著走的情形就心酸，那該是多麼殘酷的人生考驗啊！眼看自己的親弟死在自己懷裡，然後還得眼睜睜望著那遺體被丟棄！我想，他此刻的心一定正淌著血吧！

天色越來越沉了，使得原本被林木遮蔽的地面，顯得更為灰暗。上空突然傳來一陣雷神怒吼，一聲聲打入我們心神裡，感覺上好似整個地面也隨之震動。

不久，樹梢上開始傳來雨滴聲，那雨越下越是急促，不到幾秒鐘光景，整座森林竟已吞沒在轟轟雷雨聲中了。

我望著眼前一棵棵筆直高聳的喬木幹，越瞧越是驚心，這樣的一個地理形勢，實在是個大威脅，我們幾乎等於完全曝露在空氣中，等著敵人擺佈，一點隱身餘地也沒有。

狂烈雨滴，尋著葉縫開始襲擊地面，阻礙我們視線，族人們頻頻用手拭著臉上雨水，深怕稍微一個閃失，錯過鬼番身影，便會血濺當場。

「雨越下越大了。」高沙憂心說。

「留在這兒也不是辦法。」庭皞緊皺著眉，「這兒太危險了。馬揚失血過多，已經昏迷好一陣子，而雨水會降低他的體溫，這對他非常不利，我們得趕快送他回去。」

「好吧！大家慢慢前進，不許脫隊。」泰森聽了庭皞的話，作出決定。

我走至昇諺身邊將槍遞到他手上，他臉色白得嚇人，彷彿不存在一絲血絲，這讓我感到難過，擔怕他最終會像曉菁一樣，驚地昏厥過去。

槍聲喚醒我的思緒！

「在那裡！」槍聲之後一個族人大聲喊道。

在我還來不及反應之時，就已見到利毆與巴利朝鬼番出現的方向奔去。他倆邊跑邊射擊，槍聲一再在林裡迴盪，而鬼番身影如鬼魅般一再穿梭林裡。那是個很詭異的畫面，彷若一幅恐怖定格畫：幽暗的林，蕭瑟的雨，噬血的殺人魔、恐慌的人類……。

「你們快走，不用管我們。」泰森朝我們吼完，隨即尾隨利毆與巴利追了過去。

族人聞言，加快腳步前行。馬揚被一名族人背負，胸口血滲著族人的背，經雨水渲染，流至族人褲管時，已是淡薄的紅。淡薄的紅有一處沒一處遺留在泥濘沙土，踩踏其上，讓人更是為他的性命擔憂。

曉菁似乎已被雨水喚醒，她四肢乏力地偎在高沙背上，微微抽搐的肩胛顯示她的哭泣！

逃亡路上，我不禁一再思索鬼番的行事作風，同時也憶及盧勝吉生前追獵鬼番一事，另外，鬼番在石板屋前受槍襲擊而迅速躲入屋內，還有，族人們剛剛猛烈追殺行兇的鬼番；這一連串事件，似乎都顯示著，即便槍彈無法讓鬼番致死，卻足以讓他卻步！

現在想想，我會覺得利歐力主與鬼番正面對抗的復仇行為，反而會是一種對我們生命的更大保障。畏懼槍炮的鬼番，在經過族人追剿下，或許會知難而退，停止這一連串血腥行動！

追殺者的冷靜與被追殺者的恐懼！我想到那一次與魯凱入林誘引鬼番出現的自我心態，不就是為了擺脫被追殺者的恐懼嗎？利歐說的顯然沒錯！我們有這麼多的人，這麼多槍，怎會反而恐懼於被殺呢？

鬼番的可怕在於他速度與跳躍力，他可以極快的速度飛躍於叢林。在這一大片筆直高聳的林木幹中，我們只能曝身林內，而他卻可以輕易飛躍上枝幹林葉躲藏。這種情況就好似越戰時，武力強大的美軍與善打叢林戰的越軍一樣，誰都討不到便宜！甚而越軍神出鬼沒的游擊戰更是讓人畏怯。

擺脫被追殺者的恐懼！

很奇妙的，這樣的一個念頭竟讓我那慌亂的思緒慢慢沉澱、冷靜了下來。我似乎不再感到害怕，甚而我心中陡然生起一個念頭：

大不了就是一死罷了！

我逐漸緩下腳步，然後停下來，眼望著倉皇逃避的族人背影，禁不住，我笑了出來。我感受到自己冷血意識正在抬頭，我不再悲慟於族人的死亡，同時也為自己這一路來的拙劣行止感到可笑！帶點宿命念頭地，我不再恐懼於處境的危險！尾隨族人蹣跚步履前行，並且想像自己是個冷靜的獵殺高手，不畏懼任何可能的突襲，這樣心態上的轉變，似乎給予自己很大的勇氣。

林裡陰暗詭異，夕陽還來不及下山便遭烏雲驅逐。大雨滂沱下著，水花攪和著泥濘，族人們在微弱光線中遁逃。

我望著眼前畫面，對於人生的真實性不禁又起了一陣懷疑！我感覺到自己與眼前的這些人活像一尊尊布偶傀儡，正站在舞台上被舞動著，多數的行為竟是一連串無意識舉動。

不對！一種異樣感覺突然升起。我加快腳步跟上族人，眼光一再搜尋人群。沒有，他不在這裡！我快速跑至庭皞身邊急促問道：

「妳有看到昇諺嗎？」

庭皞被我突然的問號驚愕片刻，然後下意識回首望向後面，喃喃自語：「他不是在後面嗎？」

「該死！」我咒罵一聲，隨即轉身往回奔去。

我實在太疏忽了，他何時脫隊的？他的精神狀況很差，這是我早已發現的事，怎還會忽略他，讓他自己一個人走呢？都怪我那恍惚過久的思緒！

我加快步伐奔馳，心裡七上八下，昇諺的失蹤竟又攪亂我好不容易平息的心。

林裡已有好一陣子沒聽聞槍響聲，泰森他們三人追獵鬼番的結果如何？我實在不敢往壞的方向想去，因為越想只會讓我越擔心他們的安危！

感謝老天爺！在回走不及一千公尺時，我便發現昇諺身影，他正蹭著腳緩慢跛行。

「怎麼了。」我迎向前去握住他的手。

他突然整個人崩潰似地栽在我身上，緊抱著我，數度哽咽，嘴裡不停唸著：「見到你我真的好高興，好高興……」

「沒事，沒事了。」我輕拍他的背安慰他。

「對不起！我真的好害怕……好怕我會像我哥一樣橫死在這深山裡。」淚水似乎決堤了，「當我跌跤伏臥在地望著你們漸行漸遠的背影時，你不知我心裡頭有多麼恐慌，多麼徬徨無助，我想開口喊你們，但聲音卻哽在喉嚨，喊不出聲音啊！」

「我知道，我知道；沒事了，真的沒事了。」我試著一再安撫他崩潰的情緒！

時過片刻，當我往後退一步與昇諺分開時，一道長條狀的黑影夾帶勁風突然從我倆相視的眼前橫向劃過，我的心臟陡然爆跳一下，驚得差點窒息！

那道勁風我太熟悉了，之前科亞就是在我眼前被這道勁風射穿太陽穴的。我幾乎在第一時間將昇諺撲倒，然後順勢取下他手中的槍，在地上翻滾一圈，槍口朝左手邊方向猛烈開槍！

鬼番正朝著我們的方向追近！他白色身影在黑幕林中顯得格外妖魅嚇人，我的槍口追逐那團白色飛影狂射，然而卻阻不了白影的行動。

鬼番身手實在是太快了，他幾乎不著地地左右飛躍於林木枝幹，時左時右，時上時下，才幾個箭步便已迫近在我跟前。我踉蹌地往後退了幾步，把握時間在近距離下又擊發一次。

鬼番突然消失在我眼前，當我再度感覺到他的存在時，手臂便已遭受一記猛烈襲擊。鬼番一腿踢翻了我，左手臂頓時遭受彷若千斤重的撞擊，槍自我的手中飛出去，而我則狼狽地在地上翻滾了好幾圈，頭也在翻滾中撞地頭暈目眩，幾近昏厥！

我幾乎一動也不動地望著眼前黑幕，鬼番鬼魅般的白影在幽暗中緩慢移動。天空突臨的雷聲震天價響，夜幕中吐出一道蛇信，正在鬼番上空舞動，林裡陡然間大放光明，我看到鬼番在風雨中高舉番刀擎天而立，而昇諺正在他腳下做著垂死前的掙扎！

眼淚無聲息自我眼角滑落，和著雨水在我臉頰哭泣，我為昇諺即將面臨的死亡感到傷痛，也為自己的無能為力感到悲哀！我掙扎著雙手扒抓泥漿，整個心幾乎在瞬間就衝到崩潰的臨界點。

就在我已澈底絕望之時，手突然觸碰到一個硬物，我下意識低頭望了一下，那是剛剛被我棄置在旁的番刀。不經任何思考，我本能地抓起刀柄，使盡全身僅存的一點氣力，猛力往鬼番身子擲去。

番刀在雷電中閃爍出一道銀光，直接沒入鬼番體內。鬼番頓受衝擊往後退了幾步。他望著插入自己腹部的番刀，臉色在雨夜中顯得更為扭曲、猙獰。

我錯愕於自己最後一擊竟然得逞，一股怪異心緒在我心頭擴散，我望著那把貫入鬼番體內的番刀，感到不可思議！進而開始期盼，鬼番會就此倒下！

一聲淒厲吼聲突然劃過天際，只見鬼番仰首狂怒，那吼聲淒厲異常，彷彿載負著一股極深的憤懣與悲涼，割裂我的心神！他猛然自體內抽出那把血紅番刀，一道血柱自腹部噴灑出來，濺了一地，和著雨水與泥濘，他的腳下四周頓時展現著一圈詭譎的紅。

我的期盼落空了！

鬼番並沒有倒下，我掙扎身子，想要做點什麼，來維護自己瀕死的生命，然而身子卻不聽使喚。我四肢乏力地仰躺在泥濘裡，望著鬼番的身影逐漸迫近，我恐慌得想要大叫，也突然意識到死亡將至。

看來鬼番是決意要解決我的生命了，他那緩慢的步伐，帶給了我前所未有的身心壓迫，彷若無止盡的折磨。

我的視線逐漸模糊，隱約中我見到鬼番舉起他手中的番刀。

我感到有點悲哀，也覺得這無異是我人生最大的諷刺！就在我臨死前一刻，腦海裡竟浮現一個玩笑畫面：沒有快轉的人生回顧，沒有已故親人迎接，更沒有自天幕中灑下的聖潔光芒；我只見到一個陌生人，走到我跟前說道：好了，戲結束，收工了。挪，拿去，這是你的演出費，伍佰塊。

伍佰塊！

多諷刺啊，原來我只是個該死的路人甲！

我想，我失去了所有的意識與知覺……

12

事理的發展總有脈絡可尋，試著放鬆自己隨著流水奔流，然後，當你醒來，你會發現，或許答案就在你身邊。

——一九九九．五．八——

我是在鬼番手中番刀劃過我頸項時嚇醒的。我發現自己全身汗水淋漓，然後下意識舉手擦拭自己額上冷汗。

「你終於醒來了。」我聽到高沙的聲音。

「這到底是怎麼回事？」我為自己的所在地感到迷惑！顯然我正躺在高沙的住屋裡。

「怎麼回事？」高沙望著我苦笑，「你受傷，而且昏過去了。」

「但……我以為……」

「以為怎樣？你死了？」

難道不是嗎？我真的有點懷疑自己的存在，甚至聯想到高沙是不是也死了？不然怎能在這兒跟我說話？

「是庭皞救了你。」高沙在水盆上擰乾毛巾，幫我擦拭臉上汗水。

我勉強支起身子，頭部傳來一陣抽痛，我舉手輕按著頭，整個人感到十分難受。腦海裡還浮現著鬼番舉刀向我走來的畫面，我開始懷疑這一切究竟是不是一場夢？

「你已經昏迷快一整天了。」

「你說庭皞救了我是什麼意思？」我突然憶起高沙的話。

「不知道。」高沙面露疑惑搖頭，「詳細情況並不清楚，因為我並不在現場，不過據我所知，當泰森三人聽到槍聲趕到現場時，就只見到你、庭皞跟昇諺三人而已。」

「那鬼番呢？」

「走了。」

「走了？」高沙的話讓我感到迷惘，在我昏厥的那一刻到底發生什麼事？為什麼鬼番會再一次放過我？難道他不屑殺一個昏迷的人？還是因為庭皞的關係？那他為何不殺庭皞？

我腦子迅速翻轉，臆測所有可能性！然而越是思考，就頭疼得更加厲害。我再度舉手抱著頭，為這惱人的疼痛感到憤怒。

「好了，你先好好靜養，別再胡思亂想了。」高沙輕拍我的肩，然後起身至桌前盛水。

「對了，昇諺怎麼樣了？」我突然想起昨晚那一幕。

「他沒事，今天早上還來看過你呢。」高沙將茶杯遞給我。

「沒事就好。」我覺得心裡頭頓時卸下一塊大石，同時也為自己對他過多的關心感到不解。「那馬揚呢？」

「馬揚……」高沙沉默地低頭不語。

還是走了？是命中註定嗎？我想著人生的宿命與生命的無常，頓時覺得無比難過。

「我想到外面走走。」

「也好。」

我不敢細數這次在行動中罹難的人數，走出戶外讓我覺得精神清朗許多。高山的晚霞仍舊是那般豔麗，夕陽在雲彩中半探頭，遠遠望去像是被雲層托著似地，那霞光似彩墨，正溢滿一大片絨雲。

我望著眼前美景，益發感到人生的不真實，我有點想哭，莫名慶幸自己能走脫昨夜的黑幕而在此刻，站在這裡欣賞這夢幻似的景緻。

美景下的寧靜氣氛與近日來的惡耗形成高落差的強烈對比，置身其中，竟讓人不覺悲從中來。高沙哭了，他緊皺著臉，肩胛不住地顫動，哽咽聲持續加大，然後垂跪下來。看著他痛苦表情，我一再抑制的淚水也不受控制地自臉頰滑落。

「我該怎麼辨？難道我們真的拿他一點辦法都沒有嗎？」

「會有辦法的，」我蹲下身安撫他。

「為什麼會發生這種事情？為什麼？」他猛搖頭，「他們都是從小跟我一起長大的好兄弟呀！」

老實說，我不知道還能說什麼？甚而我覺得自己驚魂未定，精神恍惚得嚴重！有時沉默感受存在會比言語來得更讓人感到真實！

晚間，高沙住處聚集一群人，泰森偕同頭目與一些族裡長者和鍾醫師來找高沙討論事情，我躺在床上呆望天花板，聽著他們用濃厚的山地腔調說著國語談話。

討論內容十分乏味！甚至語多責難，他們指責泰森與高沙冒然行事，害死那麼多年輕人，有些長者說到激動處甚至咆哮、哭泣起來。我覺得心有種被掏空的感覺，腦子陷入一片空白，直到頭目突然提到的一句話，才又有了點知覺。

「聽說Pousho曾參與過霧社事件。」

「誰？」高沙急迫反問。

「Pousho。」頭目又覆誦一次，那發音聽起來像是「波索」，「住在村落西南方約一千公尺處的獨居老人。」

「你是說那獨來獨往的啞巴？」

「他不是啞巴，他只是很少說話。」

「我見過他一兩次面，好像蠻和善的，看到人總是笑著，但就是不說話，我真的以為他是啞巴說。」高沙頓了一回兒繼續問道：「知道他幾歲嗎？」

「應該快九十了吧！」頭目思索著。

「九十？那霧社事件時，他少說也有十七、八歲大了。」

「嗯！」

「我們明天一早就去找他。」高沙轉頭對著泰森說。

「找他可以，但你想問他什麼呢？」泰森蠻不在乎地說：「他那麼老了，你真的以為他能幫我們對付鬼番？」

「當然不是要他對付。」高沙沉默片刻，「我只是想知道當年日本人是怎麼降服鬼番的。」

「知道了之後呢？」

「知道了之後……或許我們就可以知道如何對付鬼番。」

又來了，又是一個挑撥希望的火苗嗎？我實在沒有勇氣再幫自己築構一個希望；與鬼番兩次交手，早已把我逼迫到絕望邊緣；如今，我只想盡人事聽天命。

頭目一群人走後，庭皞、曉菁與昇諺在八點多時來到高沙家，說是探望我的傷勢。談話中我實在很想詢問庭皞關於昨晚最後到底發生什麼事？為什麼我與昇諺會倖免於難？但見她話並不多，所以只好作罷！我想，她父親的死亡，對她所造成的衝擊一定很大吧！

沒多久，門口又傳來響聲，高沙應門後，魯凱那可愛的面孔出現在我視線。

「魯凱，趕快過來，叔叔抱。」我對他喊道，看到他我真的好高興。

他扭捏地坐到我腿上，低著頭，似乎很怕被人笑話這麼大的男孩了還讓人抱。

他偎在我身上，靜默聽我們對話，不時抬頭仰望我，隨即又低下頭去。

「怎麼都不說話？」我在他耳邊輕聲問。

他搖了搖頭。

「你擔心叔叔啊？」

他望了我一眼，點頭，眼眶閃著淚光。

「叔叔沒事，你不要擔心。」

「他們說科亞、巴克、布達、馬揚都……都死了，」魯凱哽咽說著「然後他們又說你受了傷……」

不待他講完話，我就將他緊緊抱著，「叔叔知道，叔叔真的沒事，你不要哭！」

小孩子的純真讓人感動，我望著高沙再度泛紅的眼眶，便想到下午那兩個大男人的哭泣，似有默契地，我跟他在悲傷中輕然微笑。

隔日一早，我與高沙、泰森和庭皞四人在食過早餐後，一同往村落西南方一條荒僻的羊腸小徑走去，據頭目說法，這小徑可直達波索的住屋。

波索是個謎樣的人物，據說他從霧社事件到現在，長期過著一人獨居生活。他沒有結婚，生活以自己播種的米菜與狩獵餬口，他不懼怕陌生人，甚至遇到人時多半會給對方一抹微笑，但就是很少言語。

走了約略二十分鐘，我們在一處林木環繞的小平台上看見一間半豎穴式木屋，其建築風格、樣貌與部落住屋大同小異，只是這屋顯得更為簡陋。

泰森走向前去敲門，屋內卻遲遲不見回應，於是我們便坐在木屋前等候。林內氣氛有點肅穆，林裡慣有的鳥蟲鳴聲不時傳來，我打量木屋四周，對這樣的一處居住地感到不可思議！

一個孤獨老人在這兒過著與外界隔離的隱居生活？若是自己，做得到嗎？我不禁這樣自問。

我曾看過梭羅的《湖濱散記》也曾看過安妮．狄勒德的《溪畔天問》，我知道自己嚮往像這樣犬儒派似的生活；我也曾滿心期許自己，待年紀老些時，也要讓自己置身山林，過著像書中所述，一種遠離文明、回歸自然的生活。然而，此刻，看到這兒蕭條孤寂的景象，我不禁質疑了。同時我也想到這位未曾謀面的老者，他最終歸宿？會不會像《阿拉斯加之死》一書中那位年輕人一樣，默默死亡在自己的孤獨中？而在他嚥下最後一口氣前，他是否曾經興起一絲後悔念頭？還是他只是欣然接受在大自然中死亡的事實？

林裡突然傳來聲響！我們四人不約而同起身。然後我看到一個衣衫襤褸的原住民老者，正順著小徑，手拄枯木枝，往我們這兒走來。

「波索？」泰森不待老者走近，便開口喊道。

老者聞言，好奇地打量我們，面露笑容。然後泰森與高沙輪流用山地話與老者交談，談話內容無從得知，我與庭皞只能摸不著頭緒地望著他們。

老者有著一張很滄桑的臉，那臉上的皺紋比我往昔所看到的老原住民肖像還要深刻，他五官輪廓很深，雙眼皮刀劃過似地，使得他的眼睛看起來格外深陷。鼻子很挺，鼻翼略薄，嘴角兩條法令紋深而長，他的唇薄而內縮，乍看之下，只一條縫，像是張沒唇的嘴。

「進來坐吧！」老者突然對我和庭皞招手用國語喊道。

我有點訝異他竟會說國語，想這幾十年來，他的生活應該未與外界全然隔絕。我約略點頭，回應他的招呼，然後我們一行人走進那間木屋。

入屋後，波索不急不緩地將前後屋的四扇窗打開，原本幽暗的屋內頓時亮了起來。我好奇掃視屋內擺設，中央有個地灶，大門左側靠牆處有張木床，沿牆置放很多藤製農具，有些吊著有些堆在牆角；小木桌置放在地灶旁，右側牆上掛著一副弓箭並一把番刀，由外觀看來，應是使用好長一段時間了。內面牆上有一吊式棚架，其上放著米糧與餐盤和一些雜物；前後壁的小窗很特別，有著很傳統的原住民建築風味，那窗是以藤，套在邊柱上為樞紐，上下開闔的。

波索拿了幾個木製碗為我們盛茶，然後便與我們圍著小木桌席地而坐。

「我這屋很久沒客人來囉！」波索慈善笑說。

「沒想到你會講國語。」我說。

「國語在台灣脫離日本統治後的那幾年就會講了。」波索喫一口茶繼續說道：「我曾在平地工作好幾年，後來發現自己還是離不開山林，所以才又回到這裡。」

「我猜你平常一定講不到幾句話吧！」

「是沒跟人講話，但卻常常自言自語，或者對花草講話。花草也都是有靈性的，它們比我們想像中更有生命力。」他望了我一眼，「在我們原住民傳統裡，我們更重視大自然的花草樹木，甚至在我們起源傳說中，祖先還是由石頭或樹木中誕生的。」

「怎不想搬到部落跟大家一起住？」高沙好奇問道。

波索搖頭笑答：「我習慣自己一個人。在你們還沒搬到這兒之前，我就在這住好長一段時間了，這兒是我小時候的生長地。而且……」他略微頓了一下，「這邊有我想陪伴的人。」

「誰？」

「一個已死去很久的朋友。」

波索說起話來，不急不緩，有著老者的成熟穩重卻又帶點憨厚質樸的味道。他習慣性邊講話邊點頭，口齒尚稱清晰，濃厚的山地腔調讓人感到親切，而他的身子看來也硬朗，看他的舉止，聽他的耳語，會讓人不自覺喜愛上這位老者。

「我們這次來是想跟你打探一件事。」高沙將話題切入正題。

波索抬頭望著高沙示意他繼續講下去。

「七十年前，我們這山區發生一起原住民抗日事件，死了很多人，這事你應該很清楚吧！」

「霧社事件。」波索仰首若有所思，眼神頓時彷若陷入迷惘。

「沒錯！是霧社事件。」泰森繼續說道：「那時你應該還很年輕。」

「那年我十八歲。」

「你有參與抗日嗎？」

像高沙這種習慣性筆錄式問話，真讓人覺得有點哭笑不得；波索靜默輕笑，眼神依舊深邃迷茫，然後點頭。

「你還記得當時的情況？」

「一輩子也忘不了。」

「這件事後來被日本人鎮壓住，抗日領袖莫那魯道也被逼迫得自殺身亡；但據我們所知，在當時，我們原住民似乎出現了一個……」高沙似乎在想一個適當形容詞。

「像鬼的怪物。」庭皞幫他接口。

「對，沒錯！一個像鬼一樣的怪物，他殺死很多日本人。這事你有印象嗎？」高沙問。

室內氣氛突然間陷入一陣靜默，波索聽完高沙問話，低頭沉默好久，我看到一滴眼淚自他眼角滑落。

「Mabuta……」長時間等待後，一句山地話自波索嘴巴輕聲吐出。

「Mabuta？」高沙複誦他的話，那語音聽來像是「馬布達」。

「這是什麼意思？」庭皞望向高沙問道。

「馬布達，一個人名。」

「有什麼特別意思嗎？」

高沙望了一下庭皞又望一下波索，見波索仍是不語，於是繼續說道：「那是我們泰雅族發祥傳說中的一個神祇名。」

「發祥傳說？是那個「裂石生人」的發祥傳說嗎？」庭皞面露疑惑。

「沒錯！我們泰雅族有個傳說……」高沙思考後繼續說道：「傳說是這樣的，太古初期，中央山脈的合歡山與雪山山脈的白狗大山之間，有一大片翠綠谿谷，山谷深處小臺地西貝傑（Sibajan）依偎北港溪支流布布爾溪，在海拔一千公尺上下的溪畔叢林，矗立著一塊灰褐色巨岩，高度約五公尺，寬約八公尺。有一天，巨石在一聲轟隆巨響中裂開，裂縫中躍出兩男神『Mabuta』、『Mayun』，和一女神『Hakurusubo』。晚生的『Mayun』要求另二位為他洗浴，因為遲遲未獲回應而說出人將難逃病老痛苦的重話，並認為塵世不值留戀，隨即回身鑽進巨石裂縫中，迅速消失無蹤。另二位正要阻止卻已來不及，從此森林荒野中，就留下一對男女存活於世上，這便是我們泰雅族祖先傳說的由來。」

「那是他的名字。」波索突然開口。

「什麼？」高沙追問。

「你們說的那怪物……」波索略頓一下，「Mabuta就是他在世時的名字。日本人當時還給他取了另一個名字……」

波索又啜了一口茶，然後神情黯然地說道：「鬼番。」

不知怎地，雖然波索只是輕聲說道，但鬼番兩字一出仍在我心中帶著一股詭異般的衝擊！同時我也為鬼番生前的事蹟感到好奇，禁不住好奇心作祟，於是開口問道：「可以跟我們談談鬼番生前事蹟與霧社事件當時情況嗎？」

「馬布達……」波索為自己點了一根菸，「他才不是什麼怪物。他是一個為維護民族尊嚴而戰的英雄，甚至連死了都在捍衛自己同胞的領土。」

「馬布達從小就與母親過著離群索居生活，他的身世在當時原住民社會中算是較特別的，原因在於他是異族通婚下所生的小孩。」

「異族通婚？」庭皞好奇複誦。

「沒錯！馬布達的父親是泰雅族人，母親卻是布農族人，這在傳統原住民婚姻制度下是不被允許的，所以他們才會遠離部落居住。」

「據說馬布達從小就很聰明、勇敢，不到十歲就靠一人之力獵捕到大山豬；他的箭法奇準，這技能在他小時候就很出色了。他與母親雖然過著離群索居的生活，但他卻經常往山下跑，因此跟我們部落的人都很熟。原本其他小孩知道他身世都很排斥他，不過他就是有種異於常人的能耐，再加上他特有的領袖氣質，很快地他便與大夥打成一片。像是莫那魯道的兩個兒子，巴沙毆與塔達毆跟他都是年齡相近的好友。」

「馬布達的父親死得早，從小就跟他母親相依為命長大成人，所以跟母親感情很好。」

「他父親為什麼那麼早就去世了？」高沙插口問道。

「他父親應該是被害死的吧……」波索意味深長地繼續說道：「你們知道布農族的巫術吧！」

「知道一些，不過我們原住民不管哪一族，多少都有信仰一些巫術，不是嗎？」

「但是就我所知，」庭皞突然接口，「布農族的巫術，令人懼畏的程度是在先住民各族群中最是靈驗而法力無邊的。傳說不僅你們北方泰雅族人害怕，就連南邊鄒族也敬畏三分。」

波索聽著庭皞的說話，不住點頭。

「那依你的意思……」高沙望向波索，「馬布達的父親是被巫術害死的？」

「他父親死於一場怪異疾病，咳……咳……」波索輕咳幾聲，「據大家傳聞，都說是被布農族的巫師用黑巫術害死的，但真實情況沒人知道，一切都只在揣測中。」
「如果真的是，那未免也太可憐，為了跟自己心愛的人在一起，就被咒詛至死。」
「其實最主要的原因該是出在他母親『拉瑪』身上。」
「怎麼講？」
「拉瑪在他們族裡的身分特殊，她是頭目的女兒。還有，拉瑪是個奇特女子，她是個天生的『夢巫』。」
「夢巫？」
「夢巫你們知道嗎？」波索又吞吐一口煙。
「嗯，大概知道一些。」庭皞回答：「就我所知，布農族施行巫術的巫師有兩類：一為歷代相傳由老巫師（即『師巫』）傳授者；一為由神靈於夢中傳授者，稱為『夢巫』；但是在使用的法具與法力的深廣來說，前者遠優於後者。而且一般來說，男巫師也較女巫師為多。」
「說的沒錯！不過拉瑪她不只是夢巫，她同時也是老巫師群的傳授者。在巫術上的長才，從小就很靈驗，甚至還聽聞神靈曾在夢中傳授她一些失傳秘巫咒術，因此她在族中身分地位更是崇高。而且頭目很自豪這樣的女兒，所以當他發現拉瑪竟愛上一個外族男人甚至還跟那男人私奔，你們就可以想像那頭目有多生氣了。」
「所以就用黑巫術來置他於死地？」高沙一副難以置信的表情。
「布農族的黑巫術只要有人的毛髮衣物乃至於曾踏過的足跡就可施法，這是拉瑪告訴我的。她還說，厲害的巫師只要有一顆巫石、五種法草、再加上一隻蜈蚣，便可施法讓敵人染病死亡。」

「……」

「原來你曾見過拉瑪。」我微笑著，「這樣說來，你跟馬布達應該也是很熟了？」

「何止熟而已，我簡直就是他的小跟班。他教我打獵、設陷阱和箭法等等，我在他身上學到太多東西了，他是我從小就崇拜的一個勇士，一個真正的原住民勇士。」緬懷過往似乎讓波索感傷，他舉手抵著嘴角，突然陷入一陣沉默之中。

我們四人靜默地等待著波索的再度發言，我想我們是需要給他一點時間來調整一下自己的思緒。鬼番又再度出來殺人了，這事他知道嗎？我不禁想起這個問題。

「霧社事件對我們泰雅族人的傷害實在太大了……」波索突然打破沉默感慨地說道，「你們知道為什麼我們要反抗日本人嗎？」他望向庭皞。

庭皞發愣一下，略思後才說道：「我想最主要的原因應該是山地資源被日本人掠奪吧！」

「台灣早期的原住民沒有土地所有權觀念，他們採用游耕，打獵時又跟著獵物跑，所以重視的是土地使用權。而日本是個現代體制國家，認為台灣歸屬日本，人民就要變成日本人，土地也是日本的，土地資源如果認定不是私人所有，就要成為公有。這樣一來，對原住民生活空間、經濟的領域就是一種掠奪。總而言之，日本對山林資源的開發，使原住民獵場大量減少。」

「另外，日本殖民政府與部落社會產生了很多嚴重衝突；日本派很多警察駐在山地，警察的權威超越了原來部落的領袖，對原住民部落也造成很大衝擊。」庭皞說完，回望波索。

「不對，還不止這些。」高沙接口：「其實原住民的抗日意識是由來已久的，一九一〇年時，就有幾個部社想伺機反抗日本，只是尚未行動就被察覺而有五十多人遭到捕殺；以後陸續也有小規模抗日活動，但卻都被日本強壓制下來。」

「就拿一九二四年來講，就有幾件事引起泰雅族人想要抗日。當年日本人為了要將霧社建設為示範部落，就利用原住民從事各種建設工作，勞役工作未能配合原住民種植小米或打獵的時間，原住民經濟活動因而受到妨礙，但日本人卻又刻意付給原住民偏低工資。一九三〇年霧社事件之前，平地漢人一天的工資是六十錢，原住民則是四十錢，霧社的原住民只有二十到三十錢。你說，叫人如何能忍受？這根本就是差別待遇！」高沙說得有點激動。

「不僅如此，而且日本人還故意到和日本人敵意很深的馬赫坡社後山『西仔希克』去採伐建築用材，『西仔希克』是馬赫坡社的狩獵地，也是我們霧社放群祖先發源的聖地。」泰森配合高沙的話冷淡地說著。

「沒錯！其實這件事對馬赫坡社的打擊很大，使他們對日本人產生仇恨心理。日本人在分配工作時，依照和日本人的合作程度來分配不同工作，例如讓最親日的陶渣社去做簡單的整地工作，叫巴蘭社採砂石，卻叫和日本對立最烈的荷哥及馬赫波社去砍樹，並且要求他們把砍下的樹扛回來以免損壞樹枝，原住民不習慣用扛而常常用拖的，因此就常挨打罵，他們對日本人的仇恨因而更深。」

對於他們所說的內容，有些我曾聽聞，但有些細節卻還是第一次聽到，現在我終於比較能理解為什麼當年這些原住民會懷有那種「寧為玉碎；不為瓦全」的抗日決心！話題一聊開似乎就止不住，庭皞接著說道：

「另外，就我所知，除了你們所說的這些不合理待遇之外，原住民婦女和日本人之間其實也發生一些問題。日本人在統治台灣的五十年當中，很少和台灣人結婚，不過，日本政府卻鼓勵駐在山地的日本警察和原住民領袖的女兒結婚，這樣，可以讓日本警察安心住在山地，同時，和原住民領袖結成姻親，可以加強對原住民的控制。」

「但是，日本警察對原住民婦女常常有始亂終棄的情形，」庭皞話還未說完，高沙便忍不住插嘴，氣憤說著：「像莫那魯道的妹妹特娃斯魯道嫁給日本警察近藤儀三郎，後來近藤被調往花蓮，最後竟然失蹤，特娃斯魯道只好再回到霧社，莫那魯道因此深恨日本人。還有泰雅族婦女被騙往日本淪為娼妓的事情發生，這也造成我們原住民不滿。有一位巡查吉村克己曾玩弄多位原住民婦女，還冒犯馬赫坡婦女，更是加深了莫那魯道的仇恨。」

「看來，你們都很清楚。」波索微瞇眼說道，「那麼你們知道霧社事件的導火線是什麼嗎？」

「依歷史文獻的記錄，」庭皞說道：「一九三〇年十月初，馬赫坡社正舉行婚禮，殺豬宰羊設宴歡飲，日本人吉村克己路過時，莫那魯道長子塔達歐．莫那招呼他飲酒，吉村卻以塔達歐滿手獸血而將酒杯打掉，雙方因而發生鬥毆。事後莫那魯道曾前往駐在所向吉村賠禮，吉村不肯接受，雙方對立的情況又加深。再加上我們剛剛所提到的種種長愁短恨，最後終於促使霧社的泰雅族人決定起義。」

「歷史文獻記錄……」波索苦笑著，「你們知道這樣一場抗爭，犧牲多少人命？你們的歷史課本記下了幾個人名？知道多少抗爭的實況？」

「我告訴你們……」波索環視我們四人，「不是當事人，你們永遠也不會了解的。」

波索的話，讓我們都心虛地止住嘴，彼此對望幾眼，氣氛陡然變得有點尷尬。

「就是因為不了解，所以我們才想來請教你。」飲一口茶後，我突然聽到自己的聲音，「你願意跟我們談談霧社事件當時的情況嗎？還有，其實我們最想了解的是，馬布達在這事件中扮演什麼樣的角色？而他是如何從馬布達變成日本人口中的鬼番？最後，日本人是如何降服他的？」

波索又點了一根菸，靜靜吞吐幾口，直是不語。波索突來的沉默，讓事情變得有點棘手，我心裡頭不禁想著，或許他不想再撩這過往的傷疤了。

我望了望泰森，見他神情有點不耐煩地也點起了一根菸；然後我又望了一下高沙，他卻只是瞪大著眼，對我聳肩，別過頭去；而庭皞正看著波索，老實說，我實在無從揣測她此刻心裡頭到底是在想些什麼？

就這樣，時間在靜默中流逝……

也不知過了多久，我想大概有十來分鐘吧，就在我也忍不住拿出香菸叼在嘴上，準備點上火時，波索突然開口緩緩說道：

這事件要說的話……

就得從那一年的十月二十六日晚上說起……

13

歷史是一面鏡子，望著它，你便會發現自己。千萬別背對歷史，因為它是一種輪迴的顯象，錯過對它的省思，你便墮入了輪迴！

——一九九九．六．十二——

夜晚冷風颼颼，林裡陰暗幽深，今晚的馬赫坡社人群騷動，我尾隨馬布達輕躡穿過人群進入頭目莫那．魯道家中。

「馬布達來了。」莫那次子巴沙歐興奮喊道。

「來得正好，現在六社頭目都到齊，就缺你這智多星來出出主意了。」莫那的長子塔達歐迅速迎上馬布達。

「這是怎麼回事？什麼事這麼重要？還特地叫波索去找我？」馬布達環顧屋內的人，然後將目光停留在一個身材矮小壯碩的中年人身上，「比荷頭目，你也來了。」

「當然得來，要殺日本人怎少得了我。」比荷臉頰上的鬍渣有些泛白，言談中有一股灑脫風采。

「殺日本人？」

「沒錯！」塔達歐快速接口，「我們兄弟跟父親討論過了，決定接受你之前的提議，我們要起義，殺日本人殺他個措手不及！」

「這事有確定嗎？」馬布達望向居中而坐的長者，莫那·魯道。

莫那身著一襲普通的麻布長衣，胸前斜掛一條方布，眉目頗為慈善，端坐在地面上點頭。

「那你們決定怎麼做？」馬布達轉頭望向塔達歐。

「還在討論。」

「依我看，只有六社起義，人數還不夠，男男女女加起來也不過才一千多人。」

「這沒辦法，其他五社畏懼日本槍炮，只敢觀望，不敢參與起義。」巴沙歐說道。

「這事也沒辦法強求，一旦跟日本人翻臉，就得有犧牲準備，畢竟日本人的武力與可調派的人力都強過我們太多。」馬布達繼續說道：「有決定起義的日子了嗎？」

「我們剛剛討論一下，一致認為明天是起義的好日子。」塔達歐接口，「明天是日本『台灣總督府』政府為紀念北白川宮能久親王斃命於台，而舉行『台灣神社祭』的日子，依照慣例我們將在神社祭裡舉辦聯合運動會，到時候日本人將聚集在運動場上，正適合我們一股作氣將他們圍剿殺盡！」

「不過現在問題在於武力，我們沒有足夠槍械來圍殺日本人，日本人幾乎沒收了我們所有槍枝。」莫那·魯道接口略帶憂色。

「槍枝問題不難解決，關於起義的事，我私底下已推敲過好幾次了，」馬布達頓了一下繼續說道：「槍枝只要向日本人拿就行了。」

「怎麼拿？」比荷昂聲大剌剌問著。

「明日清晨趁著日本人尚在酣睡之際，我們分批襲擊在霧社這兒的十三個警察駐在所，殺光警察並奪取槍械，這樣一來，起義所需的基本槍炮就有了。」

馬布達說完，在場的人不住點頭稱是；接著，馬布達又與六社頭目商討一陣子關於明日人力部署與突擊問題，並公推莫那．魯道為此次起義的領導者，直至計畫大致底定才結束這一晚的討論。我站在馬布達身後聽他分析，對明日清晨的突襲不禁興起一陣興奮之情。

「對了，我們自己必須要有先見之明……」討論完後，馬布達突然發言補充道：「這次的突襲只是起義的開始，就算我們殺光駐山的日本人，也不代表我們就奪回了自己的土地與自由。緊接下來，日本人的反擊才是決定我們這次起義成功與否的重點，我們自己要有心理準備才好。」

「為了民族的尊嚴……」莫那緩口說著，然後高舉拳頭呼號道：「我們要誓死保衛家園。」

「沒錯！誓死保衛家園。」比荷頭目率先響應高呼。

「誓死對抗日本人。」莫那順勢喊出口號。

「誓死對抗日本人。」

「還我民族尊嚴。」

「還我民族尊嚴。」

莫那的呼籲引來一陣熱烈回應，整個屋內屋外人們情緒開始騷動，現場一時間激起一股熱血沸騰的激昂氣氛，連我都不自覺地跟著興奮起來。

隔日晨曦未露時，我們開始展開突襲日本人的行動，其實我跟大部分族人一樣，一整晚都沒睡，我們蓄勢待發就是為等待這一刻的到來。

我與馬布達和塔達毆並另外四名族人，率先出發前往馬赫坡社警察駐所，這是起義的第一次突襲，此次行動的成功與否，關係重大。若一舉成功，那便是起義的好預兆，可藉此戰功鼓舞更多族人響應；如若失敗，那這次的起義便可能隨即夭折。

我們各攜帶一把番刀繫在身後，到了駐所後，四名族人在馬布達指揮下隨即隱身屋旁，然後由馬布達與我尾隨塔達毆依計去敲駐所的門。

塔達毆急促地敲了一陣子門，不久一位帶著睡意的日本警察不耐煩地前來應門。「幹什麼？」他口操日本話不滿地吼道，「這麼吵？」

「我父親生病了，」塔達毆面露擔憂回以日語講著，「你們可不可提供我們一些藥品？他真的病得很嚴重，再不治療不行。」

那日本警察緊皺著眉，瞧著塔達毆思索，也許是知道塔達毆乃莫那頭目之子的緣故，略頓一下後，開口說道：「拿了快點走，一大清早就來吵！」

我們隨他入屋，屋內有些陰暗，但擺設仍可看得清楚，我默默跟在馬布達身後不敢作聲。眼睛直盯那日本人的一舉一動，只見他走至入門後左側的一個櫃子，然後邊開櫃子邊開口問道：「他是哪裡不舒服，需要什麼……」

馬布達的動作快得讓我吃驚，不待那警察講完話，便見他一聲不響快速抽出番刀，從那警察身後，一手摀嘴，一抹頸，動作一氣呵成，那人連氣都沒來得及哼一聲便攤在馬布達懷裡了。

眼見那人只在剎那間便一命嗚呼，我的心跳陡然間劇烈地跳動起來；我緊張地看著馬布達鎮定而輕巧地將那人置在地板上，塔達歐迅速走至屋外打暗號，招呼另外四名族人入屋。然後我們七人便躡足穿過辦事室，走至駐所內的走道，逐一打開走道兩側臥房門。

就這樣，我們在幾乎沒有任何驚呼聲中，無聲息地殺死五名仍在酣眠的駐警與其眷屬，並打開槍械室奪取了我們此次起義中的第一批彈藥。

突襲的成功與順遂讓我感到興奮！第一次殺人，而且對象是日本人，並沒有讓我手軟，相反地，我感受到一股極大快感；我們忍受了這麼久的憤恨與不滿，終於得在今晨宣洩、爆發，怎不大快人心！

解決馬赫坡警察駐所後，我們提搬彈藥快速取道回荷歌社與族人會合。

荷歌社已聚集一群族人等待我們歸來，看到我們搬著彈藥回來，比荷頭目率先歡呼，緊接著全場洋溢一股雀躍氣氛。莫那頭目把握此一良機，向霧社地區的泰雅族部落，宣告霧社群泰雅族人，反暴虐的統治聖戰已經開打。

這第一波的襲擊告捷，無異是這次起義的催化劑，經莫那頭目一個高呼，終於使抗日志士群起響應，許多原本還憂心忡忡的長者，也都義不容辭地加入抗日陣容。

馬布達迎著現場高昂勢氣，一個起落躍上一塊大石，高聲喊道：「各位，請注意聽我說……」現場聲音逐漸緩和下來後，他繼續說道：「這次的起義將會是一場艱辛的聖戰，但只要我們全體團結一致，並抱著必死決心，再加上我們謹密的計劃，最後勝利一定會是屬於我們的。」

馬布達說完，現場又是一陣歡呼！

「首先，我們得依計行事，才能一舉殲滅在霧社地區的所有日本人。時機很重要，時間掌握也很重要，各隊的配合更是重要。」馬布達環顧眾人，接著說：「我們人數並不多，六社族人加起來不過千人，而壯丁不過三百多人，因此，所有族人，不分男女老少，都得加入這場戰役，而且要聽從調配。計劃是這樣的，第一件我們要做的事，便是切斷電話線封鎖日本人對外的連絡，並阻斷任何日人對外的交通路線。我們得組成各小隊，突襲每個日本人在霧社山區的據點，包括警察駐所、分室與其宿舍，殺死日本人，切斷電話線，還有一點很重要的，就是奪取槍械。解決所有日警後，所有人便可趕回運動場上，以日本國歌響起為暗號，群起圍殺參加典禮的所有日本人。現在我們開始分配小組成員，記得，凡是日本人，一個也別放過！」

馬布達的話語有著一種堅定信念，無形之中給予聽者一股莫大鼓舞，處於當下，我甚至還強烈認為，此次戰役，我們一定能獲得最後勝利！

各小組很快地便在各社頭目分派下底定，緊接著，小組分路前往各警察駐所與分室進行突襲；我依舊跟隨著馬布達與塔達歐和一群壯年族人前往運動場後山埋伏！

清晨六點多，通往運動場的小徑上陸續出現日本人身影，我們靜伏在遠處看著那三三兩兩談天說笑的日本男女走過，不動聲息。

各處駐所的突襲行動陸續傳來捷報，莫那頭目也在完成一處突襲後，佯裝無事發生地與眾頭目進入運動會場參與盛典。

近七點時分，運動場上已聚集了一大批參與神社祭的人，包括日人與族人，場面頗為盛大。我伏在後山觀望場上動靜，一位中年日本人身著軍服，在司令台前指揮，隊伍行列逐漸歸於整齊，場面慢慢歸於安靜，他對著人群說了些話後便轉身面向司令台，緊接著，司令台邊一名日本司儀，開始高呼典禮程序。

緊張的氣氛正在凝聚，對我而言，這是一次很特別的等待，我的手心正在冒冷汗，我檢視著槍身，想確認槍枝狀況良好。馬布達與塔達毆比肩耳語，時而輕笑，我實在很佩服他們的沉著，有出草經驗的他們，顯然對殺人一事不以為意。

來了，七點十分，日本國歌準時響起，馬布達與塔達毆率先躍出叢林，緊接著一大堆族人從運動場的四面八方湧出，「殺啊！殺啊！」的呼吼聲與一連串槍聲頓時間響徹整座山林，我的心跳隨著我的步伐急劇起伏。

像是瘋了一樣，我確定我從來沒有這樣專注，也從來沒有類似這樣瘋狂而泯滅人性的感覺過，我搜尋著日本人身影，凡是身著日本服飾的人，不分男女老少，見著就開槍。槍聲在場上震天價響，我與一大群族人死命地在場內穿梭，逢日本人就殺。血一再飛濺，哀嚎聲一再呼號。看到日本人一臉驚慌，不明所以的表情，便讓我感到興奮。從他們一張張恐慌的面容與一具具倒下的屍體裡，我也彷彿看到了我們此次起義的功成。

不久，運動場內的槍聲與哀嚎聲逐漸地沉默了下來。我大口喘氣，立在原處環顧四周，運動場上除百多名執槍族人外，整個地面血跡斑斑，日本人的屍體橫、斜、仰、臥，有一處沒一處地遍布會場四周。我舉手輕拭自己額上汗水，發現手臂不知何時已沾滿血跡，我下意識摩擦衣服想要藉此拭去血跡，沒想到，衣服上所渲染的血紅更是讓人觸目驚心！

「嗚……」會場中央突然傳來一聲嗚嗚，緊接著我看到馬布達在場內奔跑起來，他高舉雙手，高聲歡呼，塔達毆尾隨其後，也跟著以歡呼宣示此次突襲成功。陸續地，很多族人開始加入奔跑行列，我也隨著現場氣氛奔動起雙腳，呼號起來。族人的臉上在一大片血紅中洋溢著前所未有的歡愉，很多年長族人，甚至喜極而泣地哽咽了起來。

勝利！這是我們對抗日本人首次的勝利！也不知是誰起的始，我們開始唱起泰雅族戰歌，以歌誦我們此次戰功。

在突襲後的人數清點中，我們確定了這次日人的死亡人數，我們將日人屍體全部集中在運動場中，一具堆疊著一具，整個場面非常血腥殘酷，而空氣中彷彿還不時飄散一陣陣血的氣味，讓人看久了，都不禁有點膽寒！此役抗暴，連能高郡守小乏原敬太郎等官員在內，我們共殺死了一百三十四名日本人，不分男女老少，只要是日本人，幾乎無一倖免！但很遺憾的是，我們也誤殺了兩名著日服的漢人。

戰爭是殘酷也是現實的，這是戰爭給我最大的感受！一次戰役的成功，並不代表戰爭的勝利。我們歡愉的日子並不長，突襲後不及兩日，起義事件震驚了全台，霧社山區開始陸續進駐一大批日本警察、軍伕，後來更出現了武裝軍隊。

十月二十九號清晨，一名探哨族人，慌亂奔至莫那頭目家中，大聲嚷著：「不好了，日本人出動大批人馬進駐霧社山區了。」

「來了嗎？沒想到日本人動作這麼快！」莫那頭目略帶憂色說著。

「來多少就殺多少？沒什麼好怕的。」巴沙歐鎮定說道。

「戰是一定要打，不過我們的人手還是不足。」馬布達喝口茶後，坐著接口說道：「比荷頭目去巴蘭社勸誘的結果不知如何？如果他們能加入抗日陣容就更好了。」

「我看很難，族人潛意識裡，其實還是很畏懼日本人。」莫那蹙眉說著，神情間好像在思索什麼。

「不敢打我們就自己打，這次突襲還不是靠我們自己的力量成功的。」巴沙歐氣憤地說。

「胡來！你以為打仗那麼容易？只要不怕死就可以贏了？」莫那昂聲斥責，「日本人有那麼容易對付嗎？你忘了十五前我們是如何屈服於日本初來時的強力鎮壓了？全台都歸日本人管，為什麼沒人敢反抗？他們都是笨蛋？他們都貪生怕死嗎？沒有足夠的人力與武力我們根本就無法與日本人對抗！」

對話間，塔達歐突然慌張地闖進屋內，「事情不好了。」他喘著氣，環視我們。

「台中警察隊從東勢群大甲溪那邊越嶺奪回三角峰駐在所了。」

「什麼？」馬布達吃驚喊道，「那邊不是有人駐守嗎？」

「沒辦法，他們人太多了，而且火力比我們強大，我們根本不堪一擊！」

「這樣子事情就麻煩了。」馬布達輕咬手指思索著，「如此一來，道澤群與土魯閣群族人就被阻隔，要勸誘他們加入抗日恐怕更是渺茫了。」

「那怎麼辦？」巴沙歐問。

「現在除了對抗日本人之外，我們還是得積極力邀其他各族響應抗日行動，不然，以我們現在的人數……」馬布達突然靜默下來。

馬布達即使不明說，我們心下也明白，於是整個屋內頓時陷入一陣沉默！

「對了，比荷頭目去巴蘭社有消息嗎？」馬布達抬頭望向塔達歐。

塔達歐輕搖著頭，「看來是沒有結果了。他們不點頭也不拒絕，只說得再看看。比荷頭目正氣著呢。」

「現在只能隨機應變了。」莫那頭目站起來，「準備去分配人力，部署一下陣地，我看這幾日待日軍整頓完畢後，就會大舉攻山了。」

日軍的行動力果然驚人，接下來的兩日，日本人陸續由台灣各地調來一大批人馬。除日本軍警進駐外，同時還徵調了一千五百多名台島漢民、平埔族人和泰雅族民充任官役人伕，從事道路的開闢與修補、架設電話、修築警備橋樑、興建埔里梅仔腳飛機場，最重要的是搬運武器彈藥和後勤物資；而最讓人感到痛心的是很多泰雅族民更是被迫投入「以夷制夷」的戰役中。

隨著日本人的挺進，抗日六部落族人退回部落後，分成二線，塔洛灣戰線由荷歌社頭目比荷率領，馬赫坡戰線由莫那頭目率領，打算以犄角之勢分散日軍兵力，並相互緊急協助。

三十一日，戰火開始在霧社山區蔓延，我方與日軍展開了起義以來第一次全面大對決。

「快點！派幾個人手到塔洛灣社支援，那邊快被日本人攻克了。」塔達歐在戰火中吼著。

「你帶十個人過去。」莫那頭目大聲回應，「再多就不行了，我們這邊也已岌岌可危，日本人在山下部署大炮對山猛轟，我們已經死傷慘……」

一聲巨大爆破聲阻斷莫那頭目的話，一時間現場塵土飛揚，馬布達二話不說，輕拍一下我的肩，並招呼幾名壯丁，迎著塵煙往前竄去，我揮動手臂強睜著眼在漫天飛揚的飛煙中緊緊尾隨馬布達奔跑。

大炮威力著實嚇人，這種強大武力，對我們族人而言，是前所未見的。它不僅炸傷我們身軀，也轟垮不少林木。馬布達在林中一再穿越，前行的步伐逐漸拉近我們與日本人的距離。

奔跑一陣子後，馬布達伏於一叢木後，並示意我與一族人至左手邊分散埋伏。日本人的軍警部隊正在往山上推進，很顯然地，日人取用的策略是先炮轟後強行佔領。

馬布達伸著食指在嘴前示意我們別動聲色，我們居高臨下，望著山下動靜，不久一列排開的日本軍警便出現在我們眼前，他們沿著斜坡碎步往山上挺進，待進入我們射程範圍後，馬布達立即命令我們開槍射擊！

一連串槍聲換來幾具倒下的日本人，突襲成功讓日軍吃驚，他們急速找掩蔽物，並不時對著我們的方向胡亂開槍。

「戰場形勢對我們有利，我們居高臨下視野好，」馬布達不知何時已竄到我身後大聲對族人吼道：「而且這是我們的地盤，我們對這兒瞭若指掌，雖然我們人少，但應該可以抵制一陣子。記得移動位置射擊，別讓他們知道我們有多少人守在這裡。」

我們使用的策略顯然奏效了！日軍的攻堅部隊被我們攔截在半山腰上，遲遲不敢前行。某方面來講，我覺得這些日軍是以抗暴心態來面對此事，所以不似面對戰爭時那般不畏死。

後來日軍陣營開始以機關槍對我們瘋狂掃射，槍林彈雨中，我倚著樹幹不敢略動分毫。馬布達匍伏於地，回以零星反擊，並招手示意我們緩退。

戰場上，日軍人數有多少無從得知，但光是日軍使用的武器就讓很多人心生畏懼。這是一場艱困戰爭，對於被困守在山區的我們而言，感覺尤其深刻。

退回馬赫坡駐守地後，各地陸續傳來戰況失利的戰情，讓在戰場上的我們心裡頭逐漸襲上一層又一層陰影。

「日軍攻上來了。」馬布達退回駐地後，馬上回報莫那頭目戰況。

「我們一定要守住這裡，不然整個士氣會蕩然無存。」莫那在戰火中大聲吼著。

「嗯。」馬布達點頭輕應，隨即奔至巴沙歐身旁，對他說道：「帶幾個人手過去，叫那些擋不住日軍攻擊的部落先退到溪谷去。」

「溪谷？那些溪谷？」

「馬赫坡和塔羅灣兩溪谷，那兒的懸崖絕壁才是有利於我們以少克多的有利戰場。」

「嗯。」巴沙歐會意後隨即動身離去。

日軍的彈藥似乎綿延不絕，他們恃著強大火力，猛烈朝我們的駐守地攻擊！槍聲一再響徹整座山區，我望著現場激烈爭戰，越來越感覺吃力。周圍族人多數掛彩，更有些不知何時已靜伏著一動也不動，至於那些血肉模糊者，我已不知如何形容自己當下內心的感受了。

抗日不到兩日光景，整個起義六部落駐地幾乎就都被日軍佔領，最後的反抗主力均退守到馬赫坡，拼死做著頑抗反擊。兵敗如山倒的戰況讓人憂心，有些婦人攜著子女為了讓丈夫了無牽掛抗日，竟開始以上吊自殺的方式來響應抗日決心。

十一月二日，在日軍強壓入境後，馬赫坡也終告失守，所有的抗日原住民於是全部轉移到溪谷，利用懸崖峭壁的有力地形與日本人繼續戰力懸殊的對決。

十一月五日，日軍台南大隊在馬赫坡社東南方高地附近遭到我們埋伏，這是我們正式抗日以來，難得的一次勝利，我們一共射殺十五名日人，重傷了十一名負傷而逃的日軍。

不過事實證明，日軍受創越重，所使用的手段也就更加激進。這場戰役裡，我們根本毫無時間享受勝戰的歡愉，日軍一波又一波攻勢，就像洪水猛獸，一再地吞蝕我們身心，讓我們連喘口氣的機會也沒有。

日軍仗著精銳科技化武器對我們進行慘無人道的圍剿行動，除了開始命飛機在空中對地進行轟炸外，更脅迫未起義的山胞加入圍剿行列，且一再進行「以夷制夷」的狠毒策略，挑起各族群的仇恨意識，並以提供賞金和槍枝彈藥為條件，威脅利誘道澤、土魯閣、萬大、馬力巴、白狗諸族群，組成「味方蕃」襲擊隊，協助日人軍警部隊。

接下來幾天，除了對抗日軍攻堅外，我們也開始面臨糧食不足問題，在這飢寒交迫中，支持我們努力不懈抗日的力量，或許就只剩下我們誓死抗日的決心了。

我們賽德克泰雅人，堅信祖先是從巨木中誕生的，因此，當面對死亡煎熬時，族人多數都會選擇在巨木下自縊，讓靈魂歸向祖靈境界。為了避免耗掉有限糧食，很多婦女開始攜子集體上吊自縊，那是很悲壯的一頁，我們一方面得對抗日軍，另一方面又得忍受著失去親人的悲慟而表現得無動於衷！

十一月九日以後，在經過日軍持續不斷轟炸下，我們族人死傷慘重，有些抗日志士見大勢已去，但又不甘屈服於日人，遂步上了那些婦女老幼後塵。在我們逐漸退守到馬赫坡岩窟沿途上，不時可看見一具具吊在枝幹上的族人屍體，或男或女，或老或幼，他們以死來維護自己的民族尊嚴！

十一月十日，經由前哨偵察，我們得到一個有利反擊「味方蕃」的機會！味方蕃連日協助日軍圍剿我們這些同族的不肖行徑，實已讓人忍無可忍，他們非但想致我們於死地，而且還以屠殺獵首獻給日軍謀利為榮。

這一日我們躲過敵軍視線，祕密前行至之鷹牧場（今清境農場）附近的哈奔溪（眉溪上游）埋伏。一群味方蕃為數約二三十人，正在溪邊休憩，幾日來奔波的勞累如實地寫在他們疲憊臉上。

「那是道澤群總頭目泰目．瓦利斯沒錯吧！」馬布達在塔達歐耳旁輕聲說著。

「那個？」

「刺額紋，著淺藍胸衣正在我們這邊走的那一個。」

塔達歐盯著那人的身影片刻後答道：「果然是他沒錯！這下子釣到大魚了。」

「怎麼樣，要動手了嗎？」他追問。

「等等……」馬布達手抓塔達歐的手臂靜思著，「還記得我們之前討論過的事嗎？要與日本人作戰，除了槍械外，我們最需要的是什麼？」

「一個奇蹟？」

「具體一點的。」

「更多人力。」塔達毆望著他，忽然間頓悟似地接著說道：「等等……你該不會是想……」

「沒錯！」馬布達點頭。

「我不同意！你現在出去根本就只有死路一條。」塔達毆壓低聲音反對。

「但如果沒死呢？或許我們就得了一個奇蹟，不是嗎？」

「這太荒謬了。」

馬布達盯著塔達毆目光，給他一個微笑，然後便毫不遲疑起身輕躡地沿著草叢隱密前行。我望著他穿出草叢，避著對方的注意，又奔過幾顆大石，不一會兒便接近正在溪邊小解的瓦利斯頭目。他撕下衣服一角，充當降和白布，突然出現在瓦利斯面前，瓦利斯被他突來的舉動，驚得手慌腳亂。

馬布達的現身，很快便引起味方蕃騷動，他們紛紛起身，舉槍對著馬布達。馬布達不以為意笑著，開始對瓦利斯頭目講話。

隔著一段距離，我們只能靜默望著馬布達與瓦利斯交談的身影，但談話內容卻無從得知。瓦利斯初時手持著槍以兇悍目光皺眉瞪著馬布達，而後眉目漸漸舒展，然後連那緊繃的手臂也放鬆下來，最後，隔著草木我還看到他微略點頭。

約略過了十分鐘，馬布達似乎與瓦利斯達成某種協定，我望著他們倆握手言和，心下不禁感動起來。手無寸鐵面對敵人還能這麼從容應對，這需要何等的勇氣啊，如果有個萬一，那下場可是死路一條！想到這兒，我心裡就緊張得快要窒息！

談話結束，馬布達與瓦利斯揮手作別，他轉身往我們的方向走來。看著他，我在心裡臆測他是不是已說服瓦利斯，不然瓦利斯怎有可能讓他這樣從容離開！

馬布達與我們的距離越來越近，突然間，我看到在他身後的瓦利斯竟然出其不意舉起手中的槍，朝馬布達的方向瞬間擊發……

事情發生得實在太快、太突兀！在我還來不及反應時，耳邊已傳來……

「不！」塔達毆幾乎同時間狂吼一聲奔出草叢。

14

未來是個未知數，你永遠不知道在人生旅途抉擇點上，你的選擇是否值得；而你所可以做的事，就是——接受自我選擇，遺忘任何關於後悔的念頭！

——一九九九．七．一六——

「結果呢？」高沙忍不住脫口而出。

波索靜默喫了一口茶，環視我們。

「不會吧！他就這樣死了？」高沙追問。

波索依舊沒有言語，只是很慨然地點頭，憂鬱眼神讓他顯得更為蒼老，同時讓人感受到一股深埋在他內心的陰暗負擔，重得讓人喘不過氣。

矛盾的心緒在我心頭縈繞，對於馬布達的死亡，我竟深深感到遺憾，甚而希望他不要死，或者能死而復活！但一思及死而復活，我便想到鬼番，想到我們此行目的，鬼番，一個現在正橫行林中殺人不眨眼的魔頭。

「馬布達遭到瓦利斯的射殺，當場倒下！」波索緩緩開口繼續說道：「不過瓦利斯與當日在溪邊休息的味方蕃，也隨即遭到我們撲殺，殺得一個不剩。然後塔達歐抱著馬布達痛哭，哀嚎著『天要亡我族、天要亡我族。』；馬布達臨死前望著塔達毆吞血說著：『別哭，我會助你一臂之力的。把我遺體交給我母親，她會知道該怎麼做。』。」

「然後呢？」高沙忍不住再度追問。

「然後……」波索低頭苦笑一下，「然後三天後你們說的鬼番就開始出沒在霧社山區了。」

「但他不是死了嗎？他到底是如何復活的？」

「是他的母親拉瑪施巫術幫他復活的。」波索又吞吐一口煙，繼續說道：「拉瑪曾多次在夢中受到神靈教授多種失傳已久的矮黑族咒術，而在矮黑族的古老巫術中，有一種復仇咒語，這種咒語能喚醒並招引被殺的亡魂回家，而要聚集魂魄歷久不散的方法，就是用咒語將它禁錮在一個強大的能量場中，然後再將這股能量送入屍體口中，如此一來這人的魂魄便會藉由那能量場佔據這人軀體成為新的寄主，並展現一股異於常人的非凡力量，對敵人施以慘烈的報復手段。」

波索的話讓人聽得心裡發毛，我們四人噤著聲一時間竟是不知如何開口說話。

片刻……

「所以拉瑪就用這種復仇咒語將馬布達復活？」泰森打破沉默冷酷問道。

波索輕點頭。

「那馬布達的魂魄是被禁錮在蛇嬰石了？」高沙接著問道。

「沒錯！蛇嬰石是顆紅寶石，紅寶石本身就具足一股神祕能量場，用來施法再適合不過。」

「那拉瑪為何會有蛇嬰石？」

「是馬布達在蛇山找到的。他曾經在一次夢中夢見自己與一隻巨蛇搏鬥，後來殺死了巨蛇，巨蛇死後腹部紅光微現，於是他剖開巨蛇腹部，取出一顆紅寶石，並將那顆紅寶石藏在一處隱密的山洞中。醒來後，他告訴拉瑪關於這個怪異的夢，拉瑪告訴他，那顆紅寶石名叫『蛇嬰石』，是由一名原住民勇士先祖屠殺巨蛇取得的，而他則是那名勇士的再世，只要依循那夢找出山洞便可取回蛇嬰石。」

「這……太不可思議了吧！」高沙緊皺眉，一副難以置信的神情。

其實我也覺得很不可思議，傳說的真實性本來就有待商榷，如今卻出現輪迴轉世之說，一時之間彷彿傳說中的人物跳脫出傳說迷思活躍到現實社會中，這種事讓人怎麼想都覺得很不真實。

思忖片刻我接口問道：「那鬼番出現後，是隨意殺人嗎？」

「什麼意思？」波索面帶困惑望著我。

「就是……隨便殺人，比如說見到人不分青紅皂白就殺。」

「不，他只殺著日本服飾的日本人。」

只殺日本人？那他現在為什麼連同胞都殺？波索的話著實讓我感到疑惑不已。

不待我提出疑惑，高沙便搶著開口：「那鬼番出現後，日本人是如何降服他的？」

波索略為沉吟回道：「日本人根本降服不了鬼番，最後他們不知從哪兒找來的一名台灣道士，竟只用一張符咒，便讓鬼番動彈不得了。」

「這怎麼可能？鬼番動作何其敏捷，別說要貼一張符咒在他頭上是難事，就算要子彈打到他身上都不容易哩！」

「因為那道士要了點小手段，他告訴日本人要貼那符咒，除了馬布達的生母外，其他人決計無法達成。」

「他的生母？」高沙皺眉複誦。

「沒錯！就是他的母親。」波索慨然點菸。

「但這怎麼可能？鬼番不是他母親的傑作嗎？」

波索苦笑不語，吞吐一口煙。庭皞沉思後代為回道：「這很合理，而且這道士絕對不是個簡單人物，能畫出降服咒，還能不費吹灰之力把讓日本人傷透腦筋的鬼番制伏。你想想看，除了鬼番的生母外還有誰能靠近他？」

「事情是這麼說沒錯！不過馬布達的母親拉瑪，既然幫馬布達復活成鬼番，無非就是要抗日，如今為何又要服從日本人命令降服鬼番？」

「恐怕他的母親是受到什麼無法抗拒的脅迫了。」我望了一下高沙，隨即轉頭望向波索，希望他能為我們解惑。眼下除了他之外，似乎也沒有人能解開當年的謎團了。

「唉……」波索未說話就先嘆氣，「這可恨的日本人……」他的情緒突然產生很大波動，眉頭整個皺在一塊，顫動著身子，神情之間顯示他似乎陷入很大的傷痛回憶中。

「日本人太奸滑狡詐了，我們這些從小就生長在山地的原住民，跟他們比較起來未免太過單純，容易欺騙，也太容易挑撥了。你能想像自己族人都可以幫著外族殘殺同胞嗎？」波索說到激動處，淚水不自禁又滑下臉頰，「也許這場戰役，打從一開始就已註定失敗的一方。」

「霧社事件為期四十餘日，十二月初，莫那．魯道見大勢已去，帶領部分族人遁入內山。他的妻子巴幹．瓦利斯在耕作小屋上吊自縊身亡，莫那．魯道則槍殺了兩名孫子，棄屍於耕作小屋，連同妻子的屍體一同放火燃燒。然後獨自進入深奧內山，在大斷崖持槍自盡。」波索不住拭著臉上淚水。

「事件直到十二月八日正式告終，日人為了向塔達歐．莫那為首的最後一批勇士勸降，脅迫他妹妹馬紅．莫那攜酒進入內山岩窟遊說，但志節堅定的塔達歐．莫那不為所誘，與妹訣別並舉行『最後酒宴』後，唱起辭世訣別歌，然後交待後事，兄妹擁別，隨即與其他四名勇士，奔向馬赫坡內山上吊自縊了。」

波索略頓一下，然後突然昂聲吟唱起訣別歌：

哈巴歐．巴滋克（妻名）請妳在黃泉路上把酒釀好！

莫那．塔達歐（長子名）、瓦利斯．塔達歐（次子名）、哈巴歐．巴滋克！你們在黃泉等著，我很快地要去和你們相聚……

波索歌聲有種歷經滄桑的感覺，整個屋內迴盪著他的歌聲，讓人聽了不覺悲從中來。我望著他唱歌的專注神情，內心不禁興起一陣感動，我想我的眼眶定是泛紅了，我看見庭皞頻頻拭淚，連高沙也止不住情緒波動眼眶泛紅。

唱完歌，室內又是一陣靜默！

庭皞打破沉默關心問道：「您還好吧！」

「沒事！」他搖頭，神情落寞地又吸了一口菸。

「那鬼番的母親是怎麼將那符咒貼上的？」泰森突然開口發問，眾人聞聲不約而同望向他。

「怎麼貼上？」波索低頭苦笑，然後緩口說道：「拉瑪生前有個隨身手環，那是由各種鮮豔顏色絲繩交錯編結而成的手環，手環上盡掛滿小鈴鐺，一經晃動便發出清脆響鈴聲，而這響鈴對鬼番而言，有種招喚作用，因為那是他母親最喜歡的首飾。」波索嚥了一下口水，繼續說道：「日本人狡猾地在通往蛇山吊橋前後部署圍堵陷阱，打算將鬼番圍困在橋的其中一端，而拉瑪就是負責引誘鬼番前來的媒介。當然圍堵部署是為預防萬一，實際計畫其實很簡單，就是讓拉瑪招喚鬼番前來，讓後出其不意將符咒貼在他額頭上。」

「就這麼簡單？」高沙又是一副難以置信的表情。

「沒錯！就這麼簡單，因為鬼番萬萬也沒想到他母親會背叛他。」波索意味猶長說著。

「所以鬼番就這麼被降服了？」高沙搖頭，繼續問道：「那降服之後，日本如何處理鬼番？」

「火化，一把火將鬼番給燒了。」波索略仰頭闔著眼。

「你說的手環……」庭皞突然開口，臉色有點發白，「是這個嗎？」她舉起手臂。

「妳怎麼會有這手環？」波索陡然間眼睛睜得老大，急促問道。

「這是在蛇山那棟石板屋床頭上撿到的。」庭皞說。

「你們去過馬布達生前的住家了？」

「嗯。」庭皞點頭。

「那馬布達……」波索一臉欲言又止的樣子。

「馬布達沒被火化對不對？」我冷冷地開口問道。

「你們看到他了？」波索神情十分複雜，似乎憂喜參半，「他還好嗎？」

「他又復活了！」高沙接口。

「什麼？」波索驚呼一聲。

「他橫行於霧社山頭，已經殺死好多族人了。」我搖頭說道。

「這怎麼可能？他只殺日本人的。」

問著。「不，他已經失去理智，見著人就殺，他現在已成了不折不扣的殺人魔。他為什麼沒被火化？」我冷靜

「他……」波索遲疑片刻，「他在火化前被調包了。」

「被誰調的包？」高沙急急問道。

「除了他母親拉瑪之外，還會有誰。」我望了一下高沙。

「這未免也太奇怪了，復活馬布達的是拉瑪，貼符咒的是拉瑪，這回兒連調包的也是拉瑪？這到底是什麼道理？」

「這得問波索。」我望向波索。

「拉瑪是被迫的，當時情勢根本就由不得她不背叛馬布達。」波索眼角持續泛著淚光，「霧社事件日本人討伐起事六部落戰役時，卑劣採用『以夷制夷』手段，脅迫土魯閣群和道澤群的原住民組成『味方蕃』襲擊隊，投入戰事，造成了霧社各族群間的仇怨擴大，但是因為日本政府決定從輕處分霧社事件參與者，因此惹來道澤群不滿，他們誓言要為前任總頭目瓦利斯報仇。」

「瓦利斯？」高沙複誦，「就是那個在溪谷殺死馬布達的瓦利斯？」

「沒錯！」波索點頭。

「不過他也在當時被你們殺了。」我接口望著波索說道。

波索垂頭，靜默輕拭頰上淚水。

「所以日本人就看準這一點，要脅馬布達的母親拉瑪協助降服鬼番，如若她不從，便要放縱味方蕃對六部落餘生者進行復仇行動，這樣對嗎？」

波索抬頭凝視我，然後緩緩點頭。「可是……」他再度哽咽，「那日本人……」他的身子劇烈顫抖，「那日本人根本就不守信用，他們在降服鬼番後，仍然放縱味方蕃襲擊我們六社族人……」波索說到這兒已泣不成聲。

漸漸地我開始憶起這段史事，因為本身對原住民文化的偏好，我曾對台灣原住民文化與歷史做了些研究，在霧社事件的文獻記錄中，我曾看過一張照片，那照片畫面非常悚動驚人。一塊土地上擺滿了一顆顆活生生的人頭，那人頭毛髮俱足，整齊地置放於地，地上則流滿乾涸的血跡。圖下標明，此為第二次霧社事件[1]中被味方蕃砍下的六社餘生者人頭，共計一百零一顆。

想到這兒，我不禁起了一陣寒，那照片畫面彷彿一時之間又重生在我眼前。

「那鬼番到底是如何被調包的？」泰森突然開口冷酷問道。

波索靜靜望著他半晌，然後說道：「那是拉瑪跟那道士私下的承諾，降服鬼番後，得將鬼番遺體交還拉瑪。至於怎麼調包，詳細情況也只有他們倆知道了。」

「對了，」波索若有所思地繼續說道：「你們說鬼番現在正在外面隨便殺人？」

---

[1] 由於霧社事件日人討伐起事之六部落戰役時，日人使用「以夷制夷」策略，脅逼此二部族組成「味方蕃」襲擊隊，投入戰事，造成霧社各族群之間的仇怨擴大，但是因日本政府決定從輕處分霧社事件的參與者，道澤群在前任總頭目被殺的復仇心理以及日警的默許縱容下，乃於四月二十五日清晨時分，道澤群的壯丁組成襲擊隊，分批攻擊霧社事件餘生者居住之西寶、羅多夫二收容所，被殺及自殺者共二百一十六人，達到報仇目的的道澤群襲擊隊員，共砍下一百零一個首級，提回道澤駐在所向日警邀功。此一「保護蕃收容所襲擊事件」被稱作「第二次霧社事件」。

「沒錯！」高沙點頭。

「拉瑪擔心的事終於還是發生了。」波索搖著頭。

「拉瑪曾說過什麼嗎？」我好奇追問。

「拉瑪有預知未來的能力，她曾說過，蛇嬰石是顆積怨之石、不祥之石，它本身的神祕力量會擾亂人的心神將人引導向邪惡。而保留馬布達遺體或許是一項錯誤決定，因為她彷彿可以預見另一場浩劫的重生。」

「那她還保留鬼番遺體幹嘛？」泰森略帶不悅。

「你能了解一個母親的心思嗎？」波索轉首望他，眼神之間充滿憂鬱，「拉瑪背叛了兒子，良心上受著莫大譴責，而保留兒子遺體已是她最後所能做的事了。」

「那她為什麼不先取下蛇嬰石？」泰森反駁。

「因為……不取下蛇嬰石才能永保馬布達的青春容顏。」

說到這兒，我們大夥都不知該說什麼了。

「拉瑪生前每天總會望著沉睡中的馬布達自語，你們永遠也不會了解，她有多愛他自己的兒子。而她繼續將蛇嬰石放在馬布達的口中不願取下，你們說，她有錯嗎？」

有錯嗎？波索的話語仍在我耳邊迴響，於是乎是非對錯變得讓人難以分辨。立場不同，是有可能為非，非也有可能為是，我們能責難誰的不是嗎？一位母親愛子的複雜心情，想到這，我心裡竟覺得無比難過。

「不管怎麼說，」我努力遏止內心的波動說道，「鬼番現在出來殺人是事實。顯然蛇嬰石具有的魔力已擾亂他的心神，或許再加上母親的背叛，他現在也許對人只存在復仇意念。這樣的一個危險人物，不論他生前多麼好，我們都得將他降服，因為他的存在對族人生命已造成莫大威脅了。」

「沒錯！這就是我們來找你的原因。」高沙接口望向波索。

「你們找我我也沒有辦法。」波索搖頭略頓一會兒，突然想起什麼地說道：「不過……」

「不過怎樣？」高沙心急地追問。

「你們或許可以去找當年那個道士。」

「那道士現在人在哪兒？」

「那道士……」波索面有難色，「如果沒記錯的話，應該是住在台南的白河鎮。」

「白河鎮？」高沙疑惑地望向我，「你知道嗎？」

「有聽過，不過不是很有印象，應該是位於台南縣跟嘉義縣交接處吧！我記得那兒有個白河水庫，幾年前曾經走訪過。」

「有確切地址嗎？」高沙轉而問向波索。

「地址沒有，不過你們到了白河鎮，只要找到福顯宮，再問人說嚴鑫師仔住哪？應該就可以找得到他本人了。」

「嚴鑫師仔？」

「嗯，他就住在福顯宮附近。不過我最後一次去那兒已是二十幾年前的事了，他現在到底還住不住那兒我也不能確定。」波索再度點菸，火光燃著菸尾，隨即飄散出一股白煙。

「知道怎麼走嗎？」高沙說。

「如果沒記錯的話，地名應該是叫『木屐寮』，到了那兒你們問人一下就知道了，應該不會很難找才是。」

「可以再請教您一個問題嗎？」庭皞突然發聲，眼神似乎帶了些許迷惘，「您怎麼會想要去找那道士。」

「那是拉瑪生前一次不經意的交待，她說，可以的話最好保持與那道士的連繫。」

「為什麼呢？」

「因為……她說，她總覺得還會再有事情發生。」

「她是不是知道鬼番會再甦醒？」

「不，她不能肯定，但她總是擔心，一直到臨死前，」波索抬頭望著庭皞，「她突然握著我的手說，我會再回來的。」

「會再回來……」庭皞聽完波索的話後，似呢喃般自語著，神情有些怪異，甚而我發現她的臉色變得有些發白。

「還好吧！」我關切問道。

「我沒事。」她刻意擠出一點笑容。

我望了望手上的錶，然後與高沙交目示意。

「打擾很久了，我想我們該走了。」高沙起身對波索行禮。

「嗯。」波索輕應，也跟著起身送我們出門。

臨走前，我又環視一下這木屋，一股悲涼感覺再度襲擊，我發現自己有一股衝動，很想叫波索搬到部落跟族人同住。但一思及，也許這只是自己一廂情願的想法時，我便不再多言了。

走出門口，我們輪番與波索握手，看著波索臉上那滄桑雕痕，不知怎地我就感到難過。

「你執意住在這兒，想陪伴的老朋友就是『他』吧！」我握著他的手，感慨說道。

他揚起手，輕拍兩下我的臂，苦笑著，「慢走啊！」

辭別波索，回到部落已是近午的事了。部落中仍不時傳來哭嚎聲，昨天圍剿鬼番的行動中，我們又失去三名夥伴，甚而連我與昇諺也險些命喪黃泉，然而最可悲的是，我們不但沒取回任何一顆亡者頭顱，而且還留下三具新的屍首。

據我所知，神靈和人類是泰雅宇宙觀的二大構成部分。而神界之中又以祖靈為宇宙主宰，人類社會的所有活動莫不受到祖靈控制，絕不能有所逾矩或違背。所以為了社會安樂幸福，只有遵循祖先定下的遺訓，才不致觸怒祖靈而損及人神融洽關係。

至於祖靈有善靈、惡靈的分別。自然死亡者稱為善死，其靈魂為「善靈」；死於非命者稱為惡死，其靈魂為「惡靈」。而在泰雅人的觀念中，人死後靈魂就離開了軀體，而軀體未腐爛之時，其靈魂還留在聚落附近，直到軀體腐爛後，才離人世遝赴靈界。然而，能赴靈界的亡魂只有善靈，那些惡死者的靈魂，將終日漂泊無所依歸。

其實像這樣的生靈觀念，跟我們平地人所信仰的一些宗教諸如道教、佛教在某些層面上來講是雷同的。所以凡是人類，誰不想求得一份善終呢？

聽著部落中那些亡者家屬的哀嚎聲，我的心情越發沉重，不禁想著，如若我也在昨日不幸喪命……父母親驚聞惡耗後的慘痛面容，與呼天搶地的哭嚎倏忽在我腦海浮現，光想到那畫面，我就難過得想哭。我該慶幸自己的存活嗎？還好死者不是我？這樣的想法是否會過於自私而不道德？

在高沙家午飯後，我躺在床上假寐了片刻，即從睡夢中驚醒。紛亂的思緒影響著我的睡眠品質，讓我無法安心入睡。於是我下床，走出高沙家門，信步沿著山田走著。連日來發生的事件讓人感到乏力，甚而我不禁質疑自己，為何此刻還存在於此地？一種想逃離此地的念頭，於是又浮了上來。

來這部落已有十二天，追查鬼番的行動似有進展，然而降伏鬼番的行動卻仍是一籌莫展。與波索的會面，讓我們得知鬼番的生前事蹟，而臨別時好像也為我們帶來一份希望，然而，誰能保證這不會又是一件老天爺虛弄我們的把戲呢？就像昨日的圍剿，我們以為人多勢眾，鬼番淪陷在屋內，已成掌中物了，誰知……

霧社事件時隔至今已有七十年，那道士就算沒變更住處，但他還活於世嗎？如若他已駕鶴西歸，那我們僅存的希望是否要再度幻滅？

「你也出來散步？」左後方突然傳來女聲，硬生生拉回我的思緒，我本能地回首。

「嗨！是妳啊。」我給了庭皞一抹微笑。

「嗯。」她輕應一聲，勉強擠出一點微笑。

從她臉部神色，看得出來她的心情仍是很沉慟的。洪教授的屍體昨天在石板屋中發現了，人口失蹤還能讓人懷抱一份希望，可是死亡……

「要不要坐一下。」我開口問她。

「好啊！」她爽快答應了。

我倆在田邊擇了一處視野較佳的草地上坐下來。這是我倆第一次的獨處，望著她略帶慘白的臉孔，我竟有些心疼，同時也想起昨天攀越斷崖時的驚險畫面。

我們靜默坐著，感受山風的吹拂，一時之間，也不知該說什麼。

「腳步輕些，過路人；

休驚動那最可愛的靈魂，
如今安眠在這地下，
有綠色的野草花掩護她的餘燼。」
望著遠方山景的她突然開口吟誦一段詩句，「你且站定……」
「你且站定，」我順著她的詩句接口輕緩吟誦。
「在這無名的土阜邊，
任晚風吹弄你的衣襟；
倘如這片刻的靜定感動了你的悲憫，
讓你的淚珠圓圓的滴下——
為這長眠著的美麗的靈魂！」
她驚訝地望著我，並繼續接口吟道：
「過路人，假如你也曾
在這人間不平的道上顛頓，
讓你此時的感憤凝成最鋒利的悲憫，
在你的激震著的心葉上，」
「刺出一滴，兩滴的鮮血——
為這遭冤曲的最純潔的靈魂！」我再度接口吟出末兩句。
一時之間，她似乎掀起一陣感動，莫名地望著我，久久不能言語。

「怎麼了？」我被她望得有點不自在。

「你怎知這詩句？」她好奇問道。

「這是徐志摩的詩！詩名叫做〈一塊晦色的路碑〉，不是嗎？」我說。

「是啊。」她神情暗淡地低下頭，再度陷入沉默中。

我望著她嬌柔的模樣，一陣莫名的關心陡然升起，於是我望著她輕聲問道：「妳喜歡徐志摩的詩？」

「嗯。」她點頭輕應一聲，然後望著自己的腳繼續說道：「我母親生前最喜歡他的作品了。」

「可惜天妒英才，他年輕時候就死於空難了。」我感慨說著。

「是啊，飛翔在空中的一團火球……」庭皞喃喃自語，「我母親說她嚮往這樣的死亡。」

很突兀的說法，一時之間我也不知如何應答。

「只是沒想到，她的生命也真的在一團火球中殞落了。」她抬頭眺望遠山，眼眶有些泛紅，慨然說道。

又是一個死亡話題，面對這樣的話題，我能說什麼呢？我靜靜地望著彼端雲霧，不置一語。

「我們什麼時候要去找那道士？」庭皞突然轉移話題。

「得再看看，」我低頭胡亂撥著腳下草皮，「也不知那道士是否還在？事情都過了七十年了……對了，可以問妳一件事嗎？」我抬頭望她。

「嗯。」她點頭應允。

「關於那天……妳是怎麼從鬼番手中救了我跟昇諺的？」

她聞言靜默了好一陣子，然後才開口回道：「我也不知道。那天我回頭去找你們，正巧遇到鬼番站在你面前高舉番刀，於是我……」她似乎有點難以啟齒。

「我……我很擔心你的安危，所以本能地衝到他跟前，護著昏迷在地上的你。而鬼番……我實在不知如何形容當時的情況。」她搖著頭，面帶懊惱。

「我想是我手上的首飾響鈴引發了他的注意，他楞楞地望著我，與我對峙好一陣子，然後……便逕自走了。」

「就這樣？」我發現她的神色有些怪異，而且眼神中閃著一絲迷惑訊息。

「沒錯！就這樣。」

她轉頭望向遠方，似乎在宣告話題的終止！於是我也保持沉默，不再追問。

晴空下的高山，視野清晰遼闊，可是少了雲霧幫襯烘托，總讓人覺得少了些什麼，也許雲是山的詩語吧，少了雲，山似乎也就少一份詩意了。不過也或許，這一切都只是我的主觀想法，也許是我慣看了有著雲霧的山景吧！

「不知鬼番還會在這山區橫行多久？」庭皞突然開口，「記得鍾醫師的研究報告有指出，第一個被害著與第二個被害者，死亡時間相隔三個月。這到底意味什麼？那三個月他為什麼不殺人？」

「這個問題已經困惑我們很久了。以他現在殺人的頻率看來，那三個月的沉寂簡直就是不可能的事。」

我實在有點厭惡於這樣的談話，為什麼每次談及鬼番的事，談論總是半途夭折，鬼番的身世背景與怪異舉止在在都讓人難以理解、揣測。

山風伴著我倆的沉默在耳邊輕拂，沒多久，我起身拍了拍屁股，輕嘆一口氣，喊道，「回去吧！」

「嗯。」

我與她沿著山田走著，田邊在族人刻意栽植下，長了一整列高山杜鵑，我與她不時停下來細看那些含苞杜鵑。

「這是杜鵑花吧！」她勉強笑問。

「是啊，高山杜鵑，盛產於高山上，花色不一，得看它的品種，有紅的、白的、粉紅的，開滿山頂時，一片花團錦簇，真的很漂亮。」我望著她笑。

「可惜還沒開花，我還沒見過高山杜鵑盛開的模樣呢。」

「再過一個多月就開花，那時候妳就可以好好欣賞了。」

「還有一個多月啊？」

「是啊，五月份是高山杜鵑花季，一到五月，便由杜鵑拉開花的序幕，屆時，這整座山谷將開滿各類花草，把高山點綴得花花綠綠的，不同於平常景象。」

「每年五月？」

「嗯，季節性花草的生植總是有週期性的。就像人的生活作息一樣，有些也都是有著週期性。」

「就好像原住民傳統祭典中，不同時段有不同的祭禮一樣。」她笑著接口說道，「像是播種祭、收穫祭、除草祭、打耳祭，還有，最精彩的就是豐收祭。」

「打耳祭……週期性……」我喃喃自語。聽著庭皞的話語，我心裡頭突然升起一些想法。

「怎麼了？」

「我怎會沒想到呢？」

「想到什麼事？」

「鬼番那三個月為什麼沒出來殺人？因為那是習性，一種配合自然生態的民族活動習性，這種習性是有週期性的。日本治台時期，有一群學者曾在南投縣境瓜尼多安社頭目家中發現一個木刻畫曆，那上面刻畫著原住民的生活作息狀態，包括各種祭典的舉行與各種活動時間。我們得回去研究那畫曆，確認一下鬼番殺人的活動時間。」

「那他究竟是依循哪個活動週期殺人呢？」庭皞追問。

「當然是狩獵了。快來！」說著，我牽起她的手奔跑起來。

15

鍥而不捨是解謎最重要的元素，只要具備了這元素，再艱難的事，你依然都可以安心地為自己保留一份希望。

——一九九九．八．二十——

三月十三日，一大清早我與高沙、昇諺、庭皞、曉菁五人便徒步下山，乘車直奔台南。白河鎮並不難找，就連顯福宮其實在一般的台灣地圖上也都有標示，因此到台南後，我們依著地圖不費力地就找到了顯福宮。

詢問廟中出入的一位老者後，沒想到竟真的問到嚴鑫師父的住處位置！

找人的工作異常順利，這讓我感到十分訝異，一直以來只要跟鬼番有關的解謎活動總是滯礙難行，這樣順利的結果讓人欣喜，於是我不禁想著，或許鬼番橫行之日已不長了，但我這樣的想法會否過於一廂情願？

「不過，嚴鑫師仔已經死很多年囉！」老者突然不經意一說。

「什麼？死很多年了？」高沙神色轉為失望。

果真歸空了，我擔心的事應驗了，這下該怎麼辦才好？嚴鑫師仔死了，那麼我們僅存的一點希望是否又要落空？

「那他有傳人嗎？或者兒子什麼的？」我不死心地追問。
「有，有個養子，現在還住在那裡。」老者回道。
「怎麼樣？那現在要過去嗎？」高沙望著我們。
「既然都來了，當然要過去看看。」昇諺說。
白河鎮的木屐寮算是很偏僻的鄉下，人口數並不多，街道上瓦覆平房、現代樓房參差不一，我們循著老者指示的路徑，便在離顯福宮不遠處的一條巷子中找到嚴鑫師父的住屋，那是一間破舊磚塊屋。
屋子大門開著，高沙上前去敲了幾響門，不久，一位穿著汗杉、長褲捲管，身材略微發福的中年人自內裡走出來。
「請問這是嚴鑫師仔的家嗎？」高沙問。
「是啊！」那中年人點著頭，用台語回應身著警服的高沙，「你們要幹嘛？」
「那請問您是？」庭皞接口。
「我是他兒子。」
「我們有些事情想請教您，方便到屋子裡談談嗎？」高沙慎重說道。
那中年男子狐疑地望著我們一會兒，最終還請我們入了屋。
屋內陳設十分簡單，一組黑色沙發椅，並著一張長几，沙發面皮多已皺摺破裂，廳堂一張矮几置放著一台二十六吋小電視，地上與沙發上零星散落許多雜物。
「請問怎麼稱呼？」大夥坐定位後，高沙客氣問道。
「叫我龍仔就好了。」他口操台語隨意答道，嚼檳榔的嘴角滲著些許紅汁。

雖說人不該以貌取人，不過老實說，看見龍仔，再加上這平淡無奇的零亂住處，嚴鑫師仔在我心中存在的那點神祕感這會兒全沒了。

「請問嚴鑫師仔去世多久了？」高沙不做寒暄馬上就將話題切入，看來這龍仔的樣貌大概也讓高沙對此行的希望降至冰點。

「幾十年囉！」龍仔說著自顧點起菸。

「事情是這樣的，我們這一趟來是想詢問關於日據時代，嚴鑫師仔曾經施過的一件法事。」

「日據時代？」龍仔複誦著，「喔，那這是很久的事了。那你們要問的我可不一定會知道。」

「聽說你是嚴鑫師仔的養子？」昇諺突然插口，望著他的樣子，我才想到這兩日他實在沉默了許多，連番不順遂的遭遇，似乎已磨掉他先前的銳氣。他是位律師啊，我突然憶起他的職業。

「這你們也知道？」

「剛在廟口有人提起。」昇諺稍微解釋，繼續問道：「那嚴鑫師父是幾時開始撫養你的？」

「大概在民國四十五年（西元一九五六年）的時候吧！那時候我才七八歲大。」

「那你有傳承他的衣缽嗎？」

「什麼意思？」龍仔又放了一顆檳榔進嘴裡，嚼了幾口，挪來垃圾桶，吐出一口紅汁。

「就是……你知道的，他是個道士，那他有將他的道術傳給你嗎？」昇諺試著解釋。

「沒有，他說我資質不夠，學也學不全，他的法只好留著失傳了。」龍仔自我調侃說著。

「那你長大後，他有跟你講一些他過往做法的往事嗎？」

「講是講了一些。對了，你們要不要喝茶啊？」龍仔突然想起什麼似地問道。

「不用了。」我們一致客套謝絕。

「不用那麼客氣，我去盛壺水泡茶給你們喝，」他邊說邊起了身，「你們稍等一下。」

「那怎麼辦？」龍仔才一離開客廳，高沙就急忙說著，「嚴鑫師父死了，這龍仔又不會法事，就算請他到山裡頭也無濟於事，看來這一次又要白忙一場了。」

聽了高沙講的話，一時之間我們都沉默了。這一趟行動可說是我們對付鬼番的最後希望，難道這僅存的一點希望火苗也將滅絕？

我想到了昨晚我們研究的那個木刻畫曆，畫曆上代表狩獵的半圓弧型所含括的範圍。原來布農族的狩獵活動是不定期的，但是在冬天的時候，十二月至二月期間，不舉行狩獵，因為那時樹上無果實，野獸不會出外覓食；夏季六月亦不入山狩獵，因為那時準備收割小米，農忙無暇。除了這兩個時期外，他們任何時候都可以入山狩獵，大致來說，九至十二月及三至四月間，為布農族人農閒時間，也是狩獵活動的旺季。而這鬼番的殺人活動顯然是延襲著多年來的生活習性，只不過令人驚恐的是，他竟將人類當成他的獵物。昇耀與馬亞的死亡日期相隔三個月，而這三個月期間正值冬天休獵期，所以鬼番沉寂著；但一到了三月份，也就是這個月，傳統狩獵期一到，他便又開始活動。而這一活動至少就得到四月底才能結束，甚至可以延續到五月底，這樣想來實在很恐怖，光這幾個月，他就將要獵殺多少人？

「走一步算一步，別想那麼多了。」我打破沉默，強裝著輕鬆口吻企圖安慰他們。

這時，龍仔已從廚房走出來，手中多了一壺茶水，坐定位後，他按了電磁爐的按鈕為茶水加熱，並開始著手泡茶事宜。泡茶是台灣多年來盛行的居家活動之一，乾燥的茶葉一經熱水沖泡便會舒展開來，浸泡一會兒時間，便會溢出茶葉香，其味甘美香醇，飲後唇齒留香，且具有提神效果。因此台灣人在家中與親友聚會聊天時，往往不忘泡上一壺好茶助興。

「對了，我們剛剛講到哪了？」龍仔邊忙邊說，兩道白煙自他鼻孔溢出。

「講到你父親曾作過的法事？」高沙接口說道。

「怎麼？我老爸作過的法事出了什麼問題？」龍仔隨意答著，「不要說我誇自家人，我這老爸功夫實在是沒話講，什麼疑難雜症，壞東西作怪，一堆有的沒的，只要交到他手中，什麼事也沒了。要我說的話，他本領真強，強得沒話講，就差沒能讓人死而復活。」

「倒也不是他施的法出了問題，相反的，他施的法還真靈驗，不過再強的法術也總有個效限。」

「效限？什麼效限？」龍仔不解地望著高沙，「什麼意思？」

「是關於一張符咒。」我插口說道。

「符咒？」

「嗯，一張因潮溼而損毀的符咒。」為了避免庭皞覺得難堪，於是我採取了這樣的說法。

「事情是這樣的，」我繼續補充說道，「這張符咒呢，本來鎮壓著一具活死屍，可是……」

「等等，」龍仔阻斷我的話，「活死屍？」

「沒錯，活死屍。」我肯定地答覆。

「活死屍在台灣出現的靈異事件中並不多，我老爸說他年輕未渡台前，中國內陸遇到的機會多一點，但在台灣他不過遇見兩次，而且剛好都是發生在日據時代，但不知你們提的是哪件？」龍仔一改輕浮笑容，慎重詢問。

「霧社事件的。」高沙急切接口。

「霧社事件……」龍仔喃喃自語，然後一雙眼來回打量我們五人，「三男兩女，今年是民國八十九年……」

龍仔輕搔著頭，「你們要沒來，我都忘了這件事。」

「那傢伙叫什麼名字……」龍仔持續自語，然後半仰頭吊眼思考，「鬼番！對吧！你們是為了鬼番的事來的。」

龍仔話語一出，我的心陡然震了一下，然後便聽到曉菁振奮回道：「沒錯！就是鬼番。」

「難道那怪物真的又跑出來了？」

「是的，又跑出來了。」庭皞點頭稱是，「聽你的語氣，似乎早就知道鬼番會再復活？」

「的確知道的，因為我老爸走之前有特地交待這件事。」

「真的？」高沙與昇諺不約而同反應。

「鬼番這事我老爸之前就有跟我講述過，不過在他去世前一年，又跟我提了一次，並交給我一個錦盒，說是很重要得好好保存，等待民國八十九年農曆二月之時，自然會有人來取。」龍仔環視我們一下，繼續說道：「於是我就問他說這錦盒裡裝了什麼東西？他說是三張符咒；然後我又追問說是什麼人會來拿？他說這一年鬼番將再度復活，到時候會有三男兩女來詢問鬼番的事，我只需將錦盒交給他們就行了。」

龍仔的話讓我們覺得不可思議，我們五人怔怔地望著他，一時之間竟是沒人答話。這嚴鑫師父到底是個什麼樣的人物，難道他是先知？能知未來事？為什麼連鬼番將再復活，我們將會尋來此處，都料得絲毫不差？

「請問那錦盒還在嗎？」庭皞打破靜默問道。

「當然在。」龍仔點著頭，「這東西這麼重要，我怎敢不好好保存。」

話還說著他便起身，「你們再等我一下。」

龍仔再度離開客廳，想必是去取錦盒了。高沙臉上顯露近幾日難得一見的歡愉，朝著我笑。

「這嚴鑫師父真是個不可思議的人物。」他興奮地說。

「不過我覺得這好離譜。」昇諺說。

「我覺得不會，」曉菁插嘴，兩顆黑眼珠靈活轉動，「這世上神奇的人物本來就很多，只是我們一直沒機會遇到罷了！」

「你看，像鬼番的生母，在世時是個夢巫，她用一顆寶石便能讓鬼番死而復生，而且她也預言鬼番將再度復活，這預言跟嚴鑫師父簡直如出一轍。你們不覺得很有意思嗎？他們倆在世時是敵對的，但在身後事的交待上，卻又有著一份像好友般的默契。」曉菁這女孩實在可愛地緊，每回講到超自然現象，總是特別有勁。

「就是這個錦盒了。」龍仔突然的出現打斷了我們的談話，手中已多了一個黃底藍邊的小錦盒。

高沙伸手接過錦盒，上下打量一會兒，然後朝我望，我略微點頭，示意他將錦盒打開。

高沙將錦盒擱在桌上，然後小心翼翼地掀開盒蓋。我們一行人不約而同伸長頸好奇地探著錦盒。錦盒打開後裡面出現一條黃錦巾，整齊折疊著，高沙慢慢將那錦巾翻開，裡頭赫然出現一張符紙。

不知怎地，見著那符紙，我的心臟竟陡然急促起來，我們靜望著高沙取出符紙，手指一撩，符紙一化為三，原來正面看似一張的符紙，下邊還壓疊著兩張。

「我父親說這叫伏魔咒，也是當年他拿來鎮壓鬼番的符咒。」龍仔突然開口解釋。

「伏魔咒？」曉菁與高沙似有默契地複誦著。

那符紙上用紅墨畫著充滿神祕色彩的咒文，我努力瞧著符紙上的圖樣，想試著解讀符紙上的字，但除了最頂上兩個斗大的「敕令」兩字瞧得明外，令字下含蓋的字卻字不像字倒像圖，只是那圖乍看之下，彷若長著兩支角的魔頭，樣貌甚是詭異，符咒下有一似字的小圖，寫得很潦草，像是個「定」字卻又像個「足」字。

「這符咒就三張，你們得小心使用，用完可就沒了。」龍仔出言提醒我們，「伏魔咒我曾聽我父親提過，他說這伏魔咒不比一般符咒，它的威力驚人，就像陰山老祖親臨一樣，什麼妖魔鬼怪遇到它都得降伏。所以要寫這符咒格外費事，若不是功力深厚、德性夠之人，還寫不來。這符要寫，法師得先齋戒沐浴三天，然後擇吉時在祖師爺面前設七星壇，腳踩七星步，做法事為時兩刻鐘，請來祖師親臨附身，再以劍鋒劃破食指，以血畫符。」

「血？」曉菁驚喊一聲，「這符是用血寫的？」

「沒錯！用血寫的。」龍仔點頭。「所以我說，你們要格外小心使用。」

聽完龍仔的話，高沙小心翼翼地將符咒歸入錦盒。然後，龍仔開始為我們沏茶，大夥於是坐著閒聊。

「對了，突然想到一件事。」龍仔邊說邊為我點上一根菸，「我父親說，如若符咒真的貼不上，最後一著棋可用火攻。」

「火攻？」

「沒錯！用火攻。火燒身能讓活死屍肌肉萎縮，失去活動能力。」

「若能燒到他那當然很好，」高沙喪氣說著，「只不過這傢伙速度快得連子彈都躲得過，我看要燒他恐怕是極不容易哩！」

「所以這事得再研究研究。」我無奈地吸了口菸，「能將符咒貼在鬼番額上當然是最好的方式了；只不過，當年有個拉瑪，可是今年，我們到哪找一個能博得鬼番信任而近身的人？」

不可否認的，有了符咒總是讓我們燃起一線希望，然而只要想到要如何將符咒貼在鬼番額上一事，不免又讓人感到希望渺茫了。

我們在龍仔那兒又坐了一會兒，然後便起身告辭。龍仔送我們到門口時，突然憶起什麼似地說道：

「我如果沒有記錯的話，我父親好像曾經說過，鬼番這遺禍得到今年才能正式完結。」

「什麼意思？」高沙聞言雀躍起來。

「他說到時候自然會有降服鬼番的人物出現。」

「真的？」

「應該是這樣沒錯。」龍仔頷首神祕一笑，「祝你們好運了。」

告別龍仔，回程路上車內氣氛持續凝重，我坐在前座，撫著擱在大腿上的錦盒，內心五味雜陳。這符咒能產生作用嗎？如若這符咒能一如當年有著神奇的法力，但若不能將它貼在鬼番額頭上，那麼擁有這符咒也直是枉然。

「這符咒要怎麼貼到鬼番頭上去啊？」曉菁突然沒來由地蹦出一句問話。

她的話像是給了我們在場每個人一巴掌似的，掌後有的只是更為沉重的靜默了。

「由我去貼吧！」庭皞冷淡說著，她的話更是讓人吃驚！

我不禁回首望她，她知道自己在說什麼嗎？望著她那寞落神情，我才想到這趟行程，她幾乎沉默不語。

「這事還輪不到妳去犯險，」高沙神情凝重地說，「我們會想辦法的。」

「對啊，Tina，妳吃錯藥啦？」曉菁接口。

「不，你們有所不知。」庭皞搖頭，「不知怎地，近來我總覺得我跟鬼番是早就相識的。」

「妳在說什麼？妳一定是被鬼番嚇壞，要不就是悲傷過度了。」曉菁憂心地安慰她。

「還記得你們是如何從鬼番手中存活下來的嗎？」庭皞望著我說。

我不作言語地回望，等待她接下來的說話。

「那一晚我阻在你前面與鬼番對峙時，我的腦中竟閃過了一些清晰片斷，我驚顫地望著他，然後腦海中浮現了一張感覺很熟悉的俊帥面孔，不知怎地，我知道那就是他，那是他活著時的模樣。」

庭皞的話讓我們瞠目結舌了。

「不止如此……」庭皞略微激動地繼續說道，「而且，看到他的當下，我整個心突然覺得好難過，竟有一股想上前去抱他的衝動。其實這情形似乎也發生在鬼番身上，他略斜著頭怔怔地望著我，神色頓時間好像變得懊惱愁苦。我們對望了好一陣子，然後他緩緩舉起手，往我臉上探來，這時泰森他們的聲音突然出現在不遠處，於是他就轉身遁逃了。」

「真有這回事？」高沙皺眉問道。

「嗯。」庭皞沉默一會兒，緩口繼續說道，「後來，我們又一起去找波索，你們記得他是怎麼說的？拉瑪說她會再回來！」

「那妳的意思是……」

「我不知道，我真的不知道。」庭皞猛搖頭，神色十分懊惱，「鬼番的影子這幾天老在我腦海盤旋。昨天晚上我還夢見，在那石板屋內望著鬼番被符咒鎮住的模樣，我的心好痛，那感覺就好像……好像他是我的小孩似地。」

「另外……」她繼續說道，「你們知道剛剛在嚴鑫師父家裡我在腦海中瞧見了什麼？我瞧見了自己拿著符咒出奇不意地貼在鬼番額上；同時我也瞧見了嚴鑫師父當年的模樣。」

「這一切會不會是妳的幻想？」昇諺難以置信地緊皺著眉。

「不！我知道這不是幻想。」庭皞馬上一口否決他的說詞。

「即便是這樣，我們還是不能讓妳冒險。」我覺得心煩極了，我實在不太能接受這樣的事，感覺上好像一個歷史人物生存至今，她的年歲大過我們許多。

「嚴鑫師父當年曾說過，除了鬼番生母，別人決計無法貼那符咒在他身上的。因此，我們沒得選擇。」庭皞冷冷地說著。

「此一時、彼一時，當年鬼番信任拉瑪，所以才讓拉瑪有機可趁；可是在經歷了一次背叛後，就算妳的前世真是拉瑪，妳想他還會信任妳嗎？萬一妳有個三長兩短……」

「我不介意，」她阻斷我的話，「我不介意犧牲自己的生命；如果犧牲一個我，能讓鬼番從此消失匿跡，那也值得了。再說，這本來就是我種下的禍根。」

「妳儼然把自己當成拉瑪了。」我不耐煩地頂了她一句。

「可是，老孫……」高沙轉首望我，「如果庭皞真是拉瑪的再世，那麼這似乎也成了我們唯一的機會。」

我們的談話軋然中止，一路上都沉默著，三號國道兩邊的景緻在窗口飛馳，景雖美，但我卻無心觀賞。腦海中一直浮現連日來發生的一連串事件，從第一天上山就遇到馬亞的斷頭屍體，再來則是昇耀，然後是與鬼番的第一次對峙，鬼番那副懾人模樣，到現在還讓我心有餘悸。還有盧勝吉，雖然這人我不喜歡，但現在想起他，卻也讓我感到難過異常。美麗的庭皞，充滿睿智的高雅女子；可愛的曉菁，充滿天真浪漫的情懷；高傲的泰森，幾乎目中無人，內心實則隱藏著一份弱勢民族的自卑感。最後獵殺鬼番的行動，圍堵鬼番於石板屋，卻反被獵殺，死了好多人。我覺得這一切實在荒謬極了，原本只是很單純的登山之旅，為什麼會搞到變成這樣？

回到村落時已近午後兩點，我們五人拖著蹣跚步履沉默走著，還未入部落便見鍾醫師隨同頭目、小劉與一些族人朝我們走來，個個臉上凝重得讓人心生不祥之感。

「你們終於回來了。」頭目人未走到便急開口。

「又發生了什麼事嗎？」高沙緊張問道。

「我想你們最好來看一下。」鍾醫師擺手示意我們。

到底發生什麼事？難道鬼番在我們下山的這一段期間又來殺人？我們不明所以地跟著鍾醫師腳步，身旁跟隨的族人也越來越多，我的心裡興起一股很不祥的預兆。

小劉走到高沙身旁雜問了幾句，打探我們此行是否有斬獲。魯凱不知何時握住我的手，仰頭兩顆眼珠子直盯著我，我勉強擠出一點笑容，然後將他的小手握得更緊，走著走著，耐不住心中煩悶，於是我一把將他抱在胸前，心中稍感釋懷。

鍾醫師引領我們到了一間木屋，我在門口放下魯凱，然後尾隨高沙入屋。

這屋其實我們都很熟悉，因為近日來死亡的遺體都曾被送到這兒經鍾醫師驗屍過。鍾醫師靜默走到擱在屋中的驗屍台邊，然後指著台上覆著物體的白布無力說道：「就是這個了。」

高沙驅身向前輕緩地撩開白布……

「波索！」庭皞手摀著嘴驚呼一聲。

我也看到了，雖然這屍體也沒頭，但光那一身簡陋穿著與削瘦身軀，便足以讓人一眼辨識亡者身分了。

「怎麼會這樣……」庭皞喃喃自語。

「我不管你們用什麼方法，」頭目突然發難，語氣煩悶地對我們說，「反正趕快把這怪物給我解決了。」

說完話，他二話不說調頭就走，留下在場錯愕的我們。

「泰森來了。」門外傳來一陣鼓噪，然後便見泰森走了進來，身旁還跟著拉雅與巴利。

「波索死了。」泰森一入屋便開口說道。

「什麼時候發現的？」高沙反問。

「今天早上，你們走後不久。」泰森走到了驗屍台邊舉手輕敲台子，「我叫拉雅送些衣服過去給他，發現他死在屋外不遠處。」

「是一刀斃命，鬼番並沒有折磨他。」鍾醫師補充說道。

「我看他也跑不動。鬼番根本就沒有機會追殺他。」我邊說邊將那白布覆回去。

「鬼番幹嘛殺他？」昇諺疑惑問著，「難道是巧合嗎？你們在前一天拜訪他，隔一天早上他就死了。鬼番難道還會找告密者尋仇，這太離譜了。」

「鬼番可能有預知能力嗎？」我轉首問庭皞。

「不太可能。」庭皞搖頭，「他如果有預知能力，當年就不至於被拉瑪貼上符咒了。」

「那麼波索在與我們會面後隨即被鬼番殺了，這原因似乎只有一個了。」

「什麼原因？」曉菁急切追問。

「他在觀察我們。」庭皞冷靜說著。

「甚至跟蹤我們。」我補充說道。

「那他幹嘛跟蹤我們呢？」

曉菁話語一出，我們不約而同地望向庭皞，現場頓時安靜下來。

「怎麼了？」泰森打破沉默發問。

「沒事，」昇諺哼笑一聲，「只是鬼番找到他媽了。」

「什麼意思？」小劉楞腦追問。

「泰森，」高沙沒有理會小劉的問話，轉而望向泰森，「明天能調到多一點人手嗎？」

「打個電話連絡那些年輕人回來就行了，而且他們有些人也都還沒下山。對了，你還沒說這次去台南結果如何？」

「嚴鑫師父已經歸空很多年了。」

「那豈不是又白跑一趟？」

「倒沒白跑，因為我們見到嚴鑫師父的養子。」

「怎麼，他明天要上山來幫我們抓鬼番？」泰森嗤鼻笑著。

「那倒也不是，」高沙邊說邊從我手中接過錦盒，遞到泰森跟前，「不過，嚴鑫師父留下這東西給我們。」

「什麼東西？」泰森說著著手打開錦盒，小劉、拉雅一干人等隨即湊向前。

「這是當年嚴鑫師父用來鎮壓鬼番的符咒。」
「結果你還是打算用符咒來對付鬼番？」泰森不以為然地反問高沙。
「我們試過用武力對付鬼番，結果死傷慘重，你想我們再用同樣方式，結果會比較好嗎？」
泰森沉默一會兒，然後厭惡地開口說道：「我還是覺得用符咒實在很荒謬。」
「鬼番的存在就不荒謬嗎？這世上不可思議的事，似乎也只能用不可思議的方式來處理了。當年日軍強過我們現在的人力、物力，都拿鬼番沒轍了，更何況我們現在這單薄的人力與武器。日軍都得借助於符咒了，我們更沒有道理持有現成的符咒不用。」
高沙不待泰森開口，便繼續說道，「我們晚上得開個會，好好商議明天如何部署對付鬼番的行動。」
「好吧！就算是用符咒好了，那你打算怎麼將那符咒貼到怪物頭上去？」泰森無奈妥協。
高沙深呼吸了一口氣，然後鄭重說道：「我們要重演歷史！」

16

人因夢想而偉大；因而，築夢踏實是生命意義所在，而逐夢的過程，你會發現，人生，其實並沒有太多時間可供揮霍。

——一九九九．十．三——

隔日凌晨三點多，曙光未露，天際濛灰，我們一行二十幾人從部落出發，然後安靜地穿山越溪，直達通往蛇山的吊橋。

昨晚的策略研究討論一直到十點多才結束。在庭皞的堅持下，重演當年日軍降服鬼番的歷史成了我們的第一選擇。如若事情發展順利，那麼我們或許就能像當年的日軍一樣，輕鬆解決鬼番。可是若鬼番不上勾，那麼這計畫便算泡湯；又如若他真被引來，但卻不重蹈覆轍，那麼近身在他身邊的庭皞，處境便會十分危險！

想到這，就讓我覺得心下難安。很顯然鬼番在歷經多次的人性背叛後，有些潛在的東西已經改變了，或許他再不信任任何人，包括生母拉瑪，畢竟拉瑪也曾背叛過他。再說，拉瑪曾說過，蛇嬰石是顆積怨的不祥之石，它會腐蝕人心，擾人心神，那麼，馬布達在經歷了七十年的蛇嬰石魔力侵襲下，誰敢保證他還保有一份人性？想到他連日來殺人不眨眼的手段，實在讓人不寒而慄。

近五點時分，我們抵達吊橋，遠端山頭隱現曙光，色呈霞紅，我們沒敢耽擱，一到達現場，泰森與高沙就忙著部署人力。我們打算承襲日軍當年的模式，分派兩組人馬，據守吊橋兩端，將鬼番圍堵在吊橋上。另外，我們還準備很多汽油彈，打算在第一計畫失敗時，改採火攻突擊。

「我擔心如果鬼番情急之下跳下溪谷那可怎麼辦才好？」高沙走至我身旁說著。

「所以得想辦法不讓他跳下去才好。」我回道，「不過……依鬼番的行事作風判斷，他應該會選擇突圍才是。再說，這溪谷這麼深，他應該還不至於會跳下去才是。」

「最好的情況就是庭皞能夠順利將符咒貼在他額上，取出蛇嬰石。」高沙憂心說著，「這樣什麼事都沒了。」

「差不多了。」泰森走過來，「叫他們都上樹，而且得爬高一點，不要讓鬼番察覺還有其他人。」

「還有，妳準備好了嗎？」泰森轉而走向庭皞。

「嗯。」庭皞微點著頭，臉色有些蒼白，曉菁在旁陪伴她。

「過來吧！」高沙揮手示意她與我們一同走上吊橋。曉菁依依不捨地拉著庭皞，眼淚直在眼眶裡打轉。

「好了，她不會有事的。」高沙輕拍她的肩安慰她，「妳趕快去躲好，早叫妳不要來，妳硬是要跟來。」高沙轉首望向昇諺，「幫我好好照顧她。」

昇諺輕應一聲。

「高沙。」曉菁突然喊住高沙。

「什麼事？」

「你也要小心。」

「嗯。」

我與高沙陪同庭皞走至橋中，此時晨風搖曳橋身，溪谷瀰漫些許霧氣，我覺得胸口彷若壓著一塊大石，沉重地讓人感到呼吸困難。

「符咒沒問題吧！」我慎重跟庭皞做最後的確認與叮嚀。

「嗯。」她輕點頭，手中拿著一張符咒。

「另一張有放在口袋吧！」

「有。」

「記得，手拿一張符咒擱在背後，準備隨時下手。還有，符咒絕對不能離身知道嗎？」

「我知道。」她兩眼直盯著我，「你們過去吧！我知道該怎麼做的。」

「妳要記得，只要感覺氣氛不對，或者危險，就別管符咒的事，趕快往回跑……」

「過去吧。」她出言阻斷我的話，「我會小心行事的，你自己也要小心。」

我與高沙匆匆過橋，爬上樹，埋伏在蛇山一端，泰森則與另一批人守候另一端。庭皞依照計畫開始搖晃拉瑪生前常戴的手環，那手環上掛滿小鈴鐺，一經搖動，鐺鐺的清脆響聲於是在山谷間傳了開來。

我抱著一枝獵槍靜默隱身在高樹上，透著葉縫監視庭皞的一舉一動，並留意著四周動靜。

七十年前的歷史，在七十年後，再度上演，這實是一種很奇妙的感受，許是看多了電影詮釋過往歷史的手法，處於當下，現場整個畫面，竟讓我覺得好似成了黑白色調，充滿了神祕、詭異、陳舊氣氛。

隨著日出探頭，溪谷霧氣泛著曙光，橋身頓時間似是鋪上一層閃耀的金箔，庭皞站在橋中，一再重複搖動手環，單一的身影，顯得格外孤獨、寂寥。

時間分秒流逝，這是一場時間與耐力的考驗，鬼番何時會出現我們不知道，也許他不會出現也說不定，因此，參與這次行動的我們，除了靜心等待、再等待外，再有的就是保持意識的清醒。

當年的日本人，等候多久，拉瑪的手環鈴鐺才招來鬼番？他們也像我們這樣埋伏在高樹上等待鬼番入甕嗎？想到這，一時之間我彷彿看到一位日本軍人靜坐在我身旁，神情專注地盯著吊橋，等候鬼番到來，而這種幻覺益發讓我感到這一切事件與行動的荒謬。

等候的時間特別難熬，原本總是行腳匆匆的時間之流，在等候的時刻總是走得特別緩慢，我望著錶上競走的時、分針，一圈又一圈繞著，一個鐘頭又一個鐘頭過去了，硬是走不到鬼番出現的時間上。

我不知道其他伏在樹上的人此刻身體狀況如何？我只知道在這需求身體平衡才能立足的樹枝上，長時間維持不變姿勢等候，實在是一件很吃力的工作。漸漸地身體本能傳來陣陣抗議，酸痛一再侵襲，我試著不弄聲響輕緩地改變姿態，以避免手腳僵化。

長時間的等候實在很容易讓人感到灰心，甚至萌發放棄念頭。我們從早上五點多開始等候，直到近午時分都還不見鬼番蹤影，於是我開始擔心這次行動。過久的等待會引發人心浮動，也許再過不久，便要有人開口主張放棄，那麼今天這場行動便會變得十分可笑且可悲了。再者，如果在我們決定放棄的時刻，鬼番突然出現，他看到我們這一切部署，那麼我們還會有機會再用同樣的手段來對付他嗎？這真是個兩難局面，等也不是，不等也不是。

正當我在為這一切開始感到心煩時，所處的這棵樹幹下突然傳來響聲，我本能地在第一時間低頭俯視，然後整顆心猛地衝撞一下，驚得我差點沒窒息。

那是鬼番，他正伏臥在我腳下枝幹，探頭望著吊橋方向，然後又舉目搜尋四周。

我由上而下望著他那半伏臥的背影，緊張得幾乎屏住呼吸。鬼番身上纏繞的泛黃白布染著無數血跡，他略微蠕動身子，雙腳一蹬，隨即跳躍到另一棵樹上。

他再次地搜尋四周，不見動靜，於是身子在各枝幹上幾個起落，躍下地面。然後只見他手持番刀，緩慢步上吊橋。

鈴聲突然沉寂，想必庭皞也看到鬼番了。接下的局面會如何發展？庭皞會順利用符咒鎮住鬼番，還是鬼番反目成仇，一刀殺死……

想到這裡，我的心就發慌。我架著槍絲毫不敢大意地瞄準鬼番後腦勺，無論如何我必須確保庭皞安全，從昨晚到現在我不知這樣自我叮嚀了幾次。

鬼番正在逐步靠近庭皞，庭皞出奇鎮定地望著行動中的鬼番，然後鬼番在兩人距離約莫三公尺處止住腳步。

時間彷彿凝結了，橋上的兩人靜默望著彼此，連身子都不動一下。我隔著一段距離遙望眼前如默劇般的一幕，緊張得連氣都不敢喘一下。

吊橋處突然傳來一陣淒厲叫聲割裂我的心神，只見鬼番仰頭狂嗚，然後猛烈搖頭，一揚刀整個身子像脫弓之箭般急速往庭皞射去。

「砰！」一聲槍響劃過天際，飛馳中的鬼番應聲倒地，庭皞則驚得跌翻橋上。我二話不說在開完槍後，迅速躍下地面，往吊橋狂奔。

然後我見泰森與三兩族人也正從彼端林處奔出來，一觸及吊橋，我馬上狂吼：「快退回去！」

庭皞驚懼起身，轉身便逃，誰知鬼番卻突然淩空躍起，像發了狂似地追逐庭皞。橋身受了鬼番撞擊，劇烈搖動，庭皞跌撞奔跑，眼看鬼番便要追上她時，一瓶汽油彈突然飛到鬼番跟前爆了開來，橋身一經烈火侵襲，迅速燃燒起來，阻斷鬼番前行。

泰森適時丟擲汽油彈解救了垂危的庭皞，盛怒中的鬼番，再次朝空淒然哀吼，然後轉身往我的方向奔來。

我壯著膽朝他又開一槍，然後頭也不回地往回跑，我不知道鬼番是否再度中槍，我只知道即便中了槍他依然還是有行動力，因此我不能有任何耽擱，面對這樣恐怖的人物，搶時間是最重要的關鍵。

我瘋狂跑著，背後有股強大壓力籠罩我的身心，然後我聽到跟後傳來一聲響，整個心臟陡然快要蹦了出來。

「趴下！」在我好不容易奔出吊橋時，高沙猛然對我喊道。然後便見半空中朝我飛來一堆汽油彈，我機警地前腳一蹬整個人往前飛撲過去。

數聲巨大的爆破聲，從我腦後傳來，我驚悸地回首一望，只見熊熊火焰吞噬了我的視線，鬼番的身影在火焰中舞動，淒厲的叫聲一聲接一聲劃破天際。

高沙與守候在蛇山這邊的族人，開始瘋狂朝鬼番掃射，鬼番的身子不禁槍襲，一再往後退著，同時也將火焰帶上橋身，於是此端橋板也開始著火。

鬼番的動作似乎越來越緩慢了，族人止住射擊，開始留意鬼番動靜，我踉蹌起身，也站在這端觀望，一心希望這火能一把燒垮鬼番。

看了一會兒，我往側邊跑了過去，想避過火焰對視線的遮擋，確定庭皞無殃。

庭皞與泰森正站在彼端橋身三分之一處望著正被火焰啃噬的鬼番，然後我望見她屈膝跪了下來，手摀著嘴哭泣起來。

瞧著她的身影，頓時間我不由得悲從中來，一時之間彷若看到一幅母子訣別圖，而那樣的畫面是何等慘烈啊。

不知怎地，此時此刻我竟也同情著將遭火神滅頂的鬼番，我無法不憶起波索語下的馬布達，那個為國家、為民族英勇奮鬥的烈士。

正當我心神恍惚得嚴重時，卻見一團火光竄進我眼簾，那團火光在橋身上燃燒，游移的速度正在加快，往庭皞與泰森方向移去。

「快跑！」我驚慌地揮手大吼，然而火焰爆裂燃燒的聲音卻掩沒了我的吼叫，我的喊聲一直傳不到兩人耳中。泰森低頭垂看掩面哭泣的庭皞，絲毫不察火牆另一端的動靜。

我在橋的這端拼命揮手示警，連高沙與族人也全都跑來幫忙，最終我想起了手中的槍，於是我不及細思就朝空鳴一聲。

「砰！」

槍聲驚醒橋上兩人，他們不約而同往這邊望過來。

「快點跑。」我反手揮著並且再度破喉高喊。

就當他們兩人還不明所以時，鬼番挾著火光穿出火牆，泰森反應極快反手推開庭皞，舉起槍托一挺身直往那火團撞去，然後鬼番不減速度反手一撥一撞竟是硬生生將泰森給撞飛起來。

泰森整個身子結結實實地往索繩撞去，誰知吊橋久經火燒再經這一撞，竟開始搖搖欲墜。泰森落下後，重心不穩腳下踩空，穿過了繩縫，墜跌下去。

現場緊張的氣氛繃到了極點，我遠望著泰森單手掛在橋繩上岌岌可危，鬼番全身著火揚刀逼近倒臥橋上的庭皞，對邊曉菁、昇諺與族人們一再驚呼，心下懊惱萬分。

就在此時，一聲巨大的爆破聲從橋中傳來，橋身應聲而斷，兩端橋身就像緊拉而斷的繩索，伴隨著火光轟轟地直往溪谷兩旁甩去。

然後，我眼睜睜望著庭皞隨著墜落的橋身滑下，而鬼番竟在與庭皞錯身後，第一時間撲往庭皞，兩人就這樣雙雙跌下溪谷。

我愣愣地望著兩人漸小身影，直至溪水淹沒了他們……

尾聲

我在書房敲著電腦鍵盤想寫些稿，但枯坐了個把鐘頭仍是隻字不出。於是我起身為自己沏壺咖啡，然後放了藍調爵士樂，並準備些茶點，打算營造更輕鬆的氣氛好讓自己能多少擠出一些字來。

蛇嬰石事件至今已過三個月了，我的心還是感到很不踏實，有時晚上仍會從惡夢中驚醒，鬼番的身影總像邪惡的影子一直緊抓著我不放，他從現實中追逐我一直追到夢中，就是不肯讓我有個安穩的夜。

我常常想到庭皞，一個集智慧與勇氣於一身的美人，難道她的生命真的就這樣殞落了？

那日她與鬼番雙雙落下溪谷時，我想我有看到她手中仍緊握著那張黃符咒，她制伏鬼番了嗎？還是已遭不測？就算鬼番不殺她，從那麼高的地方掉下去，也很難有存活機會吧！想到這，我的心就糾結。

他倆落下溪谷當日，高沙就報備警局調派一些人力，再加上族人幫忙，深入溪谷搜尋打撈了，但詭異而惱人的是，他們幾乎翻遍整條溪，還是找不著庭皞與鬼番的蹤影，於是在十五個工作天後，絕然宣布放棄搜尋。

所以整個事件的結果仍舊成謎，鬼番到底是生是死？又，庭皞呢？

事實上，一日不見到鬼番的屍體我便無法安心，我發覺自己潛意識裡，總擔心著有一天鬼番會突然出現在我眼前，然後一刀劃過我的頸項，而我實在厭惡極了得在這種恐懼陰影下過活的感覺。

高沙已有好些時間沒跟我連絡，聽說他與曉菁正在交往，不過曉菁已回美國，像這種長距離的戀情，結果實在難測。

昇諺三天兩頭就打來一通電話，我倆在這一次共患難的經歷後，已變成無話不談的好友。其實某部分來講，我覺得他與我的交好多少帶了點移情作用，他似乎把我當成他哥哥的替代品了，只是他可能不知道，我一點也不喜歡這種感覺，一種成為替代品的感覺。

我舉杯飲了一口咖啡，然後再度強迫自己坐在電腦桌前，今天無論如何得寫下些字句來，我已經足足有四個月沒寫作，再不寫，我真擔心我這寫作的筆就要生鏽了。

我該為這次的事件做個記錄嗎？我的腦中突然閃過這樣一個念頭。或許我可將這事件寫成一部小說，這事件值得我為它寫上一筆吧！

好吧！那就來吧！

於是我開始敲起鍵盤，然後我發覺自己真是個天生的寫作好手，一但取得一個題材，決意要寫時，整個思緒便清明起來。我的十個手指頭在鍵盤上快速飛舞，不消一個鐘頭，便寫完序章，這讓我覺得滿意極了。

我起身伸個懶腰，又啜飲幾口咖啡，並吃了些餅乾，然後電腦傳出一個響聲，我知道那是電腦自動收發信件功能中收件完成的提示聲。

於是，我打開收件匣畫面，三封信件，兩封是昇諺寄來的轉寄郵件，另一封寄件者署名是個英文名字，但那名字對我而言是陌生的，於是我依照往常處理陌生信件的方法，不點選信件直接刪除。

我關掉收件匣畫面，打算再繼續我的寫作，可是口中卻不自主地唸著剛剛那英文名字，突然間我想到一個人，心跳突然急促起來，於是我慌忙又打開信箱，進入「刪除的郵件」一欄，心裡告訴自己就算是病毒也要瞧它一瞧。

我將游標指向那封信點選，信的畫面迅速開啟，然後我便看到了信的開頭上寫著……

嗨：

我是庭皞，你最近好嗎……

【全文完】

釀冒險07　PG1437

蛇嬰石

—長篇驚悚懸疑小說

作　　者	孫武宏
責任編輯	辛秉學
圖文排版	周政緯
封面設計	王嵩賀

出版策劃	釀出版
製作發行	秀威資訊科技股份有限公司 114 台北市內湖區瑞光路76巷65號1樓 電話：+886-2-2796-3638　傳真：+886-2-2796-1377 服務信箱：service@showwe.com.tw http://www.showwe.com.tw
郵政劃撥	19563868　戶名：秀威資訊科技股份有限公司
展售門市	國家書店【松江門市】 104 台北市中山區松江路209號1樓 電話：+886-2-2518-0207　傳真：+886-2-2518-0778
網路訂購	秀威網路書店：http://www.bodbooks.com.tw 國家網路書店：http://www.govbooks.com.tw
法律顧問	毛國樑　律師
總 經 銷	聯合發行股份有限公司 231新北市新店區寶橋路235巷6弄6號4F 電話：+886-2-2917-8022　傳真：+886-2-2915-6275

出版日期	2015年12月　BOD一版
定　　價	300元

Printed in Taiwan

國家圖書館出版品預行編目

蛇嬰石：長篇驚悚懸疑小說 / 孫武宏著. --
一版. -- 臺北市：釀出版, 2015.12
面；　公分
BOD版
ISBN 978-986-445-051-0(平裝)

857.7　　104017374

讀者回函卡

感謝您購買本書，為提升服務品質，請填妥以下資料，將讀者回函卡直接寄回或傳真本公司，收到您的寶貴意見後，我們會收藏記錄及檢討，謝謝！如您需要了解本公司最新出版書目、購書優惠或企劃活動，歡迎您上網查詢或下載相關資料：http:// www.showwe.com.tw

您購買的書名：________________________________

出生日期：________年________月________日

學歷：□高中（含）以下　□大專　□研究所（含）以上

職業：□製造業　□金融業　□資訊業　□軍警　□傳播業　□自由業

□服務業　□公務員　□教職　□學生　□家管　□其它_____

購書地點：□網路書店　□實體書店　□書展　□郵購　□贈閱　□其他

您從何得知本書的消息？

□網路書店　□實體書店　□網路搜尋　□電子報　□書訊　□雜誌

□傳播媒體　□親友推薦　□網站推薦　□部落格　□其他__________

您對本書的評價：（請填代號　1.非常滿意　2.滿意　3.尚可　4.再改進）

封面設計____　版面編排____　內容____　文／譯筆____　價格____

讀完書後您覺得：

□很有收穫　□有收穫　□收穫不多　□沒收穫

對我們的建議：________________________________

____

____

____

請貼
郵票

11466
台北市內湖區瑞光路 76 巷 65 號 1 樓
秀威資訊科技股份有限公司 收
BOD 數位出版事業部

（請沿線對折寄回，謝謝！）

姓　　名：＿＿＿＿＿＿＿＿　年齡：＿＿＿＿　性別：□女　□男

郵遞區號：□□□□□

地　　址：＿＿＿＿＿＿＿＿＿＿＿＿＿＿＿＿

聯絡電話：(日) ＿＿＿＿＿＿＿＿ (夜) ＿＿＿＿＿＿＿＿

E-mail：＿＿＿＿＿＿＿＿＿＿＿＿＿＿＿＿